Deux bébés pour un séducteur

*

Un chirurgien amoureux

LOUISA HEATON

Deux bébés pour un séducteur

Traduction française de
MARIE-JOSÉ LAMORLETTE

BLANCHE

HARLEQUIN

Collection : Blanche

Ce roman a déjà été publié en 2019

Titre original :
THEIR UNEXPECTED BABIES

HARPERCOLLINS FRANCE
83-85, boulevard Vincent-Auriol, 75646 PARIS CEDEX 13
Service Clients — www.harlequin.fr
ISBN 978-2-2805-0729-5 — ISSN 0223-5056

Édité par HarperCollins France.
Composition et mise en pages Nord Compo.
Imprimé en mai 2024 par CPI Black Print (Barcelone)
en utilisant 100% d'électricité renouvelable.
Dépôt légal : juin 2024.

FSC
www.fsc.org
MIXTE
Papier issu de sources responsables
FSC® C159065

Pour limiter l'empreinte environnementale de ses livres, HarperCollins France s'engage à n'utiliser que du papier fabriqué à partir de bois provenant de forêts gérées durablement et de manière responsable.

1

Danser est une forme d'art. Il y a ceux qui font ça bien, qui semblent être nés pour ça. Et il y a ceux qui ne le sont pas.

Leah Hudson se rangeait elle-même parmi ces derniers. Ce n'était pas son passe-temps favori, et, franchement, elle avait hâte que cela finisse.

« Danser », c'était d'ailleurs beaucoup dire. « Se balancer vaguement » aurait été plus juste. Longue et dégingandée comme elle l'était, et avec ces talons vertigineux qu'elle avait choisis sans réfléchir pour la soirée, elle devait évoquer un faon nouveau né qui tient tout juste debout.

Garder le sourire, faire comme si elle passait un moment formidable.

Tous les autres s'amusaient. Une ou deux filles avaient lié connaissance avec des garçons qui leur avaient offert à boire... Au fait, elle commençait à avoir soif, elle aussi.

Elle jeta un coup d'œil vers le bar pour voir s'il n'y avait pas la queue, et à la place elle croisa une magnifique paire d'yeux bleus masculins qui la fixaient.

L'homme en question, chemise et pantalon noirs, se tenait au bar avec un grand verre qui semblait contenir de l'eau fraîche.

Elle ne put détourner les yeux et, avant qu'elle s'en soit rendu compte, il était debout devant elle.

— Voulez-vous m'accorder cette danse ?

La formule était un brin désuète. S'il avait dit autre chose, posé une question plus impertinente, elle aurait haussé les sourcils et se serait détournée. Mais cette façon délicieusement compassée de l'aborder la désarma.

Elle ne put s'empêcher de pouffer.

— Vous m'avez vue danser, non ? M'agiter gauchement sur place ?

Il sourit.

— C'était complètement attendrissant.

— Attendrissant ?

Il se pencha en avant.

— Adorable !

Elle se sentit rougir et fut heureuse qu'il ne puisse le voir dans la pénombre.

Ce qu'il y avait de redoutable avec cette semi-obscurité, c'est que cela créait de l'intimité et risquait de lui faire abandonner toute prudence...

Cet homme lui plaisait. Elle ignorait d'où lui venait cette impression, mais elle ne se sentait pas en danger avec lui. Pourquoi ne pas « s'agiter » un peu avec lui ? Ils étaient dans un endroit public, il n'allait rien arriver.

— D'accord.

Il la guida vers le milieu de la piste mais, alors qu'elle allait commencer à bouger, la musique changea, comme si son cavalier était de connivence avec le DJ ! De frénétique, le rythme devint lent et langoureux, le genre de musique qui pousse les couples à danser dans les bras l'un de l'autre. Leurs corps collés consciemment et intimement l'un à l'autre...

Elle se glissa timidement dans ses bras, posa les mains sur ses épaules tandis qu'il l'attirait à lui, et ferma les yeux alors qu'ils se balançaient ensemble sur la musique.

Il avait une odeur gourmande. Chaude, musquée.

Elle le sentit se pencher sur ses cheveux pour en humer le parfum, en un geste si intime qu'elle sentit un frisson lui parcourir l'échine.

Qu'allait-il se passer ensuite ?

Mais il se comporta en gentleman, ses mains ne s'égarèrent pas, et elle se sentit d'autant plus curieuse.

Qui était-il ? D'où venait-il ? Comment s'appelait-il ?

Elle lui accorda la danse suivante. Et la suivante. Lorsqu'elle dut s'asseoir pour reposer ses pieds, il l'accompagna jusqu'à la table où se trouvaient ses amies et l'aida à enlever ses escarpins. Puis il entreprit de lui masser les pieds, et elle se tortilla d'aise sur la banquette, non sans remercier le ciel d'être allée chez la pédicure deux jours plus tôt.

Il la regarda et sourit.

— Vous ne craignez pas les chatouilles ?

— Si, un peu.

— Alors, je vais faire attention.

Il lui tint fermement le pied, attentif à ne pas la chatouiller, mais la faisant bénéficier au maximum de ses mains fortes et habiles.

— Vous savez vous y prendre avec un pied de femme.

Elle se crispa en s'entendant prononcer ces mots ambigus, mais il resta impassible.

— Je sais m'y prendre avec bien des parties de l'anatomie féminine.

Elle rougit.

Le massage l'obligeait à se mordre la lèvre pour ne pas gémir et grogner de délice. Quelle magie pourrait-il faire naître dans d'autres endroits de sa personne ?

Mais elle repoussa vite cette pensée. Elle n'était pas comme ça !

Ils se mirent à bavarder. Il s'appelait Ben. Un nom simple, beau, qui lui allait bien. Ils aimaient beaucoup de choses identiques — les vieux films, la lecture et la même marque de chocolats au caramel à la pointe de sel — et, quand il apprit qu'elle habitait tout près comme lui, il offrit de la ramener chez elle.

— Vous ne pouvez pas danser avec ces chaussures, et vous ne pouvez certainement pas marcher. Je suis surpris que vous ne vous soyez pas cassé une cheville rien qu'en venant ici.

— Vous voulez me ramener sur votre dos ? demanda-t-elle, incrédule et amusée.

— Exactement.

L'idée la fit hoqueter de rire.

Elle n'avait pas envie qu'ils se quittent tout de suite, mais elle ne voulait pas être seule avec lui. Juste au cas où. Il pouvait être n'importe qui. Elle lança un SOS muet à Hannah, une amie qui habitait l'immeuble en face du sien, et qui proposa de les accompagner.

Fidèle à sa parole, Ben la porta sur le trajet de retour, leur racontant des plaisanteries et les faisant rire, partageant son attention entre elles deux, même s'il était clair qu'il s'intéressait surtout à Leah. Et, lorsqu'il la remit en douceur sur ses pieds sur le trottoir froid, elle lui offrit impulsivement un café ou un dernier verre.

Il sourit.

— J'apprécierais un café.

Hannah leur dit au revoir et leva le pouce pendant que Ben ne regardait pas.

Leah lui sourit tout en sortant ses clés de son sac.

Qu'est-ce qu'elle fabriquait ? Depuis quand invitait-elle chez elle un homme qu'elle ne connaissait pas ?

Mais une petite voix rebelle dans sa tête la défia : elle n'aurait pas de sitôt une occasion comme celle-là.

Elle prépara du café, et tous deux s'assirent ensemble sur le canapé pour le déguster.

— Je devrais y aller, dit-il alors que la tension dans la pièce devenait palpable. J'ai adoré passer ces quelques heures avec vous, mais je commence tôt demain matin.

Sa voix était chargée de regrets.

Elle hocha la tête.

— Moi aussi.

C'était vrai. Elle commençait un nouveau travail le lendemain. Elle était allée au club pour fêter ça.

Il se leva, et elle fit de même.

Ils étaient si proches ! Elle ne put faire autrement que de fixer sa bouche. Alors Ben l'attira à lui et pencha la tête vers la sienne.

Le baiser fut parfait. Délicat, plein de douceur... Puis il ne le fut plus du tout, et ils ne purent se dévêtir assez vite.

La caresse d'un doigt qui suivait la ligne de son épaule tira Leah des profondeurs d'un bienheureux sommeil — et la confronta à la réalité choquante qu'il y avait quelqu'un dans son lit.

Elle ouvrit les yeux d'un coup tandis que des souvenirs de la nuit déferlaient sur elle et qu'elle prenait conscience de l'agréable picotement laissé par les amusements de la nuit.

Prise de panique, elle attrapa la couette, la serra autour de son corps nu, sauta hors du lit et trébucha en se retournant pour voir l'homme allongé entre les draps.

Ben. Beau, nu. En pleine forme, les cheveux ébouriffés et le visage ombré d'une barbe d'un jour, ce qui ne diminuait en rien sa séduction.

Appuyé sur un coude, l'homme qui savait si bien s'y prendre avec l'anatomie féminine ne fit pas un geste pour se couvrir. Plein d'une assurance magnifique, il lui décocha un sourire charmeur, à la fois attirant et irritant.

Elle ne put empêcher son regard de descendre plus bas et détourna les yeux, sentant ses joues s'empourprer.

Elle lui enviait sa confiance dans son corps. Le sien l'avait toujours déçue.

À quoi ressemblait-elle ? N'avait-elle pas l'air d'un panda ? Elle s'était rendue au club avec Hannah et les autres maquillée pour faire la fête — mascara, rouge à lèvres, ombre à paupières scintillante, le grand jeu. Elle avait ramené chez elle l'Adonis maintenant étalé nonchalamment sur ses draps, et ils s'étaient retrouvés au lit sans qu'elle ait le temps de se démaquiller !

Cette façon d'agir ne lui ressemblait pas du tout. Elle n'était pas le genre de femme à coucher une nuit en passant. Elle s'était toujours vue comme quelqu'un de posé, qui prenait son temps avant d'accorder à un homme l'intimité de son lit, et cela lui avait parfaitement convenu jusqu'à la nuit dernière. Cette réserve lui avait permis d'établir une norme à respecter. L'existence était déjà assez compliquée par elle-même.

Et maintenant, *il* était allongé là, dans son lit, le matin suivant !

— N'ai-je pas dit que vous deviez partir ? Souvenez-vous. Juste après minuit ? Vous n'étiez pas censé rester.

— Vous m'avez épuisé. J'ai dû m'endormir.

Il semblait ignorer complètement que, superbe ou pas, elle le voulait hors de chez elle. Il paraissait satisfait de s'attarder.

Elle serra la couette encore plus fort et jeta un coup d'œil au réveil à côté du lit.

7 h 32.

Elle avait dormi avec un inconnu pendant plus de six heures, et le voir allongé là comme une délicieuse sucrerie pour le petit déjeuner n'arrangeait rien. Elle devait prendre un nouveau poste. Un poste important, avec des vies à sauver.

— Écoutez, cette nuit a été formidable, mais...

— Ne dites pas « mais », objecta Ben. Rien n'est jamais formidable quand quelqu'un dit « mais ».

Elle hocha la tête.

— *Mais* je vais prendre une douche, et quand je sortirai de la salle de bains je ne veux pas vous trouver encore là. Il faut que vous...

Elle parcourut du regard son torse magnifique, appréciant le concentré de beauté masculine qu'elle s'était autorisé à consommer la veille.

— Que vous vous habilliez et que vous partiez. Compris ?

Il pencha la tête de côté et sourit.

— C'est du gâchis de mettre fin à quelque chose d'aussi splendide.

Ravie et gênée de l'être, elle lui rendit son sourire.

— Peut-être, mais c'est ainsi qu'il en sera.

Elle repéra son pantalon et son caleçon de marque éparpillés sur le sol, là où elle les lui avait arrachés. Elle les ramassa et les lui lança avec un sourire embarrassé.

— Cela a été un plaisir de vous connaître.

Dix minutes plus tard, elle ouvrit la cabine de douche et guetta des bruits anormaux.

L'appartement paraissait vide.

Une serviette nouée autour d'elle, elle tira le verrou de la salle de bains et sortit, tendant encore l'oreille pour s'assurer qu'elle était seule.

Tout ce qu'elle pouvait entendre venait de dehors — des

chants d'oiseaux, une voiture qui passait. Rien en provenance de l'intérieur.

Dieu merci, il était parti !

En y réfléchissant, elle n'aurait pas dû accepter d'aller au club. À quoi avait-elle pensé en faisant une chose pareille ! Dormir avec un étranger ! Était-ce une conduite digne d'une future mère ?

D'accord, elle n'était pas enceinte elle-même. C'était une mère de substitution, Sally, qui portait son enfant. Et c'était peut-être pour cela qu'elle l'avait fait. Comme une dernière folie. Et, pour sûr, elle avait choisi un excellent candidat !

Elle sourit pour elle-même.

Elle ne trouverait jamais un homme pareil dans la vie réelle. Et même si cela arrivait, il partirait probablement en courant en apprenant qu'elle allait avoir un bébé dans sept mois.

Elle considéra un instant pour la chambre d'amis encore remplie des cartons de son récent emménagement.

Elle devrait vraiment en mettre un coup pour l'arranger en chambre d'enfant. Il y avait un lit pliant quelque part par là, attendant encore d'être sorti de son carton.

À l'entrée de sa chambre, elle s'arrêta, stupéfaite :

Waouh, elle était tombée sur un spécimen rare : à la fois sexy, bouillant et bien élevé !

Ben avait fait le lit, les oreillers avaient été regonflés, les draps tirés et lissés. Et qu'y avait-il sur son oreiller ?

Elle prit le petit bout de papier, le déplia et lut la brève note précédant un numéro de téléphone.

Nous avons passé un bon moment. Appelez-moi. Ben.

Elle sourit malgré elle.

Ben voulait la revoir. Elle lui plaisait !

Elle prit le téléphone et composa le numéro de sa meilleure amie.

— Sally ? C'est moi. Tu ne croiras jamais ce que j'ai fait cette nuit. Ou plutôt, avec qui.

Elle entendit une exclamation à l'autre bout du fil.

— Espèce de dévergondée ! Raconte. Tu sais que je dois vivre tes aventures par procuration pour les deux trimestres à venir.

Elle se laissa choir sur le bord de son lit.

— Il s'appelait Ben, et il... Euh... Il a passé la nuit ici.

— Quoi ? Mince ! Je savais que j'aurais dû me donner plus de mal pour trouver une baby-sitter pour mes monstres. Au moins, j'aurais pu le rencontrer. Allez, des détails ! Comment était-il ? Grand ? Brun, beau gosse ?

Elle gloussa.

— Bien monté ?

Leah rit.

— Oui, tout ça à la fois.

— Veinarde.

— Il était aussi poli, charmant, drôle — et il a fait le lit avant de partir.

— Tu l'as laissé partir ? C'est quelqu'un à garder !

— Il m'a laissé son numéro.

— Alors, rappelle-le.

— Il vient juste de partir. Il faut que j'attende un peu, non ? Que je me montre détachée ?

— Chérie, tu ne dois pas du tout être détachée. Fais ta première journée et appelle-le. Amuse-toi pendant que tu le peux. Frappe le fer tant qu'il est chaud, comme on dit.

Leah rit.

— Bon, je vais me préparer pour aller travailler. Tu m'as manqué, hier soir.

— Manifestement ! Écoute, il faut que j'y aille, William vient de renverser du jus d'orange sur son frère.

— D'accord. Je t'appelle bientôt. Prends soin de toi.

— À plus tard.

Elle imaginait très bien la petite tribu de Sally en train de virer au chaos. C'étaient des enfants turbulents... Et elle en aurait bientôt un à elle. Son propre enfant. Grâce à Sally.

Un homme comme Ben prendrait probablement la poudre d'escampette en entendant parler de ce bébé. Un bébé ne causait pas le genre de nuit blanche qui l'intéressait, lui.

À regret, elle froissa le bout de papier et le jeta dans la corbeille.

Il était temps qu'elle finisse de se préparer.

Le bébé hurlait.

Ben Willoughby se redressa et sourit patiemment à la mère qui essayait en vain de calmer son enfant apeuré.

Visiblement, le petit n'appréciait pas qu'un inconnu se penche sur lui pour tenter d'écouter son cœur.

La mère avait amené l'enfant aux urgences, terrifiée par l'irritation apparue sur les jambes de son fils, en particulier sur les genoux et le dessus des pieds : la peau était rouge et à vif.

En vérité, Ben se doutait de la cause de l'irritation. Il était à peu près sûr que le bébé allait bien, mais il voulait quand même vérifier. Il ne souhaitait pas que cette mère ait l'impression de lui avoir fait perdre son temps, et un examen complet n'avait jamais fait de mal à personne.

— Nous allons attendre qu'il se calme. Je pourrais appeler une infirmière pour le distraire avec des bulles de savon ou autre chose, afin que je puisse écouter ses poumons.

— Ce n'est pas la méningite ? demanda la mère, l'air inquiet.

Ben secoua la tête.

— Non, rien de tel. Il a environ neuf mois ?

Elle fit signe que oui.

— Il commence à marcher à quatre pattes ?

Nouvel acquiescement.

— Je pense qu'il s'agit de brûlures de frottement dues à la moquette.

Il en avait lui-même souffert quand il était petit, et cela lui arrivait encore à l'occasion lorsqu'il devait jouer à l'oncle, crapahuter par terre et feindre de passer un super moment.

Pour être honnête, il passait effectivement un bon moment, mais il n'était pas question de l'admettre. Tout le monde le savait, il n'aimait pas les enfants. Ceux-ci étaient bruyants, désordonnés, ils vous pompaient votre temps et votre énergie. Ce n'était pas son truc. Il comptait dédier entièrement sa vie à ses propres objectifs. Cela pouvait paraître égoïste, mais il s'en moquait parce qu'il savait que ce n'était pas le cas. Il était la personne la moins égoïste qu'il connaissait. Il donnait beaucoup aux autres, il l'avait toujours fait. Mais sa vie lui appartenait, et il voulait que cela continue. Il avait vu ce qui se passait quand il laissait interférer d'autres personnes, et ce n'était pas l'idéal. Il se tenait soigneusement à l'écart de relations compliquées...

Jusqu'à ce matin-là, quand il s'était réveillé dans le lit de Leah, totalement satisfait, bien au chaud et douillettement installé — avant qu'elle ne se lève et tire la couette à elle.

Il revoyait encore la scène : son embarras, la rougeur charmante qui avait gagné ses joues, ses yeux pétillants. La façon dont elle lui avait lancé ses habits avant de se glisser hors de la chambre, enveloppée dans son encombrant cocon.

Délicieuse.

Il ne savait pas très bien ce que cela signifiait, mais, lui qui ne donnait jamais son numéro, il s'était senti tenu de le laisser à Leah avant de partir. Il avait refermé la porte de l'appartement puis était resté immobile un instant sur le palier, se demandant s'il n'avait pas commis une erreur.

Bien sûr, il pouvait filtrer ses appels, mais une partie de lui n'en avait pas envie. Et, étrangement, ce n'était pas que la partie située au-dessous de la ceinture. C'était dans sa tête. Il avait envie d'en savoir plus sur l'exquise friponne de la veille. Dont l'aptitude à la danse égalait celle d'un girafon monté sur rollers. Qui l'avait fait sourire rien qu'en lui souriant. Qui l'avait sidéré par son rire. Qui avait éveillé en lui quelque chose d'inconnu auparavant...

— Des brûlures de frottement ? Vous êtes sûr ?

— Absolument. J'ai eu les mêmes.

La mère rougit.

— Oh ! Je me sens si stupide !

Il lui sourit gentiment.

— Vous avez le droit de vous inquiéter pour votre bébé, et mieux vaut une fausse alerte que quelque chose de sérieux.

Il sortit de la cabine, comptant remplir un formulaire ou deux pour donner à l'enfant le temps de se calmer, et leva les yeux pour voir si la salle d'attente se remplissait.

Elle était là ! Leah, la femme de la nuit dernière. Elle marchait vers lui dans un corsage blanc et une jupe droite qui moulait ses courbes.

Elle s'arrêta en le voyant, et il la regarda rougir, ravi : il ne se lasserait jamais de ce spectacle.

Que faisait-elle ici ? Était-elle venue lui jeter son numéro de téléphone à la figure, ayant découvert où il travaillait ? Était-elle blessée ?

Normalement, il échappait à ce genre de situation du matin suivant. La conversation gênante, les excuses embarrassées. Il prenait le bon côté — le flirt, l'excitation, les baisers, le sexe torride — et ne se souciait pas de la suite, parce qu'il n'y en avait jamais.

— Salut, dit-il, à court de mots.

Il la vit déglutir, l'air d'une biche effarouchée.

— Que faites-vous ici ? balbutia-t-elle.

2

Leah sentit ses joues s'empourprer de nouveau et prit une grande inspiration pour se raffermir.

Oh ! mon Dieu, quelle idiote ! Ben portait une blouse et un stéthoscope autour du cou. Il était médecin, à l'évidence.

Bonté divine, que devait-il penser d'elle ?

Ce serait terriblement mortifiant d'avoir à travailler avec l'homme qu'elle avait rencontré dans un club, avec qui elle avait passé la nuit et qu'elle avait mis dehors quand il s'était attardé. Mais peut-être faisait-il partie d'un autre service, peut-être était-il juste venu donner une consultation ?

Mais alors qu'un peu de courage pointait son nez, lui rappelant qu'elle n'avait pas été seule à faire ce qu'elle avait fait, elle le revit nu sur son lit lorsqu'elle avait tiré la couette.

Rougissant encore, elle parvint à sourire.

— Je dis des stupidités. Vous êtes évidemment médecin.

Il sourit à son tour, et elle réprima un frisson.

Cette façon qu'il avait de la regarder, comme si elle était comestible et qu'il avait envie de la dévorer !

— Vous ne vous trompez pas.

— Vous êtes, euh... Chef de clinique ? Consultant ? Du service d'orthopédie, peut-être ? demanda-t-elle avec espoir.

— Consultant. Aux urgences.

— Oh.

Elle paniqua un peu plus.

Il travaillait dans ce service ! Ça n'allait pas. Oh ! non, ça n'allait pas du tout !

Il eut son sourire amusé, puis se pencha pour murmurer :

— Puis-je demander ce que vous faites vous-même ici ? demanda-t-il. Physiquement, vous me semblez en pleine forme…

Elle rit. D'un rire presque hystérique.

Elle aurait pu mentir, prétendre qu'elle venait voir quelqu'un. Ou bien…

Non, pas de mensonge plausible. Elle avait besoin d'un salaire. Elle avait un travail dans cet hôpital et espérait que ce poste deviendrait permanent. Son amant d'une nuit était son patron, elle allait beaucoup travailler avec lui au cours des mois à venir. Elle était forcée de dire la vérité.

Elle sourit brièvement.

— Je suis là en tant que médecin urgentiste remplaçant. Je commence aujourd'hui.

Elle vit la compréhension s'inscrire sur le visage de Ben et fut heureuse qu'il ait l'air pris de court, lui aussi. C'était bon qu'ils soient à égalité.

— Vous êtes mon nouveau médecin ?

— Eh oui !

Elle le regarda absorber l'information et suivit les émotions qui se succédaient sur son visage, le cœur battant.

Ben était-il le type correct qu'elle espérait ? Et elle, pourrait-elle prétendre que rien ne s'était passé, alors qu'elle en savait plus qu'elle ne l'aurait dû sur cet homme, comme les caresses qui le faisaient gémir de plaisir ? Sauraient-ils repartir de zéro et collaborer comme s'ils ne s'étaient jamais rencontrés auparavant ?

Oui, tenta-t-elle de se convaincre, ils en étaient capables. Il le fallait.

Ben, ayant été appelé aux Cas graves pour accueillir un traumatisé arrivé par hélicoptère, ce fut une infirmière, Molly, qui montra les lieux à Leah.

Molly avait à peu près le même âge qu'elle. Elle était vive, amicale et loquace. Elle lui fit faire le tour des Cas bénins, lui montra où tout se trouvait, lui indiqua qui appeler en cas de besoin et quel était le mot de passe pour les ordinateurs. Puis elle l'emmena aux Cas graves.

Leah ne put s'empêcher d'observer Ben tandis qu'il examinait son patient allongé sur une civière.

Pas étonnant qu'il l'ait bluffée la veille au club. Il était plus que beau. Il était à couper le souffle. Larges épaules, ventre plat, taille mince...

Et elle connaissait aussi d'autres détails : sa peau lisse, le petit grain de beauté juste au-dessus de sa hanche gauche, les muscles bien dessinés qui descendaient vers...

Molly avait dû la surprendre en train de le fixer, car elle gloussa.

— Ah, vous avez remarqué le Dr Willoughby ?

Leah battit des cils.

— Quoi ? Oh ! non, sûrement pas. Je...

— Je ne vous en blâme pas. Nous le trouvons toutes splendide ! Mais prenez garde, ne succombez pas à ses charmes. Il est sorti avec un bon nombre de membres de l'équipe, et il aime enchaîner les conquêtes, si vous voyez ce que je veux dire. Non pas que j'aie à le critiquer en tant que collègue — c'est vraiment un type bien, en fait —, mais c'est un briseur de cœurs.

Elle hocha la tête, complice.

— Je vois tout à fait.

Cependant, elle se sentait blessée d'apprendre qu'elle était une conquête parmi un grand nombre d'autres. Elle avait espéré que, parce qu'elle s'était permis un rare écart, c'était peut-être aussi son cas à lui... Mais voilà, c'était un don Juan, elle avait cédé à son charme et lui avait tout donné. Une histoire vieille comme le monde.

Le savoir la fit se sentir encore plus pessimiste : aussi torride qu'ait été le sexe entre eux, son brûlant amant d'un soir ne serait à l'évidence pas séduit par une future mère !

Ils avaient eu une nuit, et cela en resterait là. Mais elle n'allait pas se morfondre, elle avait un avenir en dehors de lui ! C'était une bonne chose qu'elle ait jeté son numéro de téléphone.

Elle détourna avec effort le regard de Ben, qu'elle fixait comme si elle était hypnotisée.

— Qu'y a-t-il d'autre à voir ? demanda-t-elle à Molly.

Cependant, alors que la journée de travail s'organisait, elle ne put se départir de son malaise.

Elle se sentait stupide d'avoir pensé qu'il y avait eu plus que du sexe dans leur nuit d'amour. Que cette nuit-là, même si elle devait être unique, avait d'une certaine façon plus de signification que pour d'autres partenaires d'un soir. Que ce n'avait pas été juste une brève copulation pour assouvir un besoin physique.

Pourtant, c'était le cas. Coucher une nuit avec une femme était une conduite normale pour Ben, elle n'était qu'une conquête parmi de nombreuses autres, qui avaient dû penser elles aussi un bref instant qu'elles étaient spéciales.

Cela avait été si bon de se sentir spéciale avec lui... Elle avait rarement connu cela, et elle avait eu la faiblesse d'imaginer qu'elle représentait quelque chose de particulier à ses yeux. Mais il ne s'était agi que de sexe. Tout ce qu'il avait voulu, c'était assouvir son appétit sexuel. N'importe quelle femme aurait fait l'affaire. Il s'était servi d'elle comme il se servait probablement de toutes les femmes.

Même s'il avait fait le lit après.

Après tout, elle avait l'habitude de ce sentiment de frustration, elle aurait dû y être accoutumée. Elle n'était pas « spéciale ». Elle ne l'avait jamais été. Pas une seule fois de toute sa vie. Les gens qu'elle avait laissés s'approcher d'elle l'avaient toujours abandonnée. Elle ne pouvait compter que sur elle-même pour se fabriquer son propre bonheur.

C'est pourquoi elle avait fait appel à une mère de substitution. Elle avait toujours voulu une famille. Se doutant qu'elle n'en aurait pas par les moyens normaux, elle avait décidé de prendre les choses en mains. S'en remettre à une mère porteuse lui avait d'abord paru presque impossible : et si celle-ci changeait d'avis ? Si elle voulait garder le bébé pour elle ? Tant de choses pouvaient mal se passer qu'elle n'envisageait même de ne pas se lancer. Jusqu'à ce que Sally propose de l'aider. Sally, sa meilleure amie, qui avait déjà trois enfants. Sally l'aimait assez pour lui offrir de porter son enfant.

Alors, oui, elle avait au moins une personne dans son camp. Et quand le bébé serait né, elle en aurait deux : le bébé serait de sa propre chair et de son propre sang. Issu de son ovule, prélevé après des mois d'injection d'hormones pour aider ses ovaires à en produire un assez robuste.

C'était important que le bébé soit le sien, parce qu'elle n'avait pas de famille. Pas de père ni de mère. Pas de frères et sœurs. Personne. Elle avait été placée dès sa naissance par les services sociaux. Cela avait été horrible. Son aspiration à fonder une famille s'était encore renforcée depuis qu'elle était devenue adulte et médecin. Et là, elle allait bientôt être mère.

Elle ne laisserait personne lui gâcher cela, surtout pas le Dr Ben Willoughby.

Ben examina la radio de plus près.

Il y avait de nettes fractures de l'extrémité distale du cubitus et du radius. Par chance, les os n'étaient pas déplacés. Son patient devait être admis en orthopédie pour définir la marche à suivre.

Il allait saisir le téléphone pour appeler le service quand Leah s'assit à côté de lui.

— Salut...

Il se tourna pour lui sourire.

Il avait été agréablement surpris d'apprendre qu'elle était la nouvelle remplaçante. Pour être honnête il en était plus que content. Il avait eu envie d'avoir de ses nouvelles et de la connaître un peu mieux — ce qui était une première en soi. Maintenant qu'elle était là pour quelques mois, il en aurait forcément l'occasion.

Il l'étudia plus précisément, essayant de définir pourquoi cette femme l'intriguait, en dehors de son allure sublime dont elle ne semblait pas avoir conscience.

Peut-être était-ce son air candide ? La façon dont elle rougissait si facilement tout en étant une sirène au lit ? Cette juxtaposition de contraires le mettait à l'envers.

Peut-être étaient-ce ses yeux ? Ils pétillaient d'une intelligence qu'il avait rarement observée. Ou peut-être était-ce le fait qu'elle ne pouvait pas cacher ce qu'elle éprouvait ? Tout était écrit sur son visage, il n'avait qu'à le déchiffrer.

Elle se mordillait la lèvre. Visiblement, elle avait quelque chose à lui dire, mais cela ne fit qu'attirer son attention sur sa bouche. Il éprouva une envie physique de tendre la main et de passer le pouce sur sa lèvre inférieure pour la libérer, puis d'attirer son visage vers le sien et de...

— Il faut que je vous parle.

Aïe. Une conversation qui commence ainsi se termine rarement bien. Il le savait parce que, d'habitude, c'était lui qui prononçait ces mots. Pour tenter de dire à une femme avec qui il était sorti un soir qu'il n'était pas intéressé. Qu'elle devait chercher ailleurs parce qu'il ne ressortirait pas avec elle. Il s'efforçait toujours de le faire gentiment, cependant. D'un ton aimable.

Allait-elle réellement lui faire ça, alors qu'ils avaient partagé quelque chose de si bon ?

— Je pense que je sais ce que vous allez dire.

Elle le regarda, les sourcils froncés. Déconcertée.

— Ah oui ?

Il hocha la tête.

— Vous allez dire quelque chose du genre : « Écoutez, nous sommes collègues. Nous ne devrions vraiment pas sortir ensemble. Soyons simplement amis. » J'ai raison ?

Elle se mordit de nouveau la lèvre.

Il souhaitait vraiment qu'elle cesse de faire ça. C'était une vraie distraction. Mais une distraction qui l'enchantait.

— Eh bien, oui, en quelque sorte.

S'étant assuré qu'il n'y avait personne à portée de voix, il lui fit face.

— Je pense que vous avez tort.

Elle rougit, et il éprouva une drôle de sensation au ventre.

— Je n'ai pas tort. Si vous saviez la vérité, vous ne vous intéresseriez pas à moi, pas du tout...

Elle essayait visiblement de trouver les mots justes pour expliquer la situation problématique dans laquelle elle se trouvait.

— Vous êtes mariée ?

Il ne le pensait pas. Il n'avait vu dans son appartement aucun signe indiquant que quelqu'un vivait avec elle.

— Non.

— Vous avez un petit ami sérieux ?

Elle regarda autour d'elle, vérifiant elle aussi que personne ne pouvait les entendre.

— Non.

— Alors, quel est le problème ? Un garçon rencontre une fille, il la raccompagne chez elle, ils passent un excellent moment. Le garçon le sait. La fille le sait. Il paraît sensé qu'ils recommencent puisque c'est formidable.

Il fit un grand sourire, sentant son sang circuler plus vite à l'idée d'une autre nuit avec elle. Rien qu'en étant près d'elle, en la touchant presque, en humant son parfum suave... Il en était intoxiqué ! Elle n'allait quand même pas rejeter cette occasion ? Ils pouvaient prendre du plaisir ensemble pendant un certain temps...

Elle le regardait au fond des yeux, presque comme si elle sondait son âme. Soudain, elle battit des cils et jeta un coup d'œil nerveux autour d'eux.

— J'ai passé un moment génial avec vous, oui. Cela a même été...

Elle rougit.

— Mais je ne suis pas le genre de femme avec qui vous voudriez avoir une relation actuellement.

— Vous vous trompez...

— Je vais avoir un bébé.

Il la fixa, tout sourire disparu.

Quoi ? Un bébé ?

Il baissa les yeux sur son ventre, se rappelant la douce rondeur de son abdomen, ses courbes voluptueuses à la lueur du clair de lune... Il n'avait rien remarqué.

— Non, pas moi en personne. J'ai fait appel à une mère porteuse, expliqua-t-elle. Ma meilleure amie porte mon bébé pour moi, il lui reste sept mois avant d'accoucher.

Il la fixa, choqué au-delà des mots.

Il avait cru trouver la partenaire parfaite, mais cela changeait tout. Elle allait avoir un bébé ! C'était peut-être super pour elle, mais lui n'avait pas besoin de ce genre de complication. Les responsabilités, le ressentiment, l'épuisement...

Non, merci. Pas question.

3

Leah sourit légèrement pour montrer à Ben qu'elle comprenait. Qu'elle n'allait pas le blâmer s'il s'éloignait maintenant.

— Vous êtes choqué. Je sais que vous êtes choqué. Je le serais aussi, à votre place.

En fait, il fallait qu'il s'en aille. Parce qu'elle n'avait pas besoin de complication dans sa vie en ce moment. Une complication certes absolument superbe, mais pas du genre sur laquelle elle pourrait compter avec un bébé. Ben ne s'était pas porté volontaire pour ça, après tout. Il était juste qu'il le sache dès le départ pour prendre sa décision avec toutes les cartes en mains.

Des mains qui pouvaient créer des merveilles...

— Un bébé ? Vous allez être maman ?

— Oui.

— Mais... La GPA n'est-elle pas une sorte de dernière chance ?

Elle voyait bien le sens de la question : « Pourquoi ne pas avoir cet enfant vous-même ? ». Il fallait qu'elle s'explique, mais c'était gênant. Ils se connaissaient à peine. Connaître quelqu'un charnellement ne comptait pas dans cette situation. Elle n'avait pas l'habitude de partager des informations personnelles avec un quasi étranger.

Pourtant elle devait le faire.

— C'est une question de dernière chance.

— Mais pourquoi ? Vous n'avez qu'une trentaine d'années. Vous pouvez rencontrer quelqu'un.

— J'apprécie votre optimisme, vraiment. Mais ce n'est pas aussi simple.

— Je ne comprends pas. Qu'est-ce que vous ne me dites pas ?

Mon Dieu, son regard était d'une intensité !

Elle prit une grande inspiration.

— Je ne pourrai probablement pas porter un bébé jusqu'à son terme à cause d'une anomalie de mon utérus. Mais je veux fonder une famille, et cette solution m'a paru la façon la plus sûre de le faire.

Ben fronça les sourcils.

— Quel genre d'anomalie ?

— Un utérus bicorne.

Il inspira.

— Il est en partie partagé en deux ?

Il écoutait bien. Il était facile de lui parler.

— Mon cas est sévère. Mon gynécologue m'a dit que tout bébé que je porterais serait probablement perdu au cours du deuxième trimestre, ou qu'il y aurait un retard de croissance si le fœtus était implanté dans l'une des deux cornes.

Il hocha la tête.

— J'en ai entendu parler. Mais je n'avais encore jamais rencontré quelqu'un présentant cette particularité.

Il sourit.

— Vous êtes une première pour moi.

Elle opina, ironique.

— Eh bien, vous voilà gâté ! Une relation intime *et* une révélation médicale. Quelle chance… Je n'ai jamais eu de famille, poursuivit-elle très vite. J'ai toujours su que je voulais avoir quelqu'un de mon sang à aimer et à chérir, qui me chérisse en retour. Un enfant. Le temps passant, je devais trouver pour m'aider quelqu'un en qui j'aie assez confiance.

Ben parut étonné.

— Et vous faites ça toute seule ?

Elle sourit, contente qu'il ne semble pas la juger.

Elle n'allait pas lui raconter les longs mois de traitement et de prélèvements. Elle ne voulait pas qu'il la voie comme une patiente. Elle avait vécu une nuit torride avec cet homme, elle ne voulait pas qu'il l'imagine sur le dos, les pieds dans des étriers. Ces jours-là étaient derrière elle.

— Je fais ça toute seule, oui. J'ai pensé que vous deviez le savoir.

— Et vous croyez que vous ne m'intéresserez plus parce que vous allez être mère ?

Elle inclina la tête d'un côté, souriant.

— N'est-ce pas le cas ?

Ben s'adossa à sa chaise pour soupeser sa réponse.

— Vous pensez que je vais partir en courant parce qu'un bébé est en route ?

Elle rit.

— Oui.

Il crispa les mains sur sa poitrine comme si elle lui avait donné un coup en plein cœur.

— Je suis blessé, grommela-t-il.

— Allons ! Essayez-vous sérieusement de me dire qu'un homme comme vous n'est pas rebuté par une femme comme moi ?

Ses yeux bleus pétillèrent.

— Un homme comme moi ?

Il voulait visiblement une explication.

— Docteur Willoughby, vous avez une réputation de séducteur invétéré.

Il secoua la tête comme si elle le décevait.

— Vous avez passé une matinée ici, et vous écoutez déjà les ragots ?

Elle soutint son regard.

— Vous n'avez pas répondu à ma question.

Il la fixa avec un demi-sourire, comme s'il réfléchissait à sa réponse.

Cette réponse, elle la connaissait déjà dans son cœur. Et c'était dommage, parce qu'elle avait passé une nuit extraordinaire avec lui. Il n'y avait pas eu simplement le sexe, mais les conversations qu'ils avaient partagées avant, les rires, le plaisir de sa compagnie. Le formidable massage des pieds ! Il s'était passé quelque chose de spécial. Une étincelle. Une connexion. Une flamme...

Mais une alarme retentit, venant des Cas graves.

Ils bondirent tous les deux de leur siège et se précipitèrent. Les réponses devraient attendre.

Ben trouva les deux semaines suivantes difficiles et embarrassantes.

Il ne savait pas très bien comment se comporter avec Leah. Il l'aimait bien. Elle lui plaisait vraiment. Elle était drôle, intelligente, et tout le monde l'adorait dans le service. Les gens se confiaient à elle, lui parlaient. Et son rire... Chaque fois qu'il l'entendait, il avait l'impression qu'il lui réchauffait l'âme. Il avait envie de se laisser attirer dans son orbite. Vraiment.

Mais il se retenait.

Elle allait bientôt devenir mère. Il en était heureux pour elle, mais il ne pouvait s'empêcher de penser qu'elle s'était un peu précipitée. Tout ce discours sur le fait de vouloir une famille, de ressentir ce lien et d'avoir quelqu'un qui l'aimait... C'était une vue idéalisée de la famille. Elle regardait la vie à travers des lunettes roses. Les gens — les familles — ne vivent pas tous au Pays du Bonheur, où tout le monde s'entend bien et s'aime. Il peut y avoir de la discorde, de la haine, du ressentiment. Être le parent de quelqu'un par le sang ne garantit ni le bonheur ni un passeport pour la joie. Certaines familles n'ont rien de facile et peuvent vous déchirer le cœur. Comme la sienne.

Son frère et sa sœur, plus jeunes que lui, lui avaient fait vivre toute la gamme des soucis possibles. À l'adolescence, ils l'avaient détesté et s'étaient rebellés contre lui. Ils passaient toute la nuit dehors avec des copains pendant qu'il restait à la maison à s'inquiéter pour eux — quand il ne sortait pas pour essayer de les trouver.

Leah pensait probablement qu'avoir un enfant signifierait tout pour elle — et peut-être que ce serait vrai au début. Mais avait-elle pensé aux nuits blanches, aux caprices, aux problèmes à l'école ?

Il réfléchissait à ce problème après avoir vu son premier patient de la journée.

Il travaillait ce jour-là aux Cas bénins et avait eu affaire à une adolescente qui s'était fait une entorse en voulant échapper à un vigile alors qu'elle avait volé de la nourriture dans un magasin. Sa mère était allée passer quelques jours chez son petit ami, laissant ses enfants sans rien à manger. Quand elle était à la maison, elle se soûlait.

Il avait envoyé attendre dehors le vigile qui montait la garde près du lit d'examen.

— Il fallait que je le fasse ! s'était écriée l'adolescente, en larmes. Il le fallait !

— Qui est avec tes frères et sœurs, en ce moment ?

— Personne.

— Il faut que tu me donnes le numéro de téléphone de ta mère. Pour la prévenir que tu es ici.

— Elle ne viendra pas.

— Donne-le-moi quand même.

Avec réticence, l'adolescente s'exécuta.

— Ne lui dites pas que je volais dans un magasin.

— Elle l'apprendra. Ce vigile l'informera.

— Alors, espérons qu'elle sera trop soûle pour comprendre.

Il avait averti les services sociaux. Eux seuls pourraient arranger la situation.

Oui, la famille, c'était du stress pour un parent seul, et il savait qu'il y aurait des moments où Leah aurait envie de fuir sans pouvoir le faire à cause de ses responsabilités.

Mais comment lui dire cela ? Comment briser son rêve, sachant ce qu'il signifiait pour elle ?

Leah se faufila dans l'équipe du matin en espérant que personne ne remarquerait qu'elle avait dix bonnes minutes de retard.

Ce n'était pas sa faute. Elle était partie au travail parfaitement à l'heure, quand une mouette avait lâché une fiente sur le devant de sa veste. Elle avait dû retourner se changer. Ce genre d'incident était censé porter bonheur, mais elle n'y croyait pas trop...

Elle referma doucement la porte derrière elle et se glissa sur la chaise libre la plus proche. Elle posa son sac par terre, sourit à son voisin, puis leva les yeux — et vit que Ben était assis juste en face d'elle.

— C'est aimable à vous de nous rejoindre, docteur Hudson.

Tous les regards se tournèrent vers elle, et elle rougit.

— Euh... Merci. Désolée d'être en retard. J'ai eu un incident en route et...

Comme tout le monde se mettait à sourire, elle protesta :

— C'était une mouette, ce n'était pas moi !

Elle aurait mieux fait de se taire.

— Docteur Evers, si vous voulez bien poursuivre ?

Le médecin de garde de la nuit précédente les informa de ce qui s'était passé et leur dit qui se trouvait encore en réanimation dans les Cas graves et dans les Cas bénins.

Leah jeta un coup d'œil à Ben, appréciant de pouvoir le regarder sans être observée.

Il avait été gentil avec elle durant les deux dernières semaines. Il lui avait même demandé si elle voulait participer à une sortie organisée par le service.

— Si vous ne travaillez pas le 15, nous allons en groupe au parc d'attractions des Finley Towers. Ça vous dit ?

— Vous me proposez de sortir avec vous ?

— Eh bien... Nous serons plusieurs. Si vous êtes libre, vous pourrez vous amuser. Vous savez, avant que vos obligations de mère ne vous paralysent.

Elle avait souri, mais son commentaire l'avait laissée perplexe.

Il se tenait en retrait depuis qu'elle lui avait parlé de la GPA. Il gardait ses distances. Elle s'y était attendue, mais elle se sentait déçue malgré tout. Ils avaient été proches. Intimes. Certes, il s'était agi d'une unique fois, mais il y avait eu entre eux une connexion rare. En tout cas, elle l'avait pensé. Et elle avait le sentiment qu'il la laissait tomber.

Qu'est-ce qu'elle avait espéré ? Ben était son patron, ça n'aurait jamais marché ! C'était un autre exemple de quelqu'un qui ne répondait pas à ses attentes. Elle était habituée à se débrouiller seule. Pourquoi serait-ce différent avec lui ? Pourquoi un homme dont l'amante d'une nuit avait une vie compliquée réclamerait-il d'y prendre part ?

Mais le savoir ne rendait pas les choses plus faciles.

Elle soupira, sans doute plus fort qu'elle ne s'y attendait, car de nouveau tous les yeux se rivèrent sur elle.

Elle s'empourpra.

— Désolée... Continuez.

Elle baissa les yeux sur sa feuille et y griffonna quelques mots, espérant paraître concentrée.

Ce qu'elle n'était pas. Et c'était regrettable. Pourquoi ne pouvait-elle se sortir Ben de la tête ? Elle pensait tout le temps à lui. Chaque matin en arrivant, elle consultait le tableau de service et sentait son cœur sombrer s'il n'était pas dans la même équipe qu'elle. La veille, elle était sortie d'une cabine à l'instant où il sortait de celle d'en face, leurs yeux s'étaient croisés, ils avaient souri, et...

Et rien. Il lui avait adressé un petit signe de tête, sans plus. Lorsqu'il s'était éloigné, elle s'était sentie abattue.

C'était évident, il lui montrait clairement qu'il n'était pas intéressé...

Alors, pourquoi lui avait-il demandé si elle voulait venir aux Finley Towers ?

On aurait dit qu'il avait envie qu'elle vienne, et elle avait envie d'y aller. Ce serait amusant. Elle n'était pas de service ce jour-là. Et lui non plus, d'ailleurs. Elle avait vérifié...

Ce serait peut-être une chance de passer du temps avec lui hors de l'hôpital, ils auraient peut-être l'occasion de parler ?

Peu de gens ont l'opportunité de mieux connaître un partenaire d'une nuit, elle souhaitait vraiment que ce soit différent pour eux. Il fallait qu'il sorte quelque chose de bien de sa rencontre avec Ben. Elle espérait s'en faire un ami, faute de mieux.

Elle leva les yeux vers lui et surprit son regard sur elle.

Il détourna vivement les yeux et se mit à mordiller le bout de son stylo, l'air contrarié.

Avait-il pensé à leur nuit ensemble ?

Elle ne l'en blâmerait pas, elle y pensait aussi. C'était difficile à oublier.

4

Dès que la réunion fut terminée, Ben se leva et s'apprêta à quitter la pièce.

Cela devenait de plus en plus difficile pour lui de côtoyer Leah à cause des pensées qui le tourmentaient.

Une partie de lui espérait qu'elle ne pourrait pas venir à la sortie, parce que, si elle venait, il passerait du temps avec elle hors du cadre du travail. Il s'agirait de rires, d'amusement et d'amitié. Il verrait peut-être un autre aspect d'elle qui lui plairait vraiment, et...

Elle était magnifique. Il adorait sa façon de rougir quand elle était gênée. Il adorait la voir sourire.

Ses pensées s'emballaient comme celles d'un adolescent. Il l'idolâtrait, la plaçait sur un piédestal. Il était avide de l'apercevoir, guettait chaque mot qu'elle prononçait, mourait d'envie de passer un autre moment intime avec elle.

D'où cela lui venait-il ? Il n'avait pas eu de second rendez-vous avec quelqu'un depuis des années. Le dernier qu'il avait vécu avait été désastreux. La femme lui plaisait mais, la deuxième fois, quelque chose avait manqué. L'étincelle avait disparu. Il n'y avait plus l'excitation de la nouveauté. Il était rentré frustré.

Pourquoi serait-ce différent avec Leah ?

En tout cas, il lui avait proposé de venir aux Finley Towers. Ce parc d'attractions possédait les montagnes russes les plus hautes et les plus rapides du Royaume-Uni, et il adorait les montagnes russes. Une sortie en groupe, ce serait bien, non ? C'était plus sûr. Ils auraient moins la pression d'être seuls ensemble. Et il pourrait voir comment elle était hors de l'hôpital… Et hors d'un lit.

Certes, au lit, cela avait été stupéfiant. Simplement, il savait qu'il y avait plus avec quelqu'un comme Leah.

Quelqu'un comme Leah. Bien sûr, qu'il y avait plus. Elle allait être mère.

Cela l'inquiétait davantage qu'il ne voulait l'admettre. Il avait vu tant de gens perdre leur identité en devenant parents. Ils oubliaient ce qu'ils aimaient, leurs passions, occupés qu'ils étaient à être papa ou maman. Les journées n'étaient plus faites que de repas, de changements de couches et de rituels du coucher, et la personne qu'ils avaient été avant disparaissait au milieu de ces soucis.

Qu'arriverait-il à Leah ? Combien de temps lui faudrait-il pour disparaître sous l'avalanche de soins à donner au bébé ?

Irrité par cette pensée, il prit le dossier de son prochain patient, un enfant qui s'était ouvert l'arcade sourcilière. Il fut accueilli dans la cabine par un vacarme de cris. La mère était assise sur le lit, tenant le petit blessé contre elle, tandis que trois autres enfants sautaient autour en piaillant.

Son entrée ne changea rien. Il allait devoir faire avec.

— Alfie Cotton ? demanda-t-il.

Le visage de la mère s'éclaira.

— Oui, merci, docteur. Il s'est ouvert le front en sautant sur mon lit et en se cognant au radiateur. Je leur dis de faire attention, mais ils ne m'écoutent jamais.

En effet. Et elle n'avait pas dû trouver de baby-sitter pour garder les autres.

Il se pencha pour examiner la blessure et la nettoyer. Le petit Alfie hurla et voulut se libérer des bras de sa mère.

— Alfie, non ! Reste tranquille !

Cela allait être difficile. Peut-être lui faudrait-il de nouveau des bulles ?

— Je vais chercher ce dont j'ai besoin, et nous verrons ce que nous pourrons faire, d'accord ?

Il tira le rideau en soupirant et se rendit dans la réserve où se trouvait le matériel susceptible de lui servir.

— Bonjour.

C'était Leah. Elle se tenait sur le seuil et lui souriait.

Il aurait juré que son cœur avait manqué un battement.

— Salut.

— Vous avez l'air tendu.

— Je le suis.

— Juste ciel, le service vient juste de commencer ! Vous avez besoin d'un coup de main ?

— Vous n'avez pas de patient ?

— Il est à la radio. Je suspecte une fracture de la clavicule. Et vous ?

— Un gamin blessé à la tête. Seulement la mère a dû amener toute la tribu. C'est comme travailler dans une nurserie, il y a des enfants partout.

Elle sourit.

— J'ai l'habitude. Est-ce que les enfants vous ennuient ? J'ai comme l'impression que vous n'en êtes pas fan.

— Qu'est-ce qui vous fait penser ça ?

Elle sourit.

— Certaines des choses que vous dites, répondit-elle.

— Je suis l'aîné de trois. J'ai fait ma part pour ce qui est de s'occuper de petits gosses.

— Trois enfants ? Vos parents devaient adorer avoir des bébés !

Elle n'avait aucune idée de ce que cela avait été pour lui, à la maison.

Il prit la colle et haussa les épaules.

— En avoir, peut-être. S'occuper d'eux, c'était une autre histoire.

Elle fronça les sourcils.

— Vous avez envie d'en parler ?

Il n'avait jamais envie d'en parler. Raison pour laquelle le besoin soudain de tout lui dire lui parut étrange.

Il souhaitait qu'elle sache. Il sentait qu'elle s'assiérait et l'écouterait s'il racontait tout. Toute l'horrible situation. Tout ce qu'il avait dû faire.

Il dut combattre son inclination à tout déballer sur-le-champ. Ce ne serait pas juste de la charger de tout ça.

Bien que, de son côté, elle ait partagé un secret avec lui... Cela équilibrerait les choses, non ?

Il hésita, déchiré entre l'envie d'en parler et celle de tout garder pour lui comme il l'avait toujours fait.

Sa peur l'emporta.

— Non. Mais êtes-vous douée pour faire des bulles ?

— Euh... Oui.

Il lui tendit un récipient de liquide avec une boucle.

— Bon. Vous pouvez être ma technique de distraction. Suivez-moi.

Leah réalisa de superbes bulles tandis que Ben cautérisait la blessure du petit Alfie devant les trois autres enfants, captivés.

— Voilà. C'est fait.

La mère rit.

— Il ne s'est rendu compte de rien !

— Le pouvoir de l'eau savonneuse.

Ben rangea son matériel.

— Gardez la plaie au sec pendant cinq ou six jours et ne le laissez pas se gratter. Si elle devient rouge ou gonflée, allez voir votre généraliste.

— Merci, docteur.

— Je vous en prie. Vous pouvez emmener tout le monde, maintenant.

Leah donna le nécessaire à bulles à Alfie et quitta la cabine avec Ben. Il s'assit au bureau pour rédiger ses notes.

— Merci de m'avoir aidé.

— Pas de problème.

Il la regarda et la trouva détendue.

— Les enfants semblent bien vous aimer.

— Je les aime.

— Ça se voit.

Elle pencha la tête de côté.

— Mais, vous, vous ne les aimez pas.

Ce n'était pas une question.

Cette affirmation le rendit mal à l'aise.

Les gens normaux sont censés aimer les enfants, être génétiquement prédisposés à perpétuer l'espèce humaine. Car il s'agit du maintien de l'espèce, ni plus ni moins. Et les enfants sont censés être mignons, drôles et aimables. Qu'est-ce que le fait qu'ils lui donnent envie de partir en courant révélait sur lui ?

Il soupira.

— Je ne déteste pas les enfants en eux-mêmes.

— Mais ?

— Mais je n'ai pas eu la meilleure des enfances, comme mes frères et sœurs. Peut-être que ce que je n'aime pas, ce sont simplement les mauvais parents.

Elle resta silencieuse un moment, digérant l'information qu'il venait de lui donner.

Il sentit ses joues s'échauffer devant l'intensité de sa concentration, et il posa son stylo, sachant qu'il devait s'expliquer.

— J'ai dû grandir très vite. À dix ans pendant que mes parents buvaient, se droguaient ou dormaient, je devais m'occuper de deux enfants plus petits. Je devais faire à manger, nettoyer derrière eux, les soigner quand ils étaient malades. Mes parents savaient peut-être « faire » des bébés, mais ils se sont plantés dans les grandes largeurs pour nous élever.

Il reprit son stylo et se remit à rédiger ses notes avec détermination, jusqu'à ce que Leah pose une main sur la sienne.

Il regarda sa main, le cœur tambourinant dans la poitrine.

— Je suis désolée que cela ait été aussi dur pour vous.

— Oui, bon... Je m'en suis remis.

— Vraiment ?

Comment pouvait-elle lire au fond de son âme ? Il s'était donné du mal pour garder cachée cette partie de son histoire, et puis quoi ? Il suffisait d'un coup d'œil de Leah Hudson pour qu'il déballe tout ! Qu'est-ce que cela signifiait ? Pourquoi s'était-il laissé aller ainsi ?

Il évita l'intensité de son regard.

— Je ne comprends pas que vous désiriez tant devenir parent. Je n'ai jamais voulu d'enfant à moi. Je ne pourrais plus jamais me laisser coller un tel fardeau.

Elle ne dit rien. Était-elle abasourdie par ce qu'il avait dit ? Froissée ? En colère ? Compatissait-elle ?

Il faudrait qu'il la regarde pour le savoir.

— Tous les parents ne sont pas affreux, dit-elle enfin. La plupart aiment leurs enfants. Ils les adorent. C'est ce que je compte faire. Je vais être un de ces parents qui donnent tout à leur enfant.

Il leva les yeux vers elle.

Elle lui souriait, et il en fut heureux. Le sourire de Leah était merveilleux. Il le faisait se sentir mieux intérieurement. Il se rendit compte qu'il cédait à cet argument.

— Alors, votre bébé aura beaucoup de chance, vraiment.

— Merci. Vous ne croyez pas que, un jour, vous pourriez être capable de penser ainsi, vous aussi ? De redresser un tort ? De faire d'un enfant votre univers ?

Non. Il venait en aide aux enfants dans son travail, cela lui suffisait. Ce n'était pas douloureux, il y avait la distance professionnelle. Mais avoir un enfant à lui, c'était trop lourd à envisager. Il ne voulait vraiment pas être père. Jamais.

Il secoua la tête.

— C'est dommage. Je pense que vous feriez un papa formidable. Je parie que votre sœur et votre frère le pensent aussi.

Ils le pensaient. Ils lui étaient reconnaissants pour tout ce qu'il avait fait. Ils lui demandaient souvent pourquoi il n'avait pas encore d'enfant, et il esquivait toujours la question en riant. Il était le seul à ne pas être parent. Tous ces neveux et nièces...

Il était heureux pour ses frères et sœurs. Heureux que, malgré l'enfance qu'ils avaient vécue, ils soient devenus des adultes équilibrés et de bons parents. Mais c'était différent pour lui. Il avait assumé les responsabilités, les soucis, les inquiétudes, les nuits blanches. Eux, non. Ils s'en étaient remis à lui. Ils ne sauraient jamais ce que c'était que d'être un très jeune parent.

Parce que c'était ce qu'il avait été. Et il n'avait absolument aucune envie de recommencer l'expérience.

Le matin de la sortie aux Finley Towers, Leah se réveilla épuisée.

Les dernières périodes de service avaient été chaotiques, avec les urgences débordées, des ambulances qui faisaient la queue dehors, des patients qui attendaient sur des brancards dans les couloirs. Ils n'avaient pas une minute pour faire une pause, prendre une tasse de thé ou aller aux toilettes. En fait, elle se souvenait à peine d'avoir mangé la veille. Il y avait eu ce demi-bagel qu'elle avait attrapé au vol pour son petit déjeuner avant de commencer le travail, mais après ça...

Pas étonnant qu'elle se sente fatiguée !

Mais ce jour-là elle allait recharger ses batteries, s'amuser, se goinfrer de hot-dogs, de burgers et de barbe à papa. Tout ce qu'elle voudrait. Elle adorait les parcs à thèmes et n'était jamais allée aux Finley Towers. Elle allait se régaler.

Ils étaient huit à s'y rendre, y compris Ben et elle. Ce serait super de se connaître hors de l'environnement de l'hôpital. Ils pourraient se détendre et décompresser, profiter simplement du moment.

C'était quelque chose qu'elle n'avait pas fait depuis longtemps, occupée qu'elle était à se préparer à être parent, à suivre le traitement hormonal pour produire un bon ovule, à travailler, à s'installer dans un nouvel endroit où elle voulait planter des racines. Tout cela avait été tellement sérieux, adulte. Maintenant, elle disposait d'un peu de temps pour régresser, s'amuser.

C'était déjà pour cette raison qu'elle avait couché avec Ben. Elle avait accepté de lâcher prise une fois dans sa vie et de se lancer. D'oublier le stress et les tensions, le projet de fonder une famille. Elle avait eu envie de prendre du bon temps pour elle. De nouer un lien avec quelqu'un pour la pure joie de le faire. De vivre.

Peut-être était-ce égoïste, mais à l'époque l'idée lui avait paru bonne. Et Ben avait été, eh bien... Parfait. Drôle, impertinent, sexy, désirable.

Et son patron !

Cela avait été embarrassant de le découvrir, mais ces dernières semaines lui avaient montré un autre aspect de lui. Il était honnête et aimable, intelligent et gros travailleur. La veille, elle l'avait trouvé à l'hôpital bien après la fin de son service.

— Hé, que faites-vous encore ici ? avait-elle demandé.

— Je suis juste passé voir quelqu'un.

— Qui ?

— Mme Clark, qui a été admise hier. Elle est au service 4 après son attaque. J'ai pensé que je pouvais l'examiner.

— Mme Clark ? La petite dame de la maison de retraite La Prairie ?

Il avait hoché la tête.

— Elle m'a dit qu'elle était seule. Elle m'a paru effrayée. Il m'a semblé que ce serait bon pour elle de voir un visage amical.

C'était gentil. De toute évidence, il se souciait de ses patients.

Entendant un klaxon dehors, elle prit son sac et s'empressa de sortir.

Tout le monde lui faisait des signes depuis le minibus loué pour l'occasion, et ils poussèrent des hourras quand elle fit coulisser la portière et monta.

Il restait un siège libre, et il était à côté de Ben.

— Salut, dit-elle en bouclant sa ceinture.

— Salut. Vous... Tu es ravissante, dit-il, se mettant au diapason de la familiarité ambiante.

— Oh ! Ce vieux truc ?

Ce n'était pas du tout un vieux truc. Elle était sortie l'acheter exprès, voulant un joli haut à mettre avec son jean habituel.

Elle suspecta que Ben voulait dire autre chose, mais ils étaient entourés de collègues et, vu la vitesse à laquelle les potins se répandaient à l'hôpital, il se contenta de sourire.

— Il faut combien de temps pour aller là-bas ? s'enquit-elle.

— Une heure ou deux, selon la circulation.

Il lui décocha un autre bref sourire et se remit à regarder par la fenêtre.

Il paraissait gêné, hésitant. L'avait-elle contrarié ? C'était lui qui lui avait demandé si elle serait libre pour cette sortie. Le regrettait-il ?

Embarrassée, elle resta assise à côté de lui, parlant aux autres, espérant qu'il se joigne à la conversation. Mais il ne le fit pas.

L'envie de poser sa main sur la sienne et de lui demander s'il allait bien était difficile à combattre. Finalement, elle se pencha et murmura :

— Ça va ?

Ben acquiesça et sourit.

— Oui.

— Tu n'es pas bavard.

— Désolé. Je suis juste fatigué. Ignore-moi.

Mais cette instruction était impossible à respecter.

— Non, je ne le ferai pas ! Tu es ici pour t'amuser, comme le reste d'entre nous, et je ne te laisserai pas faire semblant de passer du bon temps. Je t'obligerai à en prendre. Entendu ?

Il rit et hocha la tête.

— Très bien. Merci.

La circulation étant fluide, ils arrivèrent en moins d'une heure et demie. Une fois munis de billets, ils se précipitèrent vers leur premier objectif, un grand huit qui montait lentement vers le sommet avant de plonger par-dessus bord en une courbe tortueuse et inclinée sur le côté.

Elle en avait entendu parler et avait toujours eu envie de l'essayer. Ils se hâtèrent de faire la queue.

— Un patient m'a parlé de cette attraction. Il paraît qu'elle l'a fait mourir de frayeur, dit-elle.

— Alors, la hauteur ne te fait pas peur ? demanda Ben.

— Non. Et toi ?

Il secoua la tête.

— Non.

— Bon. Tu peux t'asseoir avec moi. Devant, si possible — je veux avoir la meilleure vue sur le plongeon !

Il lui sourit, amusé.

— Vous êtes perverse, docteur Hudson.

Elle rit à son expression.

— Vous ne le saviez pas, docteur Willoughby ? Même les meilleures personnes le sont.

Elle suivit des yeux trois wagons chargés de passagers qui gravissaient lentement la montée, et rayonna de joie quand tout le monde hurla en plongeant dans le vide.

Quelle vue on devait avoir de là-haut !

Elle sortit son portable de sa poche et s'appuya contre Ben.

— Un selfie ?

Il se pencha vers elle, sourit, et elle prit la photo.

— Je t'enverrai les bonnes par mail.

— Merci…

Mais il paraissait hésitant, mal à l'aise. S'imposait-elle trop ? Peut-être. Elle poussait parfois un peu. Elle arborait son cœur en bandoulière, gardant près d'elle les gens auxquels elle tenait… Avait-elle oublié que, même si elle avait couché avec cet homme et si elle désirait davantage, ils ne pourraient jamais être ensemble de cette façon ?

Elle devrait laisser de l'espace à Ben. Leurs vies étaient sur des rails différents.

Mais la queue était longue, les gens se bousculaient et les poussaient l'un contre l'autre, les obligeant à empiéter physiquement sur leurs espaces respectifs.

Enfin, ce fut leur tour.

Ils montèrent dans le wagon de devant, ravis de leur chance. Quand le harnais s'abattit sur leurs épaules, Elle sentit son estomac se serrer d'excitation. Elle saisit les poignées et regarda le rail devant elle.

Sa fatigue du matin avait disparu, sa léthargie était remplacée par une attente fébrile.

Elle n'avait pas fait de grand huit depuis des années, mais elle se souvenait de la force des sensations. Qui aurait dit, quelques semaines plus tôt, qu'elle ferait une telle attraction avec son amant d'une nuit, l'homme qu'elle pensait ne jamais revoir ?

Ce frisson de plaisir à l'idée de ce qui allait se passer, elle l'avait aussi ressenti cette nuit-là avec Ben. Mais d'une manière différente. Plus puissante. Ce qu'elle éprouvait en ce moment était… bizarre. Quelque chose n'allait pas.

Qu'est-ce qui la tracassait ? Mystère. Elle aurait dû le savoir, elle le sentait, mais cela lui échappait.

Elle vit que Ben la regardait.

— Ça va ? Tu me parais… différente, tout à coup.

— Je vais bien, assura-t-elle, s'efforçant de mettre le doigt sur ce qu'elle était censée comprendre.

Le responsable de l'attraction entra dans sa cabine et appuya sur le bouton du départ. Leur wagon se mit en branle avec des secousses.

Elle se sentait mal. Tendue, anxieuse. Elle n'avait jamais éprouvé cela auparavant.

Elle jeta un regard nerveux à Ben.

Était-ce parce qu'elle était ici avec lui ? Parce qu'ils faisaient quelque chose en amis alors qu'elle n'aurait pas dû nouer quoi que ce soit avec lui ?

Ils s'élevaient de plus en plus, les roues du wagon grinçant terriblement sur les rails. La force de la gravité qui s'exerçait sur elle lui retournait l'estomac, son cœur tambourinait dans sa poitrine, et ses mains agrippaient fortement les poignées, à tel point que ses articulations en devenaient blanches.

Pourquoi était-elle terrifiée ? Elle n'était jamais terrifiée. Excitée, oui, mais terrifiée ? Elle ne savait pas ce qui lui arrivait. C'était perturbant. Effrayant.

Son regard se riva sur la partie du rail qui disparaissait à la vue. Ils étaient tout près du sommet. La descente arrivait.

— Ben, je crois que je vais être malade.

Il lui jeta un coup d'œil.

— Je pensais que la hauteur ne te faisait pas peur ?

— Non ! Je...

— C'est trop tard, maintenant. Prends ma main.

Elle se cramponna à lui juste comme le wagon abordait le précipice.

— Ben ? Je...

Elle ne put finir sa phrase.

Ils passèrent par-dessus bord, et son hurlement se mêla au souffle d'air et à la force qui la plaquait à son siège, tandis que le wagon s'inclinait et tournait sur la gauche, fonçant vers le sol en un plongeon à vous retourner l'estomac, avant de rouler brusquement sur du plat. Ils furent projetés d'un côté à l'autre en une interminable succession de secousses, et enfin le wagon s'immobilisa.

Derrière eux, tout le monde criait de joie et riait, mais elle ne pouvait se concentrer que sur deux choses : l'intensité de sa terreur et la force avec laquelle elle serrait la main de Ben. Elle crispa les paupières, ne voulant rien voir, rien savoir. À l'intérieur, elle se sentait horriblement mal.

— Tu pleures, dit Ben en la regardant d'un air soucieux.

Elle ouvrit les yeux, sentit ses joues mouillées.

— Non. Je ne pleure pas...

Mais il avait raison. Elle pleurait !

Le harnais se releva. Elle descendit et marcha en titubant vers une poubelle pour y vomir.

Quelqu'un lui retint les cheveux en arrière.

— Tout va bien. Je te tiens.

Oh ! que c'était embarrassant ! Toutes ces vantardises à propos des grands huit ! Les grands huit ne la rendaient jamais malade. Pourquoi celui-ci l'avait-il fait ? Ils allaient tous penser qu'elle avait crâné...

Elle vomit de nouveau.

À la périphérie de sa vision, elle vit un mouchoir en papier qu'on lui tendait. Elle le prit et s'essuya la bouche.

— Merci.

Elle se redressa, une main sur le ventre, et laissa Ben la conduire jusqu'à un banc.

Les autres se groupèrent autour d'elle.

— Tu n'aurais peut-être pas dû prendre de petit déjeuner ?

— Tu devras peut-être te limiter aux attractions pour enfants, maintenant.

Elle sourit avec bravade.

— Ça va. Continuez, vous. Je vais juste rester assise ici un moment pour me reprendre.

— Je te tiendrai compagnie.

— Non, c'est bon, Ben. Vas-y. Je vous rejoindrai dans une minute.

— Je ne te laisserai pas en arrière.

Il s'assit à côté d'elle et lui passa un bras autour des épaules. Il était chaud et solide.

Elle réussit à le remercier d'un sourire, reconnaissante de son soutien.

C'était vraiment bizarre. D'où était venue cette peur ?

— Je vais te chercher une boisson. Que veux-tu ? Du thé ? Du café ?

Elle frémit. Y penser lui soulevait l'estomac.

— Juste de l'eau, merci.

Elle regarda Ben marcher vers le stand tout proche qui vendait des beignets et de la barbe à papa.

Les odeurs n'arrangeaient pas sa nausée.

Elle nota que, lorsqu'un groupe de jeunes femmes passa à côté de lui, il ne se détourna pas pour les regarder, comme on aurait pu s'y attendre vu sa réputation de don Juan.

Il revint avec une bouteille d'eau, se rassit et lui frotta le dos.

— Tu te sens mieux ?

— Un peu, oui. Merci.

— Bon. Tu m'as inquiété, un instant.

Elle aimait qu'il se soit inquiété. Cela montrait qu'il se souciait d'elle. Au moins, quelque chose de bien était sorti de cet incident ridicule.

— Je ne m'étais jamais sentie aussi terrifiée, avoua-t-elle. Je ne peux pas dire d'où ça vient.

Mais sa vie avait été sens dessus dessous ces dernières semaines, non ? Emménager, prendre un nouveau poste. La grossesse de Sally. Savoir qu'elle allait devenir mère. Rencontrer Ben. Cette tension sexuelle chaque fois qu'elle était avec lui. Tout cela l'avait-il rattrapée ? Ou bien y avait-il une autre cause qu'elle ne voyait pas ?

Elle essaya de réfléchir.

S'était-elle sentie plus stressée dernièrement ? Non, elle tenait plutôt bien le coup malgré toutes ces pressions.

En tant que médecin, elle connaissait l'impact du stress sur le corps humain. Il peut perturber les hormones, la tension sanguine, le cycle menstruel...

Un déclic se produisit dans son esprit, et elle fit en silence un rapide calcul mental.

Elle aurait dû avoir ses règles le...

Oh ! mon Dieu, elle avait presque une semaine de retard ! Est-ce que ça pourrait... Non, ce n'était pas possible ! Ce serait trop ridicule !

5

Ben ne savait pas très bien comment les choses avaient changé. Il avait été décontenancé par le souci qu'il s'était fait pour Leah quand elle avait été malade, et il n'était pas sûr de ce qu'il devait en penser. Manifestement, son malaise avait été dû au grand huit. Quantité de gens se sentaient mal dans ce genre d'attraction. Cela arrivait tout le temps.

— Comment te sens-tu, maintenant ?

Elle était assise sur le banc, penchée en avant, les coudes sur ses genoux, serrant la bouteille d'eau entre ses mains.

— Un peu mieux, je pense.

— As-tu pris un petit déjeuner ?

Elle fit signe que oui.

— Et ceci ne t'était jamais arrivé avant ?

Ces circonvolutions et cette descente vertigineuse avaient été trop pour elle. Les parcs d'attractions recherchent les effets les plus spectaculaires pour attirer les clients.

— Non.

Elle était toujours pâle. Quand il voulut lui prendre le pouls, elle retira sa main.

— Que fais-tu ?

— Je t'examine.

— Je vais bien ! Je ne suis pas malade.

Elle se leva et s'éloigna sur des jambes encore chancelantes.

Il soupira.

Visiblement, comme tous les médecins, elle n'allait pas être une patiente facile.

— Allons-nous rejoindre les autres ?

Elle hocha la tête, et ensemble ils fendirent la foule pour retrouver leurs collègues.

— Qui veut aller aux tasses de thé ? Ça semble indiqué pour notre nauséeuse ! lança quelqu'un pour rire.

Leah croisa les bras, l'air déterminé.

— Non merci. Je risquerais d'être encore malade.

— Tu es sûre ? demanda Ben.

— Peut-être plus tard, quand mon estomac sera remis d'aplomb.

Il la regarda pendant qu'elle les observait d'un manège à l'autre. Elle avait les yeux fixés sur eux, mais ses pensées étaient manifestement ailleurs. Sa crise de nausée l'avait vraiment secouée.

Lorsque l'heure du déjeuner arriva et qu'ils prirent place dans une cafétéria, elle semblait s'être remise, mais il la sentit en retrait. Elle était là physiquement, feignant de picorer sa salade, mais pas dans sa tête. D'ailleurs, l'après-midi, elle se chargea des manteaux, des sacs et des portables pendant que les autres s'amusaient.

Mécontent qu'elle reste ainsi en dehors du groupe, il décida de lui tenir compagnie.

— Tu n'es pas obligé, tu sais, dit-elle.

— Je sais. Mais j'en ai envie.

Durant le trajet de retour, alors qu'ils étaient assis ensemble à l'arrière du bus et que les autres s'étaient endormis, il lui prit la main et la pressa.

— Je suis désolé que tu aies été malade.

— Ce n'est pas grave.

Dans la pénombre juste éclairée par les réverbères, ses yeux lui parurent immenses et effrayés. Pourquoi ?

Elle retira sa main avant d'interpeller le chauffeur.

— Richard, cela t'ennuierait-il de me laisser dans la Grand-Rue ? Je dois faire des courses avant de rentrer chez moi.

— Pas de problème. Veux-tu qu'on t'attende ?

— Ce ne sera pas nécessaire. C'est juste au coin de la rue ! Inutile que tout le monde patiente pour moi.

— Nous t'attendrons, déclara Ben. Je ne veux pas que tu rentres seule de nuit.

Il la suivit des yeux par la fenêtre du minibus tandis qu'elle se hâtait vers les magasins.

C'était censé être une journée de distraction et, même si tous les autres s'étaient bien amusés, Leah était restée en retrait. Peut-être avait-elle été embarrassée d'être malade devant tout le monde après avoir dit qu'elle adorait les montagnes russes. Mais pourquoi avait-elle été en proie à une nausée aussi violente ?

Leah referma la porte d'entrée derrière elle et s'affala contre le panneau, les yeux fermés.

Plus ils approchaient de l'arrivée, plus son souffle s'était coincé dans sa gorge, tandis qu'elle luttait pour calmer son anxiété. Et avec Ben à côté d'elle — l'homme dont le sperme avait peut-être produit un miracle —, elle s'était sentie encore plus nerveuse.

Elle ne pouvait pas être enceinte ! C'était quelque chose qu'elle ne pouvait pas risquer. Ses médecins le lui avaient dit mille fois, il était pratiquement impossible qu'elle porte un enfant normalement.

Toute la journée, pendant que ses collègues allaient d'attraction en attraction, son regard s'était focalisé sur les panneaux de mise en garde affichés près de chaque manège.

« Les personnes qui ont un problème cardiaque »

« Si vous êtes enceinte… »

Impossible de dire à Ben ce qui l'inquiétait. C'était probablement stupide, cette idée qu'elle puisse être enceinte. Elle avait été un peu trop secouée, ou peut-être n'avait-elle pas digéré ce qu'elle avait avalé pour son petit déjeuner. Il pouvait y avoir des tas de raisons.

Mais rien ne lui avait paru plus étrange — jamais — que d'examiner le rayon des tests de grossesse dans ce supermarché.

Elle ne leur avait jamais prêté attention. Il lui était arrivé de regretter brièvement le fait qu'elle n'aurait jamais à en utiliser, mais c'était tout. Alors, en prendre un et le mettre dans son panier lui avait donné l'impression de… d'agir en fraude. De faire quelque chose d'interdit, d'insensé ! Comment imaginer qu'il y ait une possibilité ? Ses espoirs infondés allaient être anéantis, pourquoi se punir ?

Elle n'avait même pas pu croiser le regard de la caissière, sachant que, si elle voyait dans ses yeux une question ou de l'excitation, ce serait trop pour elle. Elle osait à peine espérer elle-même, alors affronter les interrogations des autres !

Elle fouilla dans son sac, en sortit le test de grossesse et le fixa.

Il y avait deux bâtonnets à l'intérieur.

Ben n'aimait pas les enfants, il ne voulait pas être père. Il le lui avait dit. Quoi qu'il advienne, elle n'avait rien à attendre de lui.

Oh ! mon Dieu ! Elle pourrait avoir deux bébés ! Celui que portait Sally et un autre…

Elle trouva enfin l'énergie de porter ses courses à la cuisine et de tout ranger. Puis elle emplit la bouilloire pour se faire une boisson chaude. Pas du thé. L'idée de boire du thé lui donnait mal au cœur. Du chocolat chaud, voilà ce qu'elle voulait.

Elle mit du cacao dans un mug et se tourna pour regarder le test de grossesse posé sur le plan de travail.

Devrait-elle le faire maintenant ou attendre demain matin en se levant ?

La lecture serait plus précise avec de l'urine matinale. S'il y avait des hormones de grossesse à détecter… Elle le ferait demain avant d'aller travailler. Et alors, elle saurait.

Elle se fit son chocolat chaud, posa le test dans la salle de bains, s'assit dans son lit, serrant son mug dans ses mains, et se demanda si elle pourrait dormir.

Elle pourrait appeler Sally, son amie saurait quoi faire, quoi dire.

Mais elle ne savait même pas si elle était enceinte ! Mieux valait attendre et voir ce que dirait le test.

Des heures à patienter l'attendaient.

Leah s'éveilla en sursaut quand son réveil sonna. Elle l'éteignit et se dressa sur son séant, frottant ses yeux fatigués.

Elle était restée éveillée longtemps à fixer le plafond, se répétant qu'il valait mieux attendre. Que, si elle faisait le test maintenant, elle serait cruellement déçue s'il était négatif et ne pourrait jamais s'endormir. Mais elle ne dormirait pas non plus s'il était positif, parce que ce serait terrifiant, et elle devrait garder la nouvelle pour elle pendant des heures, prête à éclater...

Avec appréhension, comme un condamné s'approchant de la potence, elle alla à la salle de bains et éclaira.

La seule chose qu'elle ne pouvait pas laisser arriver était peut-être arrivée. La chose qu'elle avait toujours rêvé de faire sans s'en croire capable — porter son propre enfant — pouvait peut-être se produire.

Mais ce serait terrible ! On lui avait dit qu'elle ne pouvait pas porter un enfant jusqu'à son terme. Elle le perdrait à coup sûr au deuxième trimestre. Il ne se développerait peut-être même pas bien ! Il existait une toute petite chance que tout se passe correctement, mais cette chance était infime, et elle n'avait guère eu de chance dans sa vie jusqu'alors. Pourquoi serait-ce différent à présent ?

Quand elle se regarda dans le miroir, elle avait de grands cernes sous les yeux et paraissait épuisée. Mais le test de grossesse était toujours là, exactement là où elle l'avait laissé.

Cela n'était pas un rêve ! Elle n'avait pas imaginé les événements de la veille !

Elle lut les instructions, les appliqua et reposa le bâtonnet sur son support pendant qu'elle se lavait les mains.

Son cœur tambourinait dans sa poitrine et des nœuds se formaient dans son estomac.

Qu'est-ce qu'elle fabriquait ? C'était ridicule ! Elle ne pouvait pas être enceinte. Elle laissait juste la peur la gagner une fois de plus.

Elle avait eu son lot de peurs en grandissant. Elle avait souhaité des choses impossibles : être adoptée, rencontrer ses vrais parents, trouver un foyer où planter ses racines. Puis elle avait craint que toutes ces choses se passent horriblement mal. Plus tard, elle avait espéré que les médecins se trompaient…

Mais elle était adulte à présent. Elle avait déjà pris son destin en main. Elle avait une mère de substitution ! Elle serait maman dans quelques mois ! Un bébé était déjà en route — une petite fille. C'était parfait. Tout ce qu'il lui fallait.

Elle n'avait pas besoin que ce test soit positif. Elle allait obtenir ce qu'elle avait toujours désiré : être mère. Il pouvait être négatif. Peu importe.

Elle prit le test, le regarda, cligna des paupières pour l'examiner mieux, le cœur battant, tandis que ses mains se mettaient à trembler.

Il y avait deux traits. Deux nets traits bleus.

Elle était enceinte.

Ce besoin d'aller aux toilettes, c'était sûrement psychosomatique ? Depuis que ces deux traits bleus étaient apparus, Leah avait envie d'uriner toutes les heures. C'était ridicule, sachant que, normalement, il lui arrivait de travailler douze heures sans avoir à se soulager.

Sa vessie devait avoir la taille de celle d'une souris ! Et ses seins étaient douloureux. Et elle avait mal aux jambes. Pouvait-on avoir les chevilles enflées dès le premier trimestre ?

Probablement. Si on se donne assez de mal.

Mais, surtout, elle avait des envies de houmous. Son corps réclamait de la purée de pois chiches pour contrôler sa nausée.

Elle avait du mal à se concentrer — ce qui n'était pas surprenant, étant donné qu'elle venait de découvrir quelque chose de terrifiant qu'elle ne pouvait dire à personne. Enfin, il y avait une personne à qui elle devrait en parler — Ben. Mais il prendrait ses jambes à son cou à la seconde même.

Ben était un bon garçon, simplement il n'avait pas l'étoffe d'un père. Il le lui avait dit. C'était quelque chose qu'elle devrait assumer seule.

Avec son autre bébé, bien sûr. Deux bébés en moins d'un an si le sien survivait. Ils seraient comme des jumeaux.

Le besoin d'en parler à quelqu'un s'intensifiait.

Elle prit son portable pour appeler Sally. Mais personne ne répondit, et elle se souvint alors que Sally, son mari et ses trois enfants étaient partis camper quelques jours.

Zut !

À la place, elle appela le cabinet de son médecin traitant et demanda un rendez-vous d'urgence. Puis, comme elle pouvait en avoir un si elle y allait tout de suite, elle appela au travail pour dire qu'elle serait un peu en retard.

Elle s'assit dans la salle d'attente, se tourna les pouces, vérifia son portable, fixa les affiches incitant les gens à cesser de fumer ou les femmes à faire des mammographies.

Elle avait peine à croire qu'elle se trouvait dans cette situation. Elle ne s'était jamais attendue à être enceinte un jour. C'était la raison pour laquelle elle avait pris une mère porteuse. Mais, maintenant qu'elle l'était, l'idée d'avoir à mettre fin à sa grossesse l'épouvantait.

Et s'il y avait une chance ?

Son numéro d'appel s'inscrivit sur le bandeau lumineux.

Elle s'empressa d'entrer et sourit à la jeune femme qui la reçut.

— En quoi puis-je vous aider ?

— J'ai fait un test de grossesse ce matin et il est positif.

— Oh. Très bien. Et comment vous sentez-vous ?

— Terrifiée. Choquée. Abasourdie.

— Voudriez-vous que je vous explique vos options ?

— Non. Je les connais. Je suis médecin urgentiste. C'est juste que… J'ai un utérus bicorne, et on m'a dit que je ne pourrais probablement pas porter un bébé au-delà de six mois, ou qu'il y aurait des problèmes de développement, alors je ne sais pas quoi faire. Je n'ai jamais pensé être enceinte. Je n'ai jamais voulu prendre ce risque.

Le Dr Dempsey opina posément.

— Vous a-t-on fait un scanner de l'utérus ?

— Il y a longtemps.

— Laissez-moi regarder.

Le médecin se tourna vers l'ordinateur, passa en revue les informations qu'elle avait et sortit les images du scanner qui datait de plusieurs années.

— D'accord. Vous avez une belle scission. Vous voyez les deux cornes de votre utérus ?

Leah hocha la tête.

— Je pense que vous devez être vue par un spécialiste qui pourra mieux vous conseiller. De quand datent vos dernières règles ?

Leah indiqua la date.

— Alors, vous en êtes à peu près à six semaines. Il est trop tôt pour scanner votre utérus et voir où l'embryon s'est implanté. Si vous voulez ce bébé, il faut espérer qu'il soit implanté en bas, là où il a la place de se développer normalement, mais je dois vous avertir qu'il y a un fort risque que...

— Qu'il soit implanté dans l'une des cornes ?

Le médecin acquiesça.

— Je vais vous adresser à un gynécologue et voir si nous pouvons faire un scanner précoce, après quoi vous pourrez prendre une décision informée.

— Pour une interruption ou non ?

Le Dr Dempsey fit signe que oui.

— Je suis désolée.

— Vous n'y êtes pour rien.

Leah fit un sourire courageux, mais en elle-même elle ne ressentait aucun courage.

N'y avait-il pas une chance infime — si infime qu'elle ne voulait même pas en calculer le pourcentage — que son bébé puisse aller bien ?

— Et qu'est-ce que je fais d'ici là ?

Le médecin secoua la tête.

— Vous attendez et espérez le meilleur.

La peur planait dans le cerveau de Leah tandis qu'elle suturait la jambe d'une adolescente qui s'était accrochée à un fil de fer barbelé et avait tiré pour se dégager. Elle fit le dernier nœud et vérifia son travail en ôtant ses gants, satisfaite.

— Bien. Je vais appeler une infirmière pour te faire un pansement, et tu pourras partir. Tu peux marcher sur ta jambe, mais ne fais pas trop d'efforts. Il faudra voir ton généraliste dans dix ou quinze jours pour faire enlever les points.

— Merci.

— Je t'en prie.

Elle mit à la poubelle ce dont elle s'était servie, se lava les mains, prit le dossier de sa patiente et quitta la cabine pour rédiger ses notes. Sa vessie se rappela à elle, et elle fit un rapide détour par les toilettes après avoir posé le dossier sur son bureau.

Elle n'avait pas encore vu Ben. On lui avait dit qu'il était en réunion quand elle était arrivée, et elle avait été heureuse de ce délai. Qu'il s'implique ou pas, ce qu'elle allait lui annoncer changerait sa vie, et elle redoutait de voir dans ses yeux l'envie de s'échapper. Elle n'y était pas encore prête.

Elle se regarda dans le miroir et considéra les possibilités.

Elle devrait peut-être attendre pour lui dire. Jusqu'à ce qu'elle sache comment ça se passait. Ce qu'elle devait faire. Et puis, elle n'avait pas envie d'être rejetée avec son bébé.

Était-ce lâche d'attendre, ou simplement sensé ? Pouvait-elle le lui dire tout de suite pour partager ce fardeau avec lui ?

Ce fardeau ? Il la faisait penser comme lui ! Ce bébé n'était pas un fardeau. C'était un miracle. Ben était le père de ce miracle, et il avait le droit de savoir qu'il existait. Ils avaient conçu un bébé ensemble, ce n'était pas rien. Même si le bébé risquait de ne pas naître, il fallait qu'il sache, non ?

Elle se tamponna le visage d'eau fraîche et se sécha avec une serviette en papier.

Elle le lui dirait quand elle le verrait. Quand il aurait un moment de libre et qu'ils pourraient être seuls.

Elle rejoignit le bureau des médecins, prit le dossier de sa patiente et se mit à écrire. Ses mains tremblaient légèrement. L'anxiété.

Levant les yeux, elle vit Ben s'éloigner dans le couloir, et son cœur bondit.

Le père de son enfant ! Avec ses longues enjambées, ses jambes musclées...

Elle se rappelait leur forme. Leur contact contre sa peau nue. Cette nuit avait été spéciale, mais il n'avait encore pas idée à quel point.

Elle porta une main à son ventre.

— Tu ne te sens toujours pas bien ?

C'était Richard, le chauffeur du minibus.

Elle afficha un grand sourire et secoua la tête.

— Je me sens en superforme. Et toi ?

Il rit à sa réaction enthousiaste.

— Ça va. Est-ce qu'il... euh... n'y aurait pas quelque chose entre le Dr Willoughby et toi ? J'ai remarqué que vous vous parliez beaucoup. On dirait que vous vous entendez bien.

— Oh non ! Il n'y a rien du tout.

— Tu es sûre ? Je détesterais qu'il te brise le cœur. Il y a une ou deux femmes dans le coin qui te diront qu'il ne faut pas y toucher, même avec une très longue perche.

Elle hocha la tête comme si elle était tout à fait d'accord.

— Je l'ai entendu dire. Ne t'inquiète pas pour moi, c'est juste un ami.

Pourquoi ces paroles n'avaient-elles pas paru plus convaincantes ?

Richard sourit.

— C'est quelqu'un de formidable, ne te méprends pas sur mes pensées, mais il a tendance à s'en tenir au premier rendez-vous. C'est le genre d'homme à toujours chercher quelqu'un de nouveau. Il n'est pas du style à s'engager. Je te dis ça parce que tu es une amie, que tu es sympa, et...

Il parut soudain embarrassé.

— Tu ne voudrais pas sortir prendre un verre un soir, juste toi et moi ?

Elle rougit quand elle comprit ce qu'il proposait.

— Eh bien, c'est très gentil à toi, Richard, mais je ne cherche pas vraiment à sortir avec quelqu'un en ce moment. Les choses sont compliquées, alors...

Elle laissa retomber sa voix, espérant ne pas l'avoir trop offensé.

— Pas de problème. Il n’y a pas de mal à demander, hein ?
— Non, pas du tout !
— Il vaut mieux que j’y aille. À plus tard.
— Oui, à plus tard.
Elle relâcha son souffle.
Oh ! là, là ! S’il savait...

6

Ben avait cherché Leah partout. Aux Cas bénins. Aux Cas graves. En réanimation. Elle était de service ce jour-là, mais où ?

— Tina, avez-vous vu le Dr Hudson ?

L'assistante réfléchit, les sourcils froncés.

— Je crois qu'elle a pris sa pause.

— Bien. Merci.

Cela signifiait qu'elle pouvait être n'importe où. À la boutique de l'hôpital, à la cafétéria ou peut-être dans la salle de repos. Il commença par là, mais elle n'y était pas

Il lâcha un soupir, frustré.

Il fallait qu'il sache comment elle allait. Il n'en avait presque pas dormi de la nuit, se tournant et se retournant dans ses draps et les repoussant avec colère. Même si elle avait juste eu mal au cœur et si ce n'était pas à lui de se soucier de son état.

Il longea à grands pas le couloir qui menait à la boutique et jeta un coup d'œil à l'intérieur — elle n'y était pas. Il allait se diriger vers la cafétéria, quand il la vit par une fenêtre, assise dehors sur un banc, une boisson dans les mains.

Leah.

Son pouls s'emballa, et il obliqua pour sortir.

Il fallait qu'il aille la voir. Il le fallait. Il ne savait pas pourquoi, mais une force le poussait.

Elle était assise seule au bord du petit jardin du Souvenir, avec son verre, un petit pot de houmous et des carottes crues à côté d'elle.

— Salut.

Elle se retourna vivement et renversa une partie de sa boisson sur sa blouse.

— Désolé. Tu vas bien ? Je ne voulais pas te faire peur.

Elle rougit en s'essuyant.

— Au moins, ce n'était pas un café brûlant. C'est déjà quelque chose.

Elle lui décocha un sourire gêné et détourna les yeux.

— Puis-je m'asseoir avec toi ?

Elle hocha la tête.

— Bien sûr.

Elle ôta ses aliments pour lui faire de la place.

— Tu as trouvé un joli endroit tranquille.

Elle sourit.

— On a tous besoin d'un peu de calme de temps en temps.

— Je suis d'accord.

Aucun d'eux ne parla pendant un moment. Elle mangeait, ce qui était bien. Visiblement, elle avait retrouvé son appétit. Elle ne se sentait plus malade.

Il s'adossa au banc et étendit les jambes, un peu rasséréné. C'était apaisant d'être avec elle, d'une certaine façon.

— Hier a été une journée bizarre, non ? dit-elle.

Il rit.

— En effet. Tu te sens mieux, maintenant ?

— Oui.

Elle rougit et détourna son regard, avant de le ramener sur lui.

— Et non.

Il fronça les sourcils.

— Hier m'a... emplie de terreur.

Il hocha la tête.

— Cette attraction était rude.

— Je ne parlais pas de ça.

De quoi, alors ?

— Je me suis rendu compte de quelque chose. Une chose importante... Pour ne pas dire effrayante.

Quoi que ce soit, il voyait bien qu'elle rassemblait son courage pour lui en parler.

Il posa une main sur la sienne, honoré qu'elle ait envie de se confier à lui.

— Qu'est-ce que c'est ? demanda-t-il gentiment.

— J'ai du retard.

Elle se mordit la lèvre et le dévisagea, comme si elle voulait qu'il établisse le rapport de lui-même.

— Du retard ?

Il sentit son cœur s'emballer, tandis que ses pensées s'orientaient dans une direction particulière.

Non, ça ne se pouvait pas...

Il se redressa et la regarda fixement, l'estomac noué d'appréhension.

— Que veux-tu dire ?

— J'ai fait un test. Ce matin.

Il devait être sûr qu'ils parlaient de la même chose.

— Un test ?

— Un test de grossesse.

Boum, boum, boum ! Son pouls bourdonnait dans ses oreilles. Ses jambes étaient toutes molles.

Il devinait la suite, mais il avait besoin de l'entendre, parce qu'il pouvait y avoir une chance infime qu'il se trompe.

Il déglutit fortement.

— Et ?

Soudain, elle pouffa de rire, d'un rire hystérique qui mêlait la surprise, le choc et l'incrédulité.

— Et il était positif. Je suis enceinte, Ben !

Mais alors, son sourire s'évanouit, et elle parut de nouveau terrifiée.

Il la dévisagea, essayant de trouver un sens à tout ça et se débattant parmi des pensées incohérentes.

Enceinte ? Mais elle avait dit qu'elle ne pouvait pas porter d'enfant ! Pas jusqu'à son terme, en tout cas. Et elle allait déjà avoir un bébé avec l'aide de cette amie à elle.

— Et je suis le père ?

— Oui. Je n'ai pas l'habitude de coucher à tort et à travers, docteur Willoughby, protesta-t-elle, l'air blessé.

— Non, bien sûr. Pardon.

— Tu es choqué. Je le comprends. Je savais que tu le serais. Je le suis aussi. Ce n'est pas exactement ce que tu souhaitais, n'est-ce pas ?

— Je...

Il ne savait vraiment pas quoi dire. Oui, c'était un choc, et il ignorait totalement ce qu'ils allaient faire à ce sujet.

Il se leva et se mit à faire les cent pas.

Leah l'observait, se mordant la lèvre, guettant nerveusement sa réaction.

— Tu en es à... Quoi ? Six semaines environ ?

— À peu près, oui.

Il cessa de marcher et se tourna face à elle.

— Que ressens-tu ?

— Je suis terrifiée. J'ai vu une généraliste ce matin. Elle a dit que je devais attendre mon premier scanner pour essayer de définir où le bébé s'est implanté et s'il pourra...

Leah s'interrompit et regarda droit devant elle sans aller au bout de sa pensée.

Il la regarda, comprenant.

— S'il pourra survivre ?

Elle hocha la tête et essuya une larme.

— Je n'ai jamais cru que c'était possible, et pourtant c'est arrivé.

Elle lui sourit.

— Tu es le père, j'ai pensé qu'il était juste que tu saches. Même si ça ne marche pas.

Il frémit, se rappelant ce qu'elle avait dit sur ses difficultés à tomber enceinte. Une hypothèse quasiment inenvisageable. Il se rassit à côté d'elle.

— Quand seras-tu fixée ?

— Quand ils pourront me faire passer un scanner. La généraliste a dit que c'était trop tôt. Il faut que l'embryon grossisse un peu pour qu'on puisse être sûrs.

— Et quand on saura ?

— Alors, on prendra une décision. Sur ce qui est préférable pour l'enfant.

Évidemment.

Il hocha la tête, laissant errer ses pensées durant un moment de silence qui fut rempli par des chants d'oiseaux et par un bourdonnement de moteurs, plus loin.

Leah était enceinte. De son bébé à lui. Il ne survivrait peut-être pas. En plus, il y avait cet autre enfant à naître porté par son amie.

Il regarda le saule pleureur planté au milieu du jardin et dont les branches étaient doucement agitées par la brise.

Si seulement la vie était aussi paisible !

— Deux bébés…

— Oui. Les prochains mois vont être difficiles. Mais bon, je suis médecin urgentiste. J'ai l'habitude des situations corsées, alors ça ira pour moi ! dit-elle, affichant une désinvolture souriante.

Tentait-elle de s'en convaincre ?

Il ne sourit pas. Il ne trouvait pas ça drôle.

— Je n'arrive pas à le croire. Tu étais tellement persuadée de ne pas pouvoir tomber enceinte !

Elle hocha la tête, attendant visiblement son verdict.

Allait-il plaider non coupable, dire qu'il n'avait rien à faire du problème et tourner les talons ? Ou accepterait-il son rôle dans cette situation et consentirait-il à être là pour elle ? Pour eux ?

— Ben, je sais que tu as eu une enfance difficile et que c'est dur pour toi…

— Exactement ! lança-t-il sous l'effet de la frustration. Je n'ai pas eu d'enfance. J'ai été le père que mon frère et ma sœur auraient dû avoir. J'ai été leur mère. Je me suis occupé d'eux du matin au soir. Je n'aurais pas dû avoir à faire ça. À gérer le chaos laissé par mes parents !

— Cela a été très lourd à porter…

— Le meilleur jour de ma vie a été quand je suis parti pour l'université. J'ai payé mes études, travaillant dans des bars et des restaurants, cumulant deux boulots par jour, mais cela en valait la peine, parce que je pouvais enfin ne penser qu'à moi.

— Et ceux que tu as laissés derrière toi ?

Il grimaça.

La culpabilité était toujours là, douloureuse. D'être parti en sachant qu'il laissait son frère et sa sœur se débrouiller sans lui, leur frère aîné qui les protégeait du pire.

— Un voisin a fini par dénoncer mes parents aux services sociaux. Ces derniers se sont assurés que les enfants soient pris en charge et placés en famille d'accueil. J'ai été dévasté de n'avoir jamais fait ça pour eux, et je vis avec ce remords chaque jour...

Il soupira.

— Les parents sont faillibles. Ils sont humains et commettent des erreurs. Mais être parent est un rôle si important...

— Un rôle que tu as bien tenu.

— Mais je n'aurais jamais dû avoir à le faire. Et je me suis toujours dit que je ne recommencerai jamais. Les soucis, l'inquiétude, les nuits blanches...

— Tu es en train de me dire que tu ne peux pas être père ?

— Je ne dis pas ça, non. J'évacue juste ma colère.

Elle sourit.

— Je comprends. Et je suis navrée que tu aies eu des débuts aussi difficiles, mais moi aussi. J'ai toujours voulu avoir une famille à moi parce que j'ai toujours été rejetée. Bébé, j'ai été abandonnée dans une poubelle. Voilà le peu de cas que ma mère a fait de moi. Alors, je veux être la meilleure mère du monde. Donner à mes enfants ce que je n'ai jamais eu : l'amour, la sécurité, un foyer chaleureux où se sentir à l'abri et chéri.

— On dirait que tu as déjà pris ta décision ?

— J'aimerais penser que, si ce fœtus est viable, je pourrai y arriver. C'est tout ce que j'ai toujours désiré : être mère. Si tu ne peux pas suivre, je ne te blâmerai pas.

Leah se leva du banc et ramassa ses affaires, prête à retourner à l'intérieur.

— Je mesure très bien que cette situation constitue un choc pour toi.

Elle arrivait à la double porte du service quand il courut derrière elle.

— Attends !

Elle tourna vers lui des yeux embués.

Il lui sourit et essuya une larme sur sa joue.

— J'ai besoin de temps.

Elle lui sourit en retour.

— Tu en as, Ben. Sincèrement. Il n'y a aucune pression. Certes, j'adorerais que tu t'impliques. Je t'aime bien, vraiment.

Il l'aimait bien aussi. Probablement plus qu'il ne l'aurait dû. Maintenant, ils étaient liés plus qu'il n'avait jamais pensé l'être un jour avec une femme. Toutefois, si cela devait arriver avec quelqu'un, il était content que ce soit avec elle. Des moments difficiles les attendaient, mais ils pourraient se soutenir mutuellement et les traverser ensemble, quoi qu'il advienne.

Il l'étreignit, la pressant contre lui, sentant battre son cœur sous ses côtes.

Il aimait ce qu'il éprouvait en la tenant dans ses bras : il n'était plus seul. Il faisait partie de quelque chose. Il se sentait de nouveau protecteur. Il avait pensé qu'il ne voudrait plus vivre ça, mais, pour une raison inconnue, cela lui paraissait à présent juste.

7

— Piéton, quatre-vingts ans, contre voiture roulant à 65 km/h environ. Point d'impact : pare-brise. Lacération de la tête, face antérieure. Côtes cassées et fracture du fémur droit. Pas d'allergies connues, mais engorgement pulmonaire chronique et diabète de type 2. Deux injections de morphine. La tension est basse, à neuf-six, le pouls à quatre-vingt-seize.

Max, le brancardier, aida à transférer le nouveau patient sur le lit, puis son collègue et lui emmenèrent leur équipement après avoir remis le formulaire de traitement.

Leah commença à vérifier les voies respiratoires du blessé tandis que le reste de l'équipe des Cas graves s'affairait autour de lui.

L'homme était conscient.

— Pouvons-nous appeler quelqu'un, Joe ?

Celui-ci toussa et se crispa.

— Ma femme, Nancy.

Il leur indiqua le numéro de téléphone.

Leah regarda Ben.

— Il faut faire une radio de la poitrine.

— On va la faire ici. Appelle la radiologie.

Elle acquiesça et alla au téléphone rouge fixé au mur. Elle demanda qu'on apporte l'appareil portable puis ajusta les canules nasales de Joe et vérifia les niveaux de l'oxygène entrant. Ils ne devaient pas être trop élevés à cause de sa maladie pulmonaire. C'était un équilibre délicat à trouver.

— Comment vous sentez-vous ? demanda-t-elle.

— Un peu sonné. Mais j'ai survécu au crash d'un avion, autrefois, alors je pense que je survivrai à ce petit choc.

Le radiologue arriva. Elle était en train de mettre un tablier de plomb quand Ben lui toucha le bras.

— Que fais-tu ?

— Je m'équipe pour la radio.

Il fronça les sourcils et lui fit signe de s'écarter des autres membres de l'équipe.

— Tu es enceinte. Il ne faut pas que tu prennes des risques inutiles.

— C'est à ça que sert le tablier.

— Peut-être, mais je ne te veux pas ici. Sors pendant l'examen.

— C'est mon patient ! protesta-t-elle.

— C'est *notre* patient. Et il se débrouillera sans toi durant cinq secondes.

Elle sentit ses joues s'enflammer.

— Tout le monde va le remarquer. Ils vont se poser des questions.

— Ils sont trop occupés pour ça. Fais-moi plaisir, Leah, sors.

En soupirant, elle lui tendit le tablier et quitta la cabine après avoir dit à Joe qu'elle serait de retour dans un instant.

Elle les regarda faire par la petite vitre de la porte, une main posée distraitement sur son ventre encore parfaitement plat.

Même si elle était un peu agacée — le tablier de plomb offrait une bonne protection —, elle se sentait épaulée. Ben se souciait manifestement de son bien-être. De leur bébé. Il savait qu'il y avait déjà assez de batailles à affronter, et il essayait de les protéger, elle et lui. C'était bon signe de la part d'un homme qui venait d'apprendre qu'il allait être papa. En particulier alors qu'il avait pensé qu'il ne voulait surtout pas l'être.

Peut-être que leur situation leur ouvrirait les yeux à tous les deux ? Il s'était occupé de son frère et de sa sœur. Il savait comment faire. Il savait prendre soin des autres. Il ne serait pas médecin, sinon !

Il pourrait être un père formidable s'il se donnait la chance de l'être. Si elle le lui disait, l'encourageait... À plus forte raison si tout se passait bien.

Ils allaient traverser ensemble ce qui arrivait, elle le sentait.

Avec son fémur fracturé, Joe avait été transféré en orthopédie pour être opéré le lendemain matin.

Leah rentra chez elle et se reposa un peu. Elle savait maintenant que les premières semaines de grossesse étaient les plus pénibles. Elle avait une sorte de goût métallique dans la bouche et ne pouvait plus boire de thé ni de café. Elle était également fatiguée de bonne heure, bâillant largement avant 8 heures du soir. Si elle n'avait pas la nausée, elle devait uriner, ou elle mourait d'envie de manger quelque chose d'extraordinaire qui ne se trouvait jamais à la cafétéria de l'hôpital.

Chez elle, au moins, elle pouvait se passer ses envies !

Elle entamait une patate douce cuite au four, nappée de yaourt et saupoudrée de cannelle, quand on sonna à la porte.

Elle soupira, envisageant de laisser l'intrus revenir plus tard, mais il insista. Puis elle entendit la boîte aux lettres s'ouvrir, et une voix lança :

— Leah ?

Ben.

Elle avala une bouchée de nourriture avant de poser son bol et d'aller ouvrir.

Il la regarda et sourit.

— Salut.

— Salut.

— Puis-je entrer ?

— Bien sûr.

Elle le laissa passer, referma la porte derrière lui et l'introduisit dans sa salle de séjour.

Un endroit où ils ne s'étaient guère arrêtés la dernière fois qu'il était venu.

Elle rougit à cette pensée.

— Tu veux manger quelque chose ?

Il regarda le bol sur la table.

— Qu'est-ce que c'est ?

Elle le lui expliqua, embarrassée.

— Tu en veux ?

— Hum... J'espérais que c'était de la glace, au bout de ton nez.

Elle s'essuya le nez et lécha son doigt avec un grand sourire.

— J'ai besoin de ça. Le bébé aussi. Il me l'a réclamé toute la journée.

Il rit, et ils s'assirent.

— Tu as déjà des envies ?

— Ne m'en parle pas ! Je dois manquer de certains nutriments. Si le bébé veut quelque chose, je le lui donne. Je lui donnerai tout ce qu'il veut pour le rendre heureux... Tant que je le peux.

— Il ne faudrait pas trop le gâter.

Elle sourit et prit une autre cuillerée de son mélange.

— Bien nourrir un enfant, ce n'est pas le gâter.

— Je suppose que non.

Ben la regarda manger un moment.

— Ça ne t'ennuie pas que je sois passé ? Nous ne pouvons pas vraiment parler au travail.

— Non, pas de problème. Il est bon de pouvoir discuter dans un environnement paisible de temps en temps.

— Je suis d'accord.

Mais alors qu'elle continuait de manger, Ben ne dit rien. Et il avait l'air mal à l'aise. Gêné. Plein d'appréhension.

Ce qui lui coupa l'appétit, alors elle posa sa cuillère.

— Ça va ?

— J'ai pensé à mes parents.

Elle hocha la tête.

— Et qu'en as-tu pensé ?

— Qu'ils avaient perdu pied. Qu'ils se comportaient eux-mêmes comme des enfants, avec personne pour leur dire non. C'étaient des gamins qui aimaient le sexe, l'alcool et l'herbe. Ils ne savaient pas comment s'y prendre avec nous...

» J'aime mon frère et ma sœur et j'adore leurs enfants, mais à distance. J'ai eu trop de responsabilités à endosser. J'en ai éprouvé du ressentiment. J'en ai voulu à mes parents.

— Et tu t'inquiètes de m'en vouloir ?

Il se passa les mains dans les cheveux.

— Je ne voudrais pas en arriver là.

Elle eut un sourire.

— Eh bien, au moins, tu es honnête ! Je ne m'attendais pas à ce que tu sautes de joie. Mais tu sais, si ça peut te faire te sentir mieux... J'ai peur, moi aussi.

Il la regarda, de la lassitude dans les yeux.

— Je sais.

— Je n'ai pas eu de bons parents, moi non plus. J'ignore ce que c'est que d'être une mère. Mais je sais que je ferai tout pour protéger ce petit à l'intérieur de moi, jusqu'à ce que j'aie à prendre une décision. Devenir parent, ça s'apprend. Personne n'a jamais dit que c'était facile.

— Je comprends que tu aies peur.

— Ben, je suis terrifiée ! Ce que je vis, c'est tout ce que j'ai toujours voulu et, maintenant que je suis enceinte, je suis face à l'éventualité de devoir interrompre ma grossesse selon l'endroit où le fœtus s'est implanté dans mon utérus. C'est la pire loterie possible !

— Je t'admire. J'admire ta force et ta détermination.

Elle le regarda.

— Et moi, j'admire les tiennes. Tu ne t'attribues pas beaucoup de mérite pour ce que tu as fait par le passé, n'est-ce pas ?

— Il fallait le faire. Quelqu'un devait prendre les choses en main.

— Penses-tu que tu peux le refaire ? Prendre ta part ? demanda-t-elle, hésitante.

— Si tu me l'avais demandé il y a quelques mois, j'aurais dit non. Mais, depuis, je t'ai rencontrée, et c'est toi qui portes mon enfant... Alors, je pourrais essayer.

Elle se sentit honorée par ses paroles et par la justesse de ses sentiments. Elle en aurait pleuré.

Elle posa la main sur la sienne.

— Je suis très contente d'entendre ça.

— Nous affronterons les choses ensemble, quoi que ce soit.

Elle hocha la tête.

— Merci.

Ben resta silencieux un moment. Puis il demanda :
— Comment se passe l'autre grossesse ?
— Sally ? Bien. Elle est partie camper, ce qui est cocasse, car elle n'aime que les quatre-étoiles. Mais elle l'avait promis à ses garçons, alors...
— Il faut se sacrifier pour sa famille ?
— Exactement.
— Tu lui as dit que tu étais enceinte ?
— Non. Mais j'ai hâte de le faire. C'est elle que j'appelle toujours quand il m'arrive quelque chose d'important. La seule personne sur qui j'aie jamais pu vraiment compter.
— Et le... Euh... Le père de ce bébé ?
— Un don de sperme anonyme.
— Oh. D'accord.
— Je souhaitais tant avoir une famille, Ben ! Mais j'ai toujours tout fait toute seule. Alors, quand j'ai décidé qu'il était temps d'avoir un enfant, j'ai décidé aussi d'être son seul parent, sachant que, tant que je n'aurais que moi-même sur qui compter, il n'y aurait pas de complications. C'est peut-être idiot, mais c'est ce que je ressentais.
— Ce n'est pas idiot du tout.
— Et maintenant, j'ai foiré. Je suis tombée enceinte en connaissant les risques, et j'ai une peur bleue de perdre mon bébé...
Elle se mit à pleurer.
Ben se rapprocha et l'enlaça, tenant son corps tremblant. Il émit des petits sons apaisants en lui caressant le dos et les cheveux, attendant qu'elle se calme. Lorsqu'elle eut fini de renifler, il lui releva le menton pour qu'elle le regarde.
— Ce n'est pas ta faute. C'est un accident. Et sache que je suis avec toi. Tu n'as plus à affronter tout ceci seule. Je veillerai sur toi. Nous sommes ensemble dans cette aventure.
Elle sourit et reposa la tête sur son torse, absorbant sa force. Savourant le sentiment d'être en sécurité, d'avoir quelqu'un qui se souciait d'elle.
C'était bon.

Ce matin-là, Ben eut à examiner Amy, une jeune femme au regard paniqué qui souffrait d'intenses douleurs abdominales.

Celle-ci lui saisit le poignet, terrorisée.

— Je suis enceinte, et je ne peux pas perdre ce bébé, je ne le peux pas ! Je vous en supplie, dites-moi que ça va aller pour mon bébé !

Il la questionna sur ses douleurs, sur ce qu'elle avait pris, vérifia son pouls et sa tension, élevés.

Il soupçonnait ce que cela pouvait être : une torsion des ovaires, une fausse couche ou une grossesse extra-utérine. Il penchait pour cette dernière hypothèse, vu les symptômes.

— Il faut que je fasse une échographie. Je vais chercher l'appareil.

Il quitta la cabine, soulagé d'échapper à une détresse aussi palpable, sachant qu'il ne pourrait peut-être rien faire.

Leah, debout derrière le bureau des médecins, lui parut un peu verte.

Il lui toucha le bras.

— Hé, ça va ?

— J'ai un peu mal au cœur.

Il pensa à la pauvre femme qu'il venait de laisser, et qui serait probablement ravie d'avoir des nausées matinales.

— C'est bon signe. As-tu mangé quelque chose ?

— Je n'ai rien pu avaler.

— Il faut remonter ta glycémie. Prends un de ces chocolats.

C'était une boîte offerte au service par une famille reconnaissante.

Leah en prit un à la menthe et le mâcha avec réticence.

— Il a un goût de cendre.

Il hocha la tête avec sympathie. Il avait envie de rester et de lui parler, mais sa patiente avait besoin de lui.

— Je dois faire une échographie avec l'appareil mobile.

— À quoi as-tu affaire ?

Il ne souhaitait pas lui parler d'une femme qui allait peut-être perdre son enfant.

— À des douleurs abdominales.

— Que suspectes-tu ?

Il soupira, vaincu.

— Une torsion ovarienne, peut-être. Ou une grossesse extra-utérine. J'ai éliminé l'appendicite.

Il vit de la tristesse et de l'empathie envahir le visage de Leah.

— Oh... Elle doit être terrifiée.

— Oui. Il faut que j'y aille.

— Bien sûr.

Il retourna dans la cabine avec le matériel et passa du gel sur le ventre d'Amy. Puis il procéda à l'examen.

Il fronça les sourcils.

— Amy, savez-vous que vous n'avez qu'une trompe de Fallope ?

— Oui, j'ai perdu l'autre dans une grossesse extra-utérine.

Sapristi.

Il continua à passer l'appareil sur le ventre.

— Amy, on dirait bien qu'il s'agit du même cas.

Elle écarquilla les yeux.

— Quoi ? Non ! Ça ne se peut pas ! Regardez mieux.

Il secoua la tête et lui montra la matrice vide.

— Il n'y a pas de fœtus dans votre utérus. Il se développe là, dans votre deuxième trompe de Fallope. Nous ne pouvons pas sauver cette grossesse, et il est probable que vous allez perdre cette trompe aussi.

Amy se mit à sangloter, se couvrant le visage des mains.

En entendant sa douleur, il se sentit très mal. Il faisait de son mieux pour rester détaché, mais il ne pouvait s'empêcher de penser à Leah.

Et s'il se retrouvait dans la même situation avec elle ? Il savait qu'elle espérait un miracle, comme Amy l'avait attendu. Serait-il assez fort pour la voir s'effondrer ?

C'était la partie de son métier qu'il détestait : avoir à donner de mauvaises nouvelles. La plupart du temps, il aimait ce qu'il faisait. Soigner des gens. Les guérir. Mais il y avait des moments comme celui-ci où rien ne pouvait arranger les choses.

Être témoin d'un tel désespoir donnait une leçon d'humilité. Un désir si ardent d'avoir un enfant... Les cas comme celui d'Amy étaient bouleversants, mais il avait toujours réussi à garder une distance émotionnelle. Sauf que là...

Qu'éprouverait-il si Leah perdait leur bébé ?

Il sentit une émotion naître au fond de lui. Il s'efforça de définir ce que c'était et, quand il y parvint, il découvrit quelque chose sur lui-même : à cette idée, il éprouvait de la peur. Du chagrin. Il ne voulait pas que cela arrive.

Comme les convictions pouvaient changer vite…

8

La salle d'attente était vide à part eux.

Ils étaient là pour ce qu'ils avaient attendu. L'échographie qui leur dirait ce qu'ils souhaitaient savoir. Il fallait espérer que le résultat serait bon.

Cette situation était étrange : quelques mois plus tôt il n'avait jamais songé à être père, et il espérait maintenant que le bébé se soit implanté dans un bon endroit de l'utérus, afin qu'il puisse vivre, se développer, et leur donner à Leah et à lui la chance d'être parents.

Cette perspective le terrifiait toujours, mais ce qui dominait, c'était la prise de conscience qu'il pouvait y arriver.

Il voyait la jambe gauche de Leah s'agiter, trahissant son anxiété.

— Nerveuse ?

— J'ai le trac. Et toi ?

— Je transpire comme un malade...

— Leah Hudson ? l'interrompit une voix.

Leah lui décocha un sourire nerveux, et ils suivirent la femme qui l'avait appelée.

La salle d'échographie était toute petite. Il y avait juste la place du matériel, d'une couchette, d'un lavabo et de deux chaises.

Leah était enceinte de treize semaines et deux jours. Son utérus avait gardé le fœtus jusqu'à présent.

Ben se sentait étrangement en paix avec lui-même.

Il allait devenir parent avec Leah. Une femme stupéfiante. Aimable. Affectueuse. Chaleureuse. Courageuse.

Maintenant encore, alors qu'il savait combien elle était terrifiée, allongée sur la couchette, elle lui sourit et lui prit la main.

Il la lui laissa volontiers, lui pressant les doigts pour dire : « Je suis là. Je ne vais pas partir. »

La gratitude qu'exprima son sourire lui étreignit le cœur,

Ce qui avait commencé comme une histoire d'un soir était devenu beaucoup plus. De tant de façons différentes. Désormais, il était déterminé à être là pour elle. Ils étaient ensemble dans cette affaire.

Brièvement, il pensa à Amy dont la deuxième grossesse avait échoué, et il se sentit un peu coupable d'être là.

Comme si la vie se jouait des êtres humains ! Elle donnait à ceux qui n'espéraient rien et prenait à ceux qui désiraient quelque chose plus que tout.

— Ça va ? chuchota Leah.

Il sourit, adorant le fait qu'elle s'inquiète pour lui en cet instant dont elle avait rêvé durant tant d'années : l'instant où elle découvrait son bébé, la chair de sa chair. Ils ignoraient encore si le résultat serait positif ou négatif, et cependant elle voulait s'assurer qu'il allait bien. C'était ce qu'il aimait tant chez elle.

— Très bien. Regarde !

L'écran commença à s'animer tandis que l'appareil était déplacé sur le ventre de Leah. Au début, ce furent des formes grises et noires, floues, indéfinies... Et, soudain, il vit leur enfant.

Son enfant.

Il était trop tôt pour savoir si c'était un garçon ou une fille, mais c'était son enfant. Son bébé. Recroquevillé comme un minuscule haricot, la légère palpitation de sa poitrine indiquant un net battement de cœur.

— Oh ! mon Dieu ! dirent-ils en même temps, fascinés.

Ben n'avait jamais rien éprouvé de semblable à ce moment. Ce moment précieux où le temps semblait s'arrêter et où tout autre bruit s'effaçait devant les battements de cœur de leur bébé.

Boum-boum, boum-boum, boum-boum...

Des larmes lui piquèrent les yeux, et quand Leah se tourna pour le regarder, pleurant de joie, il porta sa main à ses lèvres.

— Ben ! C'est notre bébé !

— Oui ! Je le vois.

Elle lui serra la main plus fort, et ils contemplèrent l'écran en souriant tandis que l'échographiste leur indiquait un endroit ou un autre et vérifiait des mesures.

— Ce bébé est parfait pour la gestation, conclut-elle. Est-ce que je vous imprime quelques images ?

— Oui, s'il vous plaît, répondit Ben.

Il croisa le regard de Leah et sourit.

C'était réel, à présent, ils l'avaient vu ! Le bébé. Ce n'était plus seulement une situation dont ils parlaient. Il avait une tête, un cœur, des bras et des jambes, des mains et des pieds. Un être vivant qu'ils avaient fabriqué ensemble poussait à l'intérieur de Leah. Une vraie personne !

— Quelle est sa position ? demanda Leah. Est-elle bonne ?

Ben prit une grande inspiration en attendant la réponse de l'échographiste.

— Parfaite. Le fœtus est implanté en bas de l'utérus.

Leah était assise sur le canapé avec Ben. Ils regardaient ensemble les images de l'échographie en silence, abasourdis.

— Il faut que j'appelle Sally, murmura-t-elle.

Ben hocha la tête.

— Bien sûr. Elle doit être anxieuse pour toi.

Elle se mordit la lèvre et détourna les yeux.

— Je ne lui ai pas encore dit.

— Quoi ? Elle ne sait rien ?

— Pas que je suis enceinte, non.

— Mais je croyais qu'elle était ta meilleure amie ? Elle porte ton enfant !

— C'est justement pour ça.

Comment lui expliquer qu'elle se sentait fautive et qu'elle avait peur ?

— Elle m'a offert son ventre alors qu'elle ne voulait plus avoir d'enfants, parce que je ne pouvais pas procréer. Et maintenant...

— Tu es toi-même enceinte.

— Oui. J'ai une chance de porter mon propre enfant, de le mener à terme et de lui donner naissance ! C'est ce que j'ai toujours désiré, mais j'ai fait subir une autre grossesse à Sally. Elle a été malade comme un chien. Et elle a déjà des vergetures !

Elle sentait des larmes lui brûler les yeux. Ces derniers temps, cela lui arrivait chaque fois qu'elle pensait à ce qu'elle faisait endurer à son amie.

— Elle t'aime. Elle comprendra.

Leah acquiesça.

— Je sais. Mais j'ai l'impression d'avoir menti. J'ai peur qu'elle pense que je ne voudrai pas du bébé qu'elle porte. Je vais lui faire revivre le travail et l'accouchement, qu'elle ne voulait plus connaître. La dernière fois, elle a eu une déchirure importante et des complications. Mais elle s'est proposée quand même, parce qu'elle pensait que je ne pouvais pas avoir d'enfant, et maintenant que je le peux, il faut qu'elle le sache.

Ben posa son verre et se gratta la gorge.

— Tout ça me fait... Bizarre.

Assez bizarre pour qu'il ait envie de partir en courant ? De la laisser tomber ? Elle espérait que non, mais c'était ce à quoi elle était habituée. Et on l'avait prévenue à l'hôpital, Ben avait déjà brisé quelques cœurs. Elle avait peine à croire qu'il s'agissait de la même personne, parce que l'homme qu'elle connaissait ne ressemblait en rien à celui qui suscitait ces ragots.

— Comment ça ? dit-elle, le cœur serré.

— Comme si j'étais dans l'œil d'un cyclone avec plein de pensées et de sentiments tourbillonnant autour de moi. Et je ne sais pas sur lequel me concentrer.

Elle fit une grimace.

— C'est désagréable, hein ?

— Non, pas désagréable. Juste effrayant.

— Effrayant comme quand on a de l'appréhension, ou effrayant au point de détaler ?

Ben lui enleva son verre et lui prit les mains.

— Je ne vais pas détaler, Leah. Hé...

Il lui releva le menton pour qu'elle le regarde.

— Tout ira bien. Nous irons bien.

C'était bon d'être de nouveau si proche de lui. Côte à côte, leurs visages se touchant presque tandis qu'ils se regardaient dans les yeux. Que cherchait-elle dans son regard ? De la certitude ? Le fait qu'elle pouvait compter sur lui, qu'il serait toujours là pour elle. Était-ce trop demander ? Était-ce espérer trop de bonheur ?

Mais elle voyait aussi autre chose dans ses yeux : de l'attirance, du désir — ce dont elle sentait encore la force elle-même, malgré ses efforts de toutes ces semaines pour garder Ben dans la zone « ami ».

Elle abaissa son regard sur sa bouche, incertaine.

— Est-ce que tu vas m'embrasser ? chuchota-t-elle.

— Ça me plairait.

— Seulement m'embrasser ?

Il eut un sourire coquin.

— Et plus si affinités...

Elle ferma les yeux tandis que ses lèvres se posaient sur les siennes, et tout le reste s'envola.

Tout ce qui comptait pour l'instant, c'était de sentir sa bouche sur la sienne, la chaleur de ses mains sur son visage, la douceur avec laquelle il la touchait.

Lorsqu'il s'écarta pour la regarder et voir si elle voulait aller plus loin, elle l'attira à elle.

Oui. Elle voulait plus.

L'intensité de leur baiser s'accrut, et elle sentit son désir s'impatienter.

Elle connaissait cet homme. Elle savait de quoi il était capable, et elle voulait tout de lui. Sa chaleur. Son désir. Il ne s'agissait plus simplement de sexe et d'atteindre le summum de la volupté. Il s'agissait d'intimité, de le connaître mieux qu'elle ne le connaissait déjà. Ce n'était pas un étranger, c'était un homme qui lui plaisait. L'homme qui avait engendré l'enfant qu'elle portait. Il existait un lien entre eux. Quelque chose de fort.

Ils se dévêtirent fiévreusement, se caressèrent, s'embrassèrent, se donnèrent du plaisir. Alors qu'il hésitait à poursuivre, regardant son ventre doucement arrondi comme s'il contenait un trésor, elle dit :

— Ben ?

Il leva les yeux, le regard troublé.

— Tu ne me feras pas de mal.

Elle avait voulu dire qu'il ne ferait pas de mal au bébé, supposant que c'était ce qui l'inquiétait, mais la formulation était tellement plus générale...

Elle n'eut pas le loisir d'y réfléchir, car il se joignit à elle, et ce fut le paradis. Elle était perdue dans un monde de passion, de désir et de besoin. Mais cette étreinte était plus que cela : c'était une redéfinition de leur relation, un renforcement de leur lien. La première fois, ils avaient eu un rapport physique. Maintenant, ils avaient un rapport émotionnel. Et ce fut merveilleux jusqu'au bout.

Quand elle eut repris ses esprits, elle se mit à rire doucement.

— Oh ! mon Dieu... Waouh !

Ben se mit sur un coude et plongea les yeux dans les siens.

Elle lui caressa la joue.

— Nous aimons les choses fortes, n'est-ce pas ?

Il sourit.

— Je crois, oui. Veux-tu qu'on recommence ?

Elle rit.

— Vraiment ? Encore ?

— Oui, mais dans un endroit un peu plus confortable.

— La chambre ?

Il feignit de réfléchir.

— Cela a marché une fois, alors pourquoi pas ?

Et il la souleva dans ses bras, riant avec elle.

9

— Leah ? Il y a une dame pour toi, annonça Richard, passant la tête dans la cabine.

— Qui est-ce ? demanda-t-elle en appliquant la dernière bande stérile sur la blessure de son patient.

— Euh... Sally Lombard, je crois.

Sally ?

Leah l'avait appelée après le départ de Ben, ce matin-là, voulant être seule pour lui parler. Sally était sortie, alors elle avait laissé un message disant qu'elle avait besoin de lui parler en personne et qu'elle rappellerait.

Elle ne s'était pas attendue à ce que son amie débarque à son travail !

Mais c'était gentil. Elle devait justement prendre sa pause-déjeuner, ce qui leur permettrait de discuter.

Son patient quitta la cabine avec des béquilles et des instructions pour soigner sa blessure, et elle s'empressa de rédiger ses notes. Elle n'avait qu'une heure de libre et ne voulait pas la gaspiller.

Ben était au bureau des médecins lorsqu'elle arriva.

— Hé, es-tu disponible pour déjeuner ? demanda-t-elle.

Il consulta sa montre.

— C'est possible, oui. Tu veux manger dans un endroit spécial ?

— Non, non. C'est juste que... Eh bien, Sally est ici, et il faut que je lui dise pour le bébé, alors j'ai pensé que ce serait une bonne idée si tu venais nous rejoindre un peu plus tard, pour qu'elle te rencontre.

Elle le vit hésiter.

— D'accord. À quelle heure veux-tu que j'arrive ?

— Vers 1 h 30 à la cafétéria ? Ça devrait me laisser le temps de l'informer de l'essentiel.

— Parfait.

— À tout à l'heure.

Elle classa le dossier de son patient et alla retrouver Sally dans la salle d'attente.

— Sal !

Elle avait souvent eu Sally au téléphone, mais elles ne s'étaient pas vues depuis un mois ou deux, et le changement physique de son amie était stupéfiant. Son amie était magnifique. Le ventre rond, en pleine forme.

Dire qu'elle serait bientôt aussi grosse, sinon plus !

Elle l'étreignit, l'embrassa, puis posa une main sur son ventre et sentit son bébé donner un vigoureux coup de pied.

— Tu as bonne mine. Et cette petite coquine grandit si vite !

— Pour ça oui. C'est une bagarreuse, comme sa maman. On dirait qu'elle a réinventé la boxe française, là-dedans. Elle se sert de ma vessie comme d'un punching-ball !

Leah ne put s'empêcher de rire.

— On mange assez bien à la cafétéria de l'hôpital. Tu es partante ?

— Je suis toujours affamée, avec ce bébé, déclara Sally. Je ne me souviens pas d'avoir eu aussi faim avec mes propres enfants.

Leah prit le bras de son amie, elles descendirent par l'ascenseur, choisirent leur plat et s'attablèrent.

— Alors, comment vas-tu, ces derniers temps ? demanda Sally. Nous étions débordés, à la maison. Figure-toi qu'Andrew joue dans *Hamlet* à l'école et que j'ai fait les décors. Je ne peux plus entendre parler de cette pièce...

Elle prit une gorgée de son cappuccino décaféiné.

— Mais dis-moi plutôt ce qui se passe pour toi. Quelle est cette grande nouvelle que tu veux m'apprendre ? Tu as rencontré quelqu'un ? s'enquit-elle avec un grand sourire.

Leah s'empourpra.

Le moment de vérité approchait. Pourquoi se sentait-elle si coupable d'annoncer sa grossesse ? Sally était sa meilleure amie, elle ne serait pas fâchée, elle savait ce qu'elle avait traversé ! Mais elle avait l'impression de la trahir.

— Oui, j'ai rencontré quelqu'un.

Sally ouvrit de grands yeux, ravie.

— Vraiment ? Ici ? Qui est-ce ? Comment est-il ?

— Il s'appelle Ben. Ben Willoughby. Il est médecin.

— Oh ! C'est si excitant !

Leah but un peu de son jus d'orange et sourit nerveusement.

— J'ignorais qu'il était médecin quand je l'ai rencontré. C'est le garçon dont je t'ai parlé. L'amant d'un soir, tu sais ?

— Ton ardent séducteur est ton nouveau petit ami ?

Elle gloussa.

— Oui. Je lui ai demandé de nous rejoindre dans un moment, parce que je veux que tu le connaisses.

Sally la regarda, surprise.

— Alors, c'est sérieux ?

— Oui. Du moins, je crois. C'est compliqué...

— Tu veux parler de *cette* complication ? dit Sally en désigna son ventre.

— Dans un sens...

— Que veux-tu dire ? Lui as-tu parlé du bébé ? Oh ! de grâce, dis-moi que tu as été honnête avec lui, Leah ! Il faut qu'il sache avant de voir mon ventre.

— Il sait. Je le lui ai dit. Mais ce n'est pas la complication dont je voulais parler.

Son amie fronça les sourcils.

— Que se passe-t-il d'autre ?

Leah poussa un gros soupir.

Comment le dire ? Y aller direct, ou semer des indices ?

— Notre unique nuit... Elle a abouti à quelque chose de plus qu'une simple relation.

— Il t'a transmis une maladie vénérienne ?

Elle se sentit rougir de nouveau.

— Non ! Mais il m'a donné autre chose...

Sally attendait, les sourcils froncés.

C'était difficile de prononcer les mots, mais ils devaient être dits.

— Je suis enceinte, Sal. Je porte un bébé.

Sally s'adossa à son siège, stupéfaite, son visage exprimant le choc et l'incrédulité. Elle remua les mâchoires pour poser des questions, mais aucun son ne sortit.

Leah tendit le bras pour lui prendre la main.

— Je suis à un peu plus de trois mois de grossesse.

Sally continuait à la dévisager, bouche bée, sa main posée de façon protectrice sur son ventre. Finalement, elle retrouva l'usage de la parole.

— Mais... Comment ? Je croyais... Tu avais dit que...

Leah secoua la tête.

— Je ne pensais pas que c'était possible, mais c'est arrivé, on m'a fait une échographie, et le bébé est implanté au bon endroit. Je peux peut-être le porter jusqu'à son terme. Il a de bonnes chances de survivre. Regarde...

Elle sortit son échographie de son sac et la montra à Sally, qui la contempla fixement.

— Leah, c'est un miracle ! Comment te sens-tu ?

— Terrifiée, mais heureuse.

Alors son amie fronça les sourcils.

— Et tu veux toujours...

Elle posa la main sur son ventre sans finir sa phrase.

— Bien sûr que oui ! N'y songe même pas.

À ce moment-là, Leah aperçut Ben qui entrait dans la cafétéria. Elle lui fit un petit signe.

— Il arrive.

Sally regarda alentour et le vit. Elle se tourna vers Leah, rougissant violemment.

— C'est lui ? Bon sang, Leah...

Leah ne put s'empêcher de sourire tandis que Ben approchait.

— Bonjour. Vous devez être Sally. Je suis Ben.

— Enchantée.

— Est-ce que... Euh...

Il baissa les yeux sur Leah.

— Oui, je lui ai dit.

Il hocha la tête et s'assit à côté d'elle.

— Bon. C'est bien. Et comment ça se passe pour vous, Sally ?

— Parfaitement.

Ils se regardèrent les uns les autres, ne sachant pas très bien quoi dire.

— C'est une énorme surprise…, commença Sally.

Leah fronça les sourcils.

— Tu n'en es pas ennuyée ?

Son amie parut étonnée.

— Pourquoi cela m'ennuierait-il ?

Leah haussa les épaules.

— Peut-être parce que je te fais subir une grossesse dont tu ne voulais pas ?

Sally fit un geste de dénégation.

— C'est ridicule ! Tu n'aurais jamais pu prévoir ça ! C'est un merveilleux miracle, Leah. Tu vas avoir deux bébés !

Elle eut un sourire rayonnant et jeta un coup d'œil à Ben.

— Et vous, comment le prenez-vous ?

Il regarda Leah et lui prit la main.

— J'en suis heureux. C'est un choc, mais c'est quelque chose que nous sommes déterminés à surmonter ensemble.

Leah se mordillait la peau autour des ongles.

Elle le faisait beaucoup, ces temps-ci. Mille pensées pullulaient dans son esprit — elle s'inquiétait d'en être au deuxième trimestre, se demandait si l'échographie avait été bien faite, redoutait que la technicienne ne se soit trompée et que chaque jour la rapproche du moment où son corps la lâcherait.

Elle avait toujours cru qu'elle ne pourrait pas avoir d'enfant : son utérus s'était mal développé, il n'était pas assez fort. À présent, on lui disait qu'elle avait de la chance, *la* chance sur un million… Mais elle avait lu sur Internet un article sur les dangers de porter un enfant avec un utérus bicorne, et même les cas de réussite l'avaient effrayée…

Richard apparut à côté d'elle.

— Docteur Hudson ? On a besoin de toi.

Elle leva distraitement les yeux.

— C'est pour quoi ?

— Une blessure par pistolet à clous.

Elle se leva en soupirant.

— OK. J'arrive.

Un peu de charcutage lui détournerait l'esprit de la panade dans laquelle elle baignait.

Elle savait qu'il était temps d'annoncer dans le service qu'elle était enceinte. Ou devait-elle attendre jusqu'à ce que ça commence à se voir ? Ou qu'elle soit plus sûre de conduire sa grossesse à son terme ?

Elle suivit Richard jusqu'à son patient, allongé à plat ventre, une couverture sur le bas du corps. Quelque chose pointait sous la couverture, sur la bosse de son grand fessier.

Elle souleva la couverture.

Le clou était planté dans la fesse droite. Un peu de sang avait coulé. Aucun organe vital ne semblait avoir été atteint. Il aurait besoin d'un pansement et d'une piqûre antitétanique.

— Comment vous êtes-vous planté un clou dans la fesse ?

Le blessé rougit.

— C'est un accident. On travaillait dans le garage pour installer un appartement pour mes parents.

— Mais encore ?

Ce fut sa femme qui répondit.

— Martin m'a avoué qu'il revoyait son ex-femme. Pour le sexe, vous comprenez ? Il s'amuse, et moi je me coltine mes beaux-parents ! Le marché ne m'a pas paru équitable, alors je lui ai tiré un clou dans les fesses pendant qu'il se penchait. C'était drôle de le voir s'étaler le nez par terre !

Elle décocha un regard haineux à son mari.

— Espèce de porc !

Leah leva la main pour la faire taire.

— Il s'agit d'une agression avec un pistolet à clous. Ces outils sont dangereux. Vous auriez pu lui causer de graves dommages.

— Je ne porterai pas plainte, marmonna Martin.

— Tu vas revoir ton ex-femme ? intervint l'épouse.

Il secoua la tête.

— T'as pas intérêt. Parce que, sinon, tu le paieras !

Leah fit une piqûre d'anesthésique au blessé et retira le clou. Puis elle nettoya la blessure et fit un point de suture. Après l'injection antitétanique, elle lui dit de voir son généraliste cinq jours plus tard pour s'assurer que la blessure cicatrisait bien.

Il enfila son pantalon, l'air penaud, et sortit avec sa femme.

Elle les regarda partir.

Est-ce que certaines personnes étaient prédisposées au malheur ? Elle, elle estimait en avoir eu sa part, et elle n'avait pas l'intention que cela continue. Elle savait qu'elle devait se battre pour son bonheur.

Pour son bébé et pour son avenir avec Ben.

Leah sortait de la douche, elle s'était enveloppée dans une serviette et en ajustait une autre sur sa tête, quand on sonna à la porte d'entrée.

Elle suivit le petit couloir et reconnut la silhouette de Ben à travers la vitre.

Elle ouvrit.

— Bonsoir.

Il la parcourut du regard et s'arrêta sur son visage.

— Bonsoir.

Elle s'écarta pour le laisser passer.

— Entre. Veux-tu du thé, du café ?

— Comme toi.

Elle sourit.

— Alors, ce sera du jus de pomme. Je ne supporte pas les boissons chaudes en ce moment.

Elle alla leur chercher à boire et s'installa à côté de lui sur le canapé, se blottissant dans ses bras.

— Je ne t'attendais pas ce soir.

— Je n'ai pas eu l'occasion de vraiment te parler aujourd'hui, tant nous étions bousculés.

— En effet. Qu'aimerais-tu faire ?

Il haussa les sourcils.

— Eh bien, j'allais suggérer que nous sortions dîner, mais tes serviettes sont très distrayantes, et maintenant je pense à tout à fait autre chose.

Il sourit et l'attira à lui, l'embrassant sur les lèvres.

Elle rit.

— Ça paraît très tentant, vraiment... Mais je meurs de faim, et sortir dîner me plairait beaucoup. Ce sera un vrai rendez-vous en tête à tête ! Et nous pourrons prendre le dessert après.

Elle lui sourit d'un air coquin, indiquant clairement à quel genre de dessert elle pensait.

Ben lui rendit son sourire.

— Tu es sûre qu'on ne peut pas commencer par le dessert ?

— Absolument sûre. Attends-moi là.

Quand elle ressortit de sa chambre dix minutes plus tard, le verdict de Ben fut net et sans appel.

— Tu es superbe !

Elle s'empourpra.

Elle portait une robe qu'elle n'avait pas mise depuis la fin de ses études. En vérité, elle était étonnée qu'elle lui aille encore. Le drapé moulait sa silhouette, et elle devait reconnaître qu'elle se sentait jolie dedans.

— Merci. Où allons-nous dîner ?

— Dans un super petit restaurant végétarien que je connais. Le chef est fantastique, tu vas adorer. Mais d'abord, j'ai quelque chose à faire.

Elle le regarda, curieuse.

— Quoi ?

— Ça.

Ben prit son visage entre ses mains et l'embrassa tendrement, lui donnant l'impression de fondre à l'intérieur.

Elle lui sourit.

— C'est l'apéritif ?

— Un avant-goût, pour apaiser la faim.

Il la regardait avec un tel désir qu'elle fut à deux doigts de suggérer qu'ils ne sortent pas dîner. Mais entre ses différents appétits, ce fut son estomac qui l'emporta.

— Allons-y avant que je ne change d'avis et que je finisse par *te* dévorer.

— Ne me tente pas, dit-il en souriant.

Elle le prit par la main et l'attira au-dehors, riant de son grognement frustré.

Il lui ouvrit la portière de sa voiture avant de s'installer lui-même au volant.

— Notre premier rendez-vous officiel.

Elle rit.

— Eh oui ! Nous faisons tout à l'envers.

— Des regrets ? demanda-t-il, un sourcil levé.

— Non !

Absolument pas. Plus maintenant. Elle était toujours effrayée, qui ne l'aurait pas été ? Mais elle ne regrettait pas cette situation. Pas du tout. Ben lui avait offert son rêve, et elle était heureuse de l'avoir à son côté.

10

Leah consulta la pendule au mur.

Ben était en retard de dix minutes.

Était-il pris dans les embouteillages ? Si oui, pourquoi n'avait-il pas prévenu ?

La vie allait très bien pour eux, dernièrement. Ben faisait visiblement un effort pour la sortir et la courtiser. Un soir, il lui avait apporté des fleurs, un autre il était venu chez elle et avait préparé le repas pour s'assurer qu'elle mange bien. Ils étaient même allés au théâtre voir une pièce d'Agatha Christie. Il l'avait raccompagnée à pied ensuite et, quand ils étaient arrivés devant sa porte, elle lui avait demandé s'il passerait la nuit avec elle.

Il avait soupiré, se penchant pour humer son parfum.

— Je ne peux pas. Je commence tôt demain matin et, si je reste, je n'aurai pas envie de sortir de ton lit.

Elle avait fermé les yeux de plaisir en sentant son souffle chaud sur son cou, ses doigts dans ses cheveux, la délicieuse sensation de ses dents lui mordillant le lobe de l'oreille.

Elle avait glissé les mains sous sa veste, explorant la chaleur et la dureté de son corps contre le sien.

— Tu es sûr ?

— Non, pas tant que ça, avait-il répondu.

Il était resté. Et il avait été en retard le lendemain matin. Et ils s'étaient souri comme des idiots toute la journée.

C'était à ce moment-là que le bruit avait couru. D'autant

que, maintenant, elle était visiblement enceinte. La rumeur s'était répandue dans le service comme une traînée de poudre.

En fait cela n'avait pas été si désagréable qu'elle l'avait craint.

— Félicitations ! lui avait dit Richard en l'étreignant. Et si jamais il déclare forfait, préviens-moi !

Elle avait ri.

— Entendu.

— On est si content pour vous !

— J'espère que vous serez très heureux, tous les deux !

— Vous formez un couple splendide !

Il y avait un ou deux sceptiques. Elle traitait un patient dans une cabine, un jour, quand elle avait entendu deux aides-soignantes parler à voix basse derrière les rideaux.

— Tu t'imagines tomber enceinte de *lui* ? Il est canon, mais pas exactement du genre à s'engager, hein ?

— Non. Je parie qu'il a semé un tas d'enfants dont il ne sait même rien.

Ces commentaires l'avaient blessée, mais elle avait choisi de ne rien dire. Elle connaissait les véritables sentiments de Ben, et elle était la seule à savoir quelles batailles il avait menées. Il avait peut-être joué le joli cœur auparavant, mais il avait toujours été prudent. Et il n'avait pas couché avec toutes les femmes qu'il avait fréquentées. Parfois, il avait simplement voulu profiter de leur compagnie.

Elle n'avait pas dit ça à ces filles. Ce n'était pas leur affaire. Elle, elle savait ce qu'il en était pour eux deux, et cela seul comptait.

À présent, elle remuait sur sa chaise, essayant de se mettre à l'aise.

Elle était enceinte de cinq mois et attendait pour sa deuxième échographie. Tout allait si vite ! Elle avait pensé qu'ils avaient plein de temps devant eux pour être un couple, juste tous les deux, mais maintenant Sally approchait de son terme, et elle-même se sentait énorme.

Cinq mois déjà, le temps filait…

Elle voulait que Ben soit là, car cette fois ils allaient découvrir le sexe de leur bébé, mieux voir comment il était positionné et vérifier que sa croissance était normale.

Autrefois elle pensait qu'elle n'irait jamais jusque-là dans une grossesse, et voilà. Elle avait un beau ventre rond qu'elle pouvait caresser. Quand son bébé décidait de s'étirer, elle relevait souvent son haut pour voir son ventre bouger et onduler. C'était un miracle.

La veille au soir, Ben et elle s'étaient assis sur le canapé, discutant de choses et d'autres.

— Qu'est-ce que tu veux ? avait-elle demandé. Une fille ou un garçon ?

Il avait haussé les épaules.

— Ça m'est égal.

— Lequel est le plus facile à élever ?

Il avait soupiré.

— Ils ont chacun des avantages et des inconvénients...

Elle avait ri et lui avait donné une tape sur le bras.

Maintenant, il était en retard. Et elle ne voulait pas tout découvrir toute seule.

— Leah Hudson ?

Oh ! flûte !

Elle se leva et s'avança vers la technicienne.

— J'attends mon compagnon. Il devrait arriver d'une minute à l'autre.

— Nous allons commencer, il nous rejoindra plus tard. Nous sommes déjà en retard.

— Bien sûr. Désolée.

Elle s'allongea sur la couchette et abaissa sa jupe pour se préparer à l'examen.

Elle éprouvait de l'appréhension et était excitée en même temps, mais elle se sentait aussi un peu seule. Elle n'avait pas mesuré jusqu'ici combien c'était important pour elle d'avoir Ben avec elle en cette période. Il était solide et sûr malgré ses craintes d'être père, et il ne lui avait jamais donné aucune raison de douter de lui.

Si elle devait traverser tout ceci toute seule...

Des larmes menaçaient mais, juste au moment où elle pensait qu'elle allait se mettre à pleurer abondamment parce qu'elle était seule, on frappa à la porte, et Ben apparut.

— Tu es en retard...

Elle sentit trembler son menton, mais c'était trop tard : elle pleurait.

Ses émotions étaient comme un grand huit auquel elle n'était jamais préparée. Ce jour-là était si important ! Terrifiant. Malgré les bons résultats de la précédente échographie, elle avait encore besoin de Ben, au cas où.

— Je suis navré, Leah. Il y a eu un accident de la circulation, et je me suis arrêté pour aider. Quand j'ai voulu t'appeler, mon portable n'avait plus de batterie, et je n'ai pas pu te joindre.

— J'ai cru que tu m'avais oubliée ! Oh ! je ne sais pas pourquoi je pleure...

La technicienne sourit et lui tendit un mouchoir en papier.

— Comment aurais-je pu t'oublier ? protesta Ben.

Il se saisit de sa main tremblante, la serra fort, puis posa un baiser dessus.

— Bon, qu'ai-je manqué ?

— Nous allions juste commencer.

La technicienne fit ses manipulations, prit des mesures du bébé, vérifia son cerveau. Elle contrôla le liquide amniotique, compta les vaisseaux dans le cordon ombilical, les doigts et les orteils, puis leur fit entendre le bruit du cœur.

— C'est parfait, dit-elle.

— Le bébé va bien ?

— Il en a l'air. Voulez-vous connaître le sexe ?

— Oui, s'il vous plaît.

Elle positionna l'appareil de telle sorte qu'ils puissent voir clairement à quoi s'attendre.

Leah sentit des larmes de joie jaillir de ses yeux et se tourna pour sourire à Ben.

— Nous avons un garçon !

Le cœur de Ben s'arrêta de battre quelques secondes.

Découvrir qu'il allait avoir un fils. Quelqu'un qui transmettrait son nom après lui. Quelqu'un pour qui il devrait vraiment être un modèle. Certes, il voudrait en être un pour une fille aussi, lui montrer comment les hommes étaient censés traiter les femmes, avec respect. Mais avoir un fils...

Il éprouva le réflexe de donner un coup de poing en l'air pour exprimer sa joie, puis il couvrit sa bouche de sa main, ne parvenant pas à le croire.

Mais alors, la technicienne se pencha vers le moniteur et se mit à froncer les sourcils.

— Qu'y a-t-il ? avait-il demandé.

Elle avait tourné l'écran vers eux.

— Le placenta. Il est placé sur l'ouverture du col. Il va falloir surveiller ça. C'est un placenta prævia. Normalement, il devrait se trouver en haut de l'utérus mais, à cause de l'anomalie de Leah, il est là — très bas.

— Va-t-il bouger ?

— C'est possible. Je ne peux pas l'assurer. Parfois, le placenta bouge quand l'utérus grandit mais, vu l'utérus bicorne de votre femme, il se peut que cela ne se produise pas.

Il ne la reprit pas alors qu'elle avait dit « votre femme ». Il y avait plus important.

Juste quand ils pensaient que leurs soucis étaient terminés !

Un placenta prævia pouvait causer des problèmes. Il le savait en tant qu'urgentiste. Il en avait vu un ou deux cas dans sa carrière. Leah risquait une hémorragie. Et une forte hémorragie pouvait les mettre sérieusement en danger, elle et le bébé.

— Il faut que vous surveilliez toute perte de sang que vous pourriez avoir, recommanda l'échographiste. C'est souvent indolore, ou ça peut arriver après un rapport sexuel.

Il serra la main de Leah dans la sienne.

— Nous vous ferons passer une autre échographie à trente-deux semaines pour vérifier sa position à ce moment-là. S'il n'a pas bougé, nous devrons peut-être vous hospitaliser. Il ne faudrait pas attendre si vous avez besoin d'une césarienne d'urgence.

Leah sembla de nouveau petite et effrayée.

— D'accord.

Puis elle retourna travailler.

Comme il n'était pas de service avant l'après-midi, Ben se retrouva au volant dans les rues. Il avait pensé rouler sans but, mais il comprit que non quand il se gara devant la maison de son enfance.

Il n'était pas revenu depuis des années. Il ne se souvenait plus de la dernière fois. En revoyant la maison mitoyenne avec ses rideaux sales et son jardin plein de mauvaises herbes, il faillit ne pas entrer, mais quelque chose le poussa.

Un besoin de se retrouver en famille ?

Si c'était ça, pourquoi n'était-il pas allé voir son frère ou sa sœur ? Ne serait-il pas entouré de rires d'enfants, d'espiègles neveux et nièces ?

Mais il avait besoin de voir ses parents. Il devait leur dire qu'ils allaient devenir grands-parents. En dépit de tout, il en éprouvait la nécessité.

À l'intérieur, tout était comme d'habitude : sa mère était vautrée sur le canapé, lisant un magazine, une cigarette qui se consumait entre les doigts, et son père regardait la télévision, une jambe par-dessus le bras de son fauteuil.

— Ben ! Que fais-tu ici ? Nous n'avons pas droit à tes visites, normalement, dit sa mère.

Il hocha la tête, nerveux, et s'assit sur le bord d'un siège.

— Je... Euh... Je me suis dit que j'allais passer voir comment vous vous portez.

Ils n'avaient rien changé. Tout était pareil : le papier peint sur les murs avait toujours les motifs brillants avec lesquels il avait grandi, le canapé faisait partie du même vieil ensemble marron, en plus usé. Le tapis devant la cheminée avait perdu ses galons, il était terne et aplati. Un épais brouillard de fumée de cigarette planait dans l'air.

— Très bien. Et toi ? Comment ça se passe dans ton hôpital trois étoiles ?

Ils l'avaient toujours trouvé prétentieux de vouloir être médecin.

— Bien. Nous avons du travail. Beaucoup de travail.

— Ouais, on voit ça aux infos ! Tous ces pauvres gens qui attendent d'être soignés — pas étonnant, si tout le monde fait comme toi : au lieu de travailler, tu rends visite à tes vieux !

Sa mère rit et tira sur sa cigarette avant de tousser.

— Je suis de repos cet après-midi.

— Il se passe un truc ? Tu as l'air tracassé.

Elle l'avait remarqué ? Eh bien, des miracles arrivaient...

— Je voudrais vous parler de quelque chose.

Son père coupa le son et se tourna.

— Tu as enfin rencontré une fille ? Comment elle s'appelle ? Elle est en cloque ?

Ben n'avait pas l'habitude de partager les événements de sa vie avec ses parents. Et il n'avait jamais aimé leur vulgarité. Pas étonnant qu'il ait été si pressé de partir. Il n'avait rien de commun avec eux. Mais, comme le dit le dicton, on ne choisit pas sa famille, et malgré tout le mal qu'ils avaient fait, ils restaient sa famille.

Il sourit poliment.

— Elle s'appelle Leah. Elle est médecin dans mon service.

— Leah ? C'est snob, dit sa mère.

— Elle est gentille. Elle est parfaite.

— C'est sérieux, alors ?

Ben hocha la tête.

— Oui. Et tu as raison, papa, je vais être père.

— On va encore être grands-parents ? s'exclama sa mère. Je suis trop jeune pour tant de gamins !

Il sourit de nouveau poliment, déterminé à ne pas se laisser toucher. Il ne s'était pas attendu à un enthousiasme débordant, mais il avait espéré des félicitations, peut-être. Il aurait dû savoir qu'ils en étaient avares.

— Tu vas l'épouser ? demanda son père. Réfléchis bien à ce que tu fais. Ta mère m'a piégé, tu sais.

— Je t'ai jamais piégé, vieux connard !

L'éternelle dispute commençait : chacun blâmait l'autre de leur situation, jouant le rôle qu'ils s'étaient taillé depuis des années.

Ben se leva et gagna la porte.

— J'ai pensé que vous deviez savoir que je vais vous donner un petit-fils. Mais ne vous inquiétez pas, je ne vous demanderai pas de le garder.

Il referma derrière lui et s'éloigna, aspirant l'air frais dans ses poumons pour tenter de se purifier de sa visite.

Pourquoi était-il revenu ? Dans l'espoir que quelque chose aurait changé ? Qu'un nouveau petit enfant les ferait peut-être s'intéresser à autre chose qu'à eux-mêmes ? Il aurait dû savoir que c'était improbable.

Bon. Il avait fait ce qu'il devait : il les avait informés. Ça ne les touchait pas, et il n'allait pas laisser leur côté négatif avoir un impact sur la vie de son fils.

La vie de mon fils. C'était bon de penser ça.

Il remonta dans sa voiture et fila vers l'hôpital. Il ne devait pas y être avant deux bonnes heures, mais il éprouvait le besoin de voir Leah et de la tenir dans ses bras.

Son passé était son passé. Elle était son avenir.

Avec leur fils.

— Hé, qu'est-ce que ça veut dire ? demanda Leah tandis que Ben la prenait dans ses bras.

Il soupira en humant le parfum de ses cheveux.

— J'en ai besoin. Restons juste ainsi une minute.

Elle sourit en s'appuyant contre son torse, écoutant le battement régulier de son cœur. Comment pouvait-elle être aussi chanceuse d'avoir cet homme à son côté ?

Il était arrivé en avance au travail. Était-ce à cause de ce matin ? De l'échographie ? Du fait de savoir qu'ils attendaient un garçon ? Du placenta prævia ?

Elle s'était inquiétée, elle aussi. Mais, comme pour la forme de son utérus, elle savait au fond d'elle-même qu'elle ne pouvait rien faire hormis espérer.

Peut-être Ben était-il arrivé à la même conclusion et se sentait-il impuissant ?

Elle n'allait pas se plaindre d'être dans ses bras. C'était merveilleux. Elle se sentait en sécurité quand il la tenait ainsi. Chérie et aimée.

Non pas qu'il lui ait fait de déclaration, et elle non plus d'ailleurs. C'était probablement un peu trop tôt pour ça — il se passait tant de choses dans leur vie. Mais leurs sentiments grandissaient dans la bonne direction, c'était ce qui comptait.

Il posa un baiser sur le haut de sa tête et la lâcha.

— Tu vas bien ? demanda-t-elle.

Il hocha la tête, souriant.

— Maintenant, oui.

Elle lui caressa le bras.

— Grande journée, hein ?

— Oui.

— Ça va aller pour nous. Nous pouvons y arriver, toi et moi.

— Oui. Oui, nous le pouvons.

Dans l'après-midi, ils eurent à soigner un père de famille avec une fracture ouverte du tibia et du péroné : il était mal tombé en sautant d'un rocher pour impressionner ses enfants. Les trois garçons étaient là pour attendre leur mère. M. Miller leur apprit que sa femme et lui les avaient adoptés et qu'il n'y avait rien de plus beau qu'être parent. Tout le monde n'avait pas cette chance, il fallait en profiter.

— Vous êtes bien partie pour ça, hein ? dit-il en s'adressant à Leah.

— Oui. Et j'en profiterai au maximum.

Puis la mère de famille arriva, étreignit ses enfants et alla prendre la main de son mari.

— Dans quoi t'es-tu fourré, cette fois, Arty ?

Ben expliqua ce qui s'était passé et qu'Arty allait être opéré puis transféré en orthopédie.

Lorsqu'ils furent partis, Leah s'assit au bureau des médecins avec Ben et s'essuya les yeux du dos de la main.

— Quelle famille merveilleuse !

— Oui. Ça donne de l'espoir de voir que certaines familles réussissent, hein ?

Elle hocha la tête.

— Je pense que toi et moi faisons partie d'une minorité. Je préfère penser que nos enfances respectives sont des anomalies. Surtout quand je vois des parents aussi aimants qu'Arty et Fliss.

Elle sourit, pensive.

— Je me demande à quoi ça ressemble de grandir en étant chéri et adoré. Crois-tu qu'on sait quelle chance on a ?

— Hum, on considère cela comme normal, probablement.

— Au moins, nous savons que c'est possible. Arty a pris ces trois enfants avec leur histoire, leurs bagages et leurs problèmes, mais il l'a fait de bon cœur.

— Essaies-tu de me dire quelque chose ? demanda Ben.

Elle rit doucement.

— Peut-être. On n'a pas trop parlé de l'autre bébé. Je sais que, en étant avec moi, tu vas te charger de plus que de ton propre enfant. Arty nous a montré que ça pouvait marcher : ces enfants comptent autant pour lui que s'ils étaient sa chair.

Elle posa une main sur celle de Ben.

— Crois-moi, je mesure ce que je te demande.

Il lui caressa du pouce le dos de la main, mais son visage s'emplit soudain de doute.

— Je veux être leur père, Leah. Mais si je ne réussis pas aussi bien qu'Arty ?

— Tu y arriveras, j'en suis sûre. Prenons les choses au jour le jour. Heure par heure, s'il le faut.

Elle lui pressa la main.

— Souviens-toi, je découvre, moi aussi. Nous tomberons aveuglément dans tous les pièges tendus aux parents.

— Tu dépeins un tableau merveilleux...

— Considérons que c'est notre propre aventure. Nous savons tous les deux que nous voulons réussir. Nous voulons tous les deux que ces enfants soient aimés, n'est-ce pas ?

Il hocha la tête.

— Eh bien, le fait que nous nous inquiétons de bien faire signifie que nous nous soucions de nos enfants, ce qui nous place loin devant nos propres parents.

Il approuva en souriant.

— Tu sais, j'ai envie de commencer à décorer la chambre d'enfants, dit-elle. Tu pourrais venir me donner un coup de main ? Construisons un nid de rêve pour nos petits. Offrons-leur un départ dans un foyer chaleureux et aimant.

Ben acquiesça, de l'inquiétude au fond des yeux.

Elle le comprenait. Elle avait peur aussi. Elle avait beau feindre d'être brave, elle était terrifiée face à ce qui les attendait. Il y avait tant de choses à assumer ! Leurs deux vies changeaient totalement et de façon inattendue. C'était naturel que Ben s'inquiète. Tout futur père s'inquiétait. Mais, tant qu'ils continueraient de se parler, ils y arriveraient.

La patiente suivante conduisit Ben aux Cas bénins. Brianna Jones avait cinquante-deux ans, elle s'était découvert une boule dans un sein. Elle était venue avec Carol, qui était sa compagne depuis vingt ans.

À l'échographie, il trouva une tumeur de trois centimètres aux contours mal définis. Cela n'indiquait pas de façon certaine un cancer, mais il lança une investigation.

Pendant qu'ils attendaient les résultats, il leva les yeux et vit Carol debout devant lui.

— Si c'est un cancer, je ne sais pas ce que je deviendrai, murmura-t-elle. Elle est ma vie.

— Nous ne savons rien de sûr pour l'instant. Nous élaborerons un plan au vu des résultats.

— J'ai trouvé en Brianna une amie qui me connaît au-dedans comme au-dehors. Qui m'aime plus que je ne l'aurais jamais cru possible. Peu de gens ont cette chance dans la vie, je ne veux pas la perdre, docteur.

— Je comprends. Mais vous n'en êtes pas encore là. Vous avez fait ce qu'il fallait. Vous êtes venues.

Carol se tourna vers Brianna qui triturait un mouchoir en papier, allongée sur le lit.

— Je vais la rejoindre. Merci de m'avoir parlé. Les résultats seront longs à attendre ?

— Je vais les lire maintenant.

— Merci.

Il retourna à son écran d'ordinateur, songeant à ce que cette femme lui avait dit.

Il avait refusé toute sa vie d'être père et de se lier à quelqu'un à cause de son enfance. Il avait essayé de tromper sa solitude en s'amusant. À présent, tout avait changé. En mieux.

En fait, ce qu'il fuyait était tout ce dont il avait besoin. Leah était formidable. Elle portait leur fils, et son amie portait un autre bébé pour elle — ce qui signifiait qu'il allait être père de deux enfants. Oui, c'était terrifiant mais, s'il y arrivait, ce serait la chose la plus extraordinaire au monde !

Une chance de créer le foyer et l'enfance que Leah et lui n'avaient pas eus, de voir leurs enfants grandir entourés d'amour. Vivre cette expérience avec elle. Il fallait juste qu'il s'y livre de tout son cœur. Qu'il se dise qu'il était capable d'y arriver, que c'était une aventure à tenter.

Il comprenait la peur de Carol de perdre quelqu'un de précieux. Lui, il allait faire de son mieux pour ne rien perdre, maintenant que le bonheur était à sa portée.

11

— Vingt-huit semaines. Qui aurait cru ça ?

Leah se frotta le ventre et jeta un coup d'œil nerveux à Ben.

— Jamais, dans mes rêves les plus fous, je n'aurais pensé en arriver là, et maintenant c'est si proche ! Deux mois de plus pour moi, et Sally va accoucher d'un jour à l'autre.

Elle se mordit la lèvre.

— Tu crois que le placenta a bougé ?

— Je l'espère. Sinon, nous nous en occuperons.

— Ils voudront m'hospitaliser si j'ai des saignements. Mais il y a tant de choses que nous n'avons pas encore faites ! Nous n'avons pas touché à la chambre d'enfants, mon premier bébé va arriver, et je devrai le coucher dans un carton ! Les lits n'ont pas été montés, la table à langer non plus, il faut acheter des fournitures...

— Hé, tout va bien ! Je réglerai tout. Si tu dois être hospitalisée, je préparerai la chambre.

— Mais tu as du travail, tu vas être épuisé.

— Cesse de t'inquiéter. Ça ira pour moi.

— Leah Hudson ? appela quelqu'un.

Elle décocha à Ben un sourire qui disait « C'est nous » et se mit péniblement debout. Mais alors, elle s'arrêta et se tourna, un masque de peur sur le visage.

— Oh ! Ben, nous avons évité une balle, quelles sont mes chances d'échapper à une deuxième ? Le placenta va être sur mon col, je vais avoir une hémorragie, et mon bébé va perdre la vie pour ça, alors que je ne me souciais que de mon stupide utérus !

Ben prit son visage entre ses mains et la força à le regarder avant de l'embrasser doucement sur les lèvres.

— Tu as le droit d'avoir peur, Leah. Mais c'est comme ça, et tu es au meilleur endroit possible.

Elle serra ses mains.

— Tu veux dire à l'hôpital ?

— Non. Avec moi.

Elle sourit, retint courageusement ses larmes, et hocha la tête avant de se diriger vers la salle d'échographie. Elle grimpa sur la couchette et répondit aux questions de la technicienne.

— Et vous êtes ici aujourd'hui pour vérifier la position du placenta ?

— Oui, j'avais un placenta prævia à vingt semaines.

— D'accord. Un peu de gel, et nous allons voir ça.

La technicienne sourit et commença à faire glisser l'appareil tandis que Leah s'accrochait à la main de Ben.

Il savait combien elle était effrayée. Elle voulait tellement porter son enfant jusqu'au bout, le mettre au monde elle-même ! C'était un privilège qu'elle n'avait jamais escompté. Lui, il espérait que tout irait bien. Ses sentiments pour elle avaient grandi de manière exponentielle ces derniers mois, et sa vie avait complètement changé. Il se dirigeait vers un avenir qu'il n'avait jamais imaginé pour lui-même et, même si c'était incroyable, il savait qu'il pourrait y arriver avec Leah à son côté. Elle était parfaite...

— Eh bien, il a bougé ! Regardez, il n'est plus sur le col.

— Vraiment ?

Leah regardait l'écran, incrédule, des larmes coulant sur ses joues tandis qu'elle se mettait à rire de soulagement.

— Oh ! mon Dieu ! Ben, regarde ça !

Il riait aussi.

— Je vois ! Tout va bien !

— Pas d'hospitalisation ?

La technicienne secoua la tête.

— Non. Voulez-vous une image ?

Leah eut un sourire rayonnant.
— Oui, nous en voulons une.

— Lequel, à ton avis ?
Deux jours avaient passé depuis l'échographie, et Ben se tenait dans la chambre d'enfants avec Leah, regardant les échantillons de jaune que Leah avait peints sur le mur. Il y avait quatre nuances, du jaune éclatant au jaune pâle presque blanc.
— Je ne sais pas...
Soudain, Leah poussa un cri et se tint le ventre.
— Le bébé donne des coups de pied. Fort.
Il s'approcha, et elle guida sa main sur son ventre.
Il sentit son fils donner un autre coup de pied.
— Je l'ai senti ! dit-il avec un grand sourire.
C'était un bon coup de pied, donné par un enfant robuste. Il se sentait très positif pour la suite, malgré les inquiétudes du début.
Leah rit à son ravissement.
— Un être tout neuf qui grandit dans mon corps. C'est étrange. Une partie de moi souhaite que ça ne finisse pas.
— Eh bien, ça finira, et bientôt.
— Je sais, c'est un tel miracle ! Et nous voilà en train de choisir la couleur pour la chambre d'enfants.
Ben hocha la tête, considérant les échantillons.
— Celui-ci, dit-il en désignant le ton le plus clair. Il me plaît.
— D'accord, ouvrons les pots !

Quand la décoration de la chambre fut terminée, les meubles installés, avec des mobiles au-dessus des lits, Ben fut enfin frappé par l'idée que cette chambre allait être celle de leur fils et de la fille de Leah.

De vrais enfants allaient grandir dans cette pièce ! Là, ils apprendraient à lire, joueraient, développeraient leur imagination, forgeraient leur caractère et viendraient se réfugier à l'abri du monde. Plus tard, ils mettraient des posters aux murs, écouteraient de la musique et amèneraient des amis. Peut-être qu'ils claqueraient la porte après une dispute. Cette chambre serait un souvenir qu'ils garderaient toute leur vie.

Leah était enceinte de sept mois, maintenant, et même s'il avait accepté le fait qu'il allait être père, voir le moment approcher commençait à le rendre anxieux. Il voulait bien faire — tellement ! Même si Leah ne cessait de le rassurer, lui disant qu'il avait déjà une grande expérience de la parentalité, il avait toujours l'impression d'être novice. Dans le passé, c'était différent. Là... C'était complètement nouveau.

— Nous sommes prêts ! lança Leah du pas de la porte, avec un immense sourire.

Rien ne manquait : les petits vêtements dans des tons neutres, les couches, les lingettes, les crèmes. Il y avait des ours et des animaux en peluche un peu partout, plein de coussins, un fauteuil à bascule et un repose-pieds pour Leah quand elle donnerait les tétées. Elle voulait nourrir son bébé au sein.

Tout était parfait. Rien n'irait de travers maintenant. Elle avait même lu des livres pour savoir à quoi s'attendre et avoir des idées sur ce qu'elle voulait essayer.

— Nous sommes tout à fait prêts, dit-il, répondant à son sourire.

Ne sachant en vérité pas très bien s'ils l'étaient.

Ils n'avaient pas discuté de son installation chez Leah. Cela semblait être la solution logique s'ils devaient fonder une famille ensemble, mais une partie de lui tenait à garder son appartement, pour le cas où les choses iraient mal. Il ne pouvait pas le lui dire, parce qu'elle voudrait aussitôt savoir pourquoi il supposait qu'il y aurait des problèmes. Toutefois, il était bon d'avoir un refuge, non ?

Et Sally allait accoucher très bientôt.

Il était impatient de voir arriver son fils, mais la pensée que l'autre bébé de Leah arriverait ici le premier le mettait mal à l'aise.

S'il ne nouait pas de lien avec cet enfant ? S'il le traitait différemment ?

Il se sentait distancié par rapport à sa naissance — presque comme si elle n'allait pas vraiment se produire. Mais c'était le bébé de Leah. Et il était avec Leah. Et il voulait être l'homme bien qui assumerait d'être le père de cette petite fille ! Le problème, c'était qu'il avait déjà du mal à se mettre dans la tête qu'il allait avoir un fils à lui et qu'il allait devoir être un super papa pour lui. Cette situation le dépassait. Et le perturbait. Alors il mettait cela de côté, se disant qu'il s'en occuperait plus tard, mais sachant que le sablier touchait à sa fin.

Il n'en avait jamais parlé à Leah. Il ne voulait pas l'effrayer — ce qui indiquait que ses sentiments pour elle étaient terriblement importants et qu'il craignait de tout gâcher.

Il se répéta que tous les futurs parents avaient des doutes. C'était naturel, non ?

C'est alors que le téléphone sonna.

Leah répondit normalement, puis son visage changea, et elle serra fortement le combiné.

— J'arrive tout de suite.

Quand elle reposa l'appareil, elle tremblait, si bien qu'il la fit s'asseoir.

— Qu'y a-t-il ? Tu vas bien ?

— C'est Sally. Elle a commencé le travail.

D'accord.

À ce moment-là, il eut la sensation que quelque chose de tangible changeait dans l'air : c'était là. Leah allait avoir son autre bébé. Le bébé qu'elle avait désiré — le seul qu'elle avait cru pouvoir avoir. Ils ne seraient plus jamais seuls tous les deux.

Elle se leva.

— Je dois y aller. J'ai dit que j'arriverais le plus vite possible. Je ne veux pas manquer ça !

— Bien sûr. Bien sûr.

Il recula et la regarda rassembler ses affaires : son sac, son manteau, son portable.

— As-tu… euh… besoin que je vienne avec toi ?

Une partie de lui souhaitait désespérément qu'elle dise : « Oui. S'il te plaît, viens. C'est ton histoire aussi. » Mais quelque chose le mettait mal à l'aise.

Leah voulait ce bébé. Elle était également transportée d'avoir bientôt son propre enfant. Mais lui, Ben, le voulait-elle autant ?

Il n'avait jamais eu de doute sur son engagement vis-à-vis de lui jusqu'à cet instant. Ce point d'accélération.

Désormais, tout serait différent. Il voulait se sentir nécessaire. En tant que personne, avec ses qualités. Pas simplement comme assistant pour l'aider à s'occuper de son enfant. Pas seulement comme quelqu'un devant incarner une figure paternelle parce qu'il en fallait une. Il voulait sentir qu'elle avait besoin de lui juste parce qu'il était lui. Qu'elle ne pouvait pas vivre sans lui.

Elle n'avait jamais rien dit à ce sujet. Aucun d'eux n'avait dit les trois petits mots que le monde entier souhaite entendre. Il n'avait jamais fait partie du projet de vie de Leah. Elle s'était toujours dit qu'elle fonderait sa propre famille en mère célibataire.

Elle évita son regard.

— Tu as du travail, non ?

— Toi aussi, mais tu y vas quand même.

Elle parut embarrassée.

— Nous ne pouvons pas quitter le service tous les deux. Va travailler. Je me rends auprès de Sally, et je t'appellerai quand quelque chose se produira.

C'était un coup dans les dents. Pourquoi ne voulait-elle pas de lui pour la naissance de son enfant ? Pensait-elle qu'il n'avait pas sa place ? Lui avait-il laissé sentir qu'il n'était pas encore prêt à accepter cette enfant qui n'était rien pour lui ?

— Tu es sûre ?

Elle sourit.

— Évidemment que j'en suis sûre. Écoute, il faut que j'y aille. Je te parlerai plus tard.

— Prends soin de toi ! lança-t-il tandis qu'elle fermait la porte derrière elle.

L'appartement semblait terriblement vide sans elle. Et quand elle reviendrait, ce serait...

Il essaya de se l'imaginer franchissant le seuil avec un bébé dans les bras. Pas leur bébé. *Son* bébé.

Son congé de maternité commençait probablement aujourd'hui. Elle n'irait pas travailler pendant un moment, maintenant. Elle serait absorbée par les besoins de son enfant. Ce serait différent.

Avaient-ils vraiment été un couple, un jour ? Oui, peut-être lors de cette première nuit ensemble, il y avait si longtemps ? De brèves heures avant que son sperme n'atteigne son ovule, et alors... *Bang !* Il avait été pris par surprise. Abasourdi. Un bébé, puis deux bébés, puis...

Il ignorait ce qui viendrait ensuite.

Il réunit ses affaires et partit travailler.

Là, il savait à quoi s'attendre. Les patients pouvaient le surprendre, mais il ne risquait rien. Il y avait des règles, des procédures, des protocoles à suivre. Il était soutenu par une équipe de spécialistes qu'il soutenait aussi. C'était pour cela qu'il aimait travailler aux urgences. La camaraderie y était différente de celle des autres services. Il s'agissait en grande partie de vie et de mort, mais il pouvait tenir ces enjeux à distance. Il n'avait pas à s'inquiéter. Il pouvait rester en retrait.

Avec Leah, tout était proche et personnel. Et maintenant il craignait d'être terriblement blessé.

Leah entendit un bébé qui criait alors qu'elle approchait de la chambre de Sally, et elle éprouva soudain du chagrin d'avoir manqué la naissance. Cela avait été si rapide !

Elle frappa à la porte en retenant son souffle, puis l'ouvrit quand quelqu'un lui dit d'entrer.

Il y avait un rideau à l'entrée, elle glissa un œil par la fente et vit Sally assise dans son lit, tenant contre elle un petit bébé enveloppé dans une couverture.

Leah fixa son attention sur le nouveau-né, puis remonta jusqu'au visage plein de fierté de son amie.

— Sally ?

Celle-ci la vit et se mit à pleurer.

— Leah ! Viens faire la connaissance de ta fille !

Leah traversa la pièce, embrassa Sally sur la joue, puis se pencha pour contempler sa fille.

Celle-ci paraissait endormie, les yeux fermés, mais de temps à autre elle remuait, frottait un poing fermé sur sa figure en essayant de le sucer.

Sally sourit.

— Ta petite fille.

Oui. Sa magnifique petite fille !

Elle avait déjà un nom.

— Coucou, Phœbe ! Tu es si belle. Puis-je la prendre ?

— Bien sûr.

Sally lui donna le bébé et la regarda ajuster sa fille pour mieux voir son visage. Un tout petit nez, des joues lisses et rebondies, une bouche minuscule qui soudain s'ouvrit toute grande pour bâiller.

Rayonnante, Leah s'assit au chevet de Sally et leva les yeux vers son amie.

— Ça a été si rapide ! Tu m'as téléphoné il y a quarante minutes environ !

Sally hocha la tête.

— J'ai essayé de la retenir pour toi, mais quand un bébé veut sortir, il sort !

— Je ne peux pas croire que j'aie manqué ça.

— Eh bien, la prochaine fois, tu seras au cœur du spectacle.

Le bébé dans son ventre donna un coup de pied comme pour le confirmer, mais elle n'avait d'yeux que pour sa fille.

— N'est-elle pas parfaite ?

— Si. La sage-femme a vérifié, et tout est là.

— Et toi, ça va ?

Sally acquiesça.

— Oui.

— Pas de regrets ?

— Comment pourrais-je en avoir en la voyant dans tes bras, là où il a toujours été prévu qu'elle soit ?

— Je ne peux pas assez te remercier. C'est impossible.

— Tu n'en as pas besoin.

— Coucou, bébé ! Coucou, Phœbe ! Oh ! mon Dieu, je t'aime déjà tellement…

Elle avait peine à croire qu'elle tenait sa propre fille entre ses mains. Elle semblait si petite !

— Combien pèse-t-elle ?

— Trois kilos tout juste.

Leah sourit de nouveau à son amie, radieuse.

— Et toi, comment te sens-tu ? Tu sais que je te serai toujours, toujours redevable.

— Je vais bien. Et ne sois pas bête, tu ne me dois rien. Je recommencerais s'il le fallait. Mais tu sembles pouvoir te débrouiller toute seule, maintenant ! dit Sally en riant.

Leah sourit et renifla la tête de sa fille.

— Elle sent bon. Et regarde ses cheveux !

— De la même couleur que les tiens.

— J'espère qu'elle me ressemblera en grandissant, même si je suppose qu'elle tiendra aussi de son père, quel qu'il soit.

Sally reposa sa tête sur son oreiller.

— Pense simplement à lui comme à un homme bien qui a fait une bonne action. Maintenant, tu as Ben aussi. Tu as beaucoup de chance.

Leah sourit.

— Oui, n'est-ce pas ?

Elle posa un baiser sur la tête de Phœbe et se blottit dans le fauteuil pour le meilleur câlin de sa vie.

Ben s'occupait d'un patient ivre qui était tombé et s'était blessé à la tête.

Il avait l'habitude des gens qui se soûlaient, comme ses parents, et savait qu'ils cherchaient à se cacher de la vie. De quoi se cachait M. Anderson ?

Il avait eu un chagrin d'amour, il l'avait dit. Mais tout le monde n'a-t-il pas souffert dans son passé ? C'était son cas. Celui de Leah, aussi. La vie était dure. Mais il y avait les forts et les faibles, ou du moins ceux qui se laissaient aller à une addiction. Fallait-il les condamner pour cela ?

S'ils font du mal aux autres, peut-être.

Il sutura la blessure de M. Anderson et prescrivit de l'acyclovir pour le zona qu'il lui avait découvert. Puis il laissa l'homme cuver son litre de bière en demandant qu'il soit surveillé régulièrement.

Tandis qu'il rédigeait ses notes au bureau, ses pensées allèrent à Leah.

Il n'avait pas encore eu de nouvelles. Soutenait-elle Sally dans ses contractions ? Était-elle de plus en plus nerveuse ? Stressée ?

Il espérait qu'elle profitait de chaque seconde de cette naissance. En regardant son avenir changer sous ses yeux.

Y aurait-il un bébé chez elle, ce soir ?

Son cœur battit plus fort à cette pensée.

Il était temps pour lui de jouer son rôle, quelles que soient ses peurs. Temps d'être l'homme qu'il savait devoir être. Temps de cesser de fuir.

Leah se sentait surexcitée de donner son premier biberon à Phœbe.

Sally avait fourni un peu de colostrum — le liquide qui précède la sécrétion de lait, si important pour les débuts d'un bébé — qu'elle avait extrait de sa poitrine pour que Leah puisse le donner à sa fille.

Phœbe chercha un peu la tétine, puis elle se mit à téter en faisant d'adorables petits bruits de satisfaction.

Des larmes montèrent aux yeux de Leah.

C'était incroyable ! Elle nourrissait son propre bébé ! Et sa fille était une version miniature d'elle-même. Elle scruta son petit visage pour y trouver des traits venant de son père inconnu, le donneur de sperme anonyme.

Elle les décèlerait peut-être quand Phœbe grandirait ?

— Alors, comment ça va entre Ben et toi ? demanda Sally, détendue sur ses oreillers.

Leah la regarda et sourit.

— Super bien.

— Il s'est installé chez toi, maintenant ?

— Nous n'en avons pas encore discuté.

Elle n'était pas sûre d'être prête à le faire. S'il disait non ? C'était une requête de taille. Valait-il mieux ne pas tenter le sort ? Elle voulait continuer à profiter de ce qu'elle avait avec Ben, et tout se passait à merveille actuellement. S'il emménageait chez elle et que ça ne marche pas ? Elle en aurait le cœur brisé.

— C'est un grand pas, dit Sally.

— Oui.

— Il a de la chance de t'avoir, tu sais.

Leah sourit.

— Merci.

— Je le pense. Tu es spéciale, Leah. Tu as si bon cœur, en dépit de tout ce que tu as traversé.

Elle sentit de nouveau des larmes lui brûler les yeux. — C'est toi qui as un grand cœur, Sal. De faire ça pour moi. Je ne peux pas imaginer ce que tu dois ressentir, à traverser l'épreuve d'un accouchement et à donner le bébé ensuite. À rentrer chez toi les bras vides. Il faut un courage extraordinaire.

— Elle n'a jamais été à moi, dit Sally. Ça rend les choses plus faciles.

— Je t'aime tant, Sal. Tu m'as tant donné.

Phœbe avait fini de téter et s'était endormie.

— Dois-je la réveiller pour lui faire faire son rot ?

— Probablement.

Leah se leva et plaça sa fille contre son épaule, lui tapotant le dos. Elle vit les yeux de Sally s'abaisser sur son ventre rond.

— Dans peu de temps, c'est toi qui seras dans ce lit. Tu es nerveuse ?

— Bien sûr ! Mais j'ai hâte d'y être.

Phœbe lâcha un petit rot, et Sally sourit.

— Tu vas être une maman formidable.

Ben avait voulu appeler Leah toute la journée, mais le service avait été débordé. Il y avait eu un incident majeur dans l'après-midi — un incendie dans un immeuble d'habitation —, et ils avaient reçu des brûlés et des personnes qui avaient inhalé de la fumée. Il avait à peine eu le temps de respirer et avait fait deux heures supplémentaires.

Dans son casier, il prit son portable et appela enfin, mais il tomba sur le répondeur de Leah.

« Salut, c'est moi. Je voulais savoir comment va Sally. Rappelle-moi quand tu pourras. Je rentre chez moi maintenant prendre une douche, alors je n'entendrai peut-être pas le téléphone, mais je devrais être chez toi vers 8 heures. Dis-moi si tu as besoin que je vienne à l'hôpital pour attendre avec toi, ou ce qu'il vous faut à l'une et à l'autre. À bientôt. *Bye.* »

Il vérifia une dernière fois ses messages, mais il n'y avait rien de Leah.

Pourvu qu'il n'y ait rien de grave et que le travail de Sally se passe bien ! Il ne pouvait même pas appeler le service d'obstétrique pour vérifier, car il ne savait pas dans quel hôpital elle était.

Pourquoi n'avait-il pas posé une question aussi simple ?

Parce qu'il avait toujours eu l'impression que ce n'était pas son affaire.

Il appuya le front contre son casier.

Qu'est-ce qu'il fabriquait, bon sang ? Il ne savait plus où il en était, voilà. Il s'était tellement efforcé de dissimuler ses doutes et ses craintes. De se dire qu'il était heureux d'être père. Et il l'était ! Il lui avait fallu un certain temps pour s'habituer à l'idée, mais il était heureux. Et heureux de devenir le père du bébé de Leah, aussi.

Certes, il n'avait jamais posé beaucoup de questions à propos de Sally. Il n'avait voulu froisser personne. Il n'avait pas voulu trop s'immiscer entre les deux amies ni imposer ses demandes à Leah, inquiet de savoir comment elle pourrait réagir.

La ménager ainsi, était-ce de l'amour ?

Il l'ignorait. Il s'était retenu toute sa vie de tomber amoureux, alors il n'avait pas d'élément de comparaison. Mais ça faisait mal, bon sang, et il était sûr d'être pris dans les filets de Cupidon.

Il allait partir, quand son portable sonna dans la poche de sa veste. Il le chercha précipitamment et fut ravi de voir s'afficher le nom de Leah.

— Allô, comment ça va ?

— Elle est là, Ben ! Phœbe. Et elle est parfaite. Dix minuscules doigts et dix minuscules orteils.

Une vague de soulagement le submergea, et il s'assit sur un banc du vestiaire.

— C'est fantastique ! Félicitations !

— Elle me ressemble. Je l'ai nourrie, changée, et l'infirmière va me montrer comment lui donner un bain.

— Super ! Veux-tu que je vienne ? Je pourrais vous ramener toutes les deux à la maison. Tu n'as pas le siège-auto, hein ?

— Oh ! ne t'inquiète pas pour ça. Ils ne feront pas sortir Sally et Phœbe avant demain matin, alors pourquoi ne rentres-tu pas te reposer ?

— Moi ? Je vais bien.

Il n'allait pas lui dire qu'il était épuisé, pas quand il sentait qu'il était important d'être là pour Leah et ce nouveau bébé.

Ils avaient une fille, maintenant. Phœbe. Il adorait ce nom.

— Tu devrais profiter d'une dernière nuit de sommeil ininterrompu, dit Leah.

— Et toi ?

— Je reste ici avec Sally.

— Elle va bien ?

— Très bien. C'est stupéfiant, en fait.

— Alors quand veux-tu que je vienne vous chercher demain matin ? Je suis de service tard, je pourrais être là vers 10 heures.

— Je t'appellerai pour te le dire.

Cette réserve le blessa. Qu'est-ce qui n'allait pas ?

Craignant toujours de paraître indésirable, il dit simplement :

— Entendu. À demain, alors ?

— Oui. J'ai hâte que tu la voies, Ben. Elle est si belle !

— Comme sa mère. Félicitations, encore.

— Merci.

Malgré sa fatigue, il décida d'aller chez Leah. Il s'arrêterait au supermarché pour remplir le frigo de nourriture saine. Puis il ferait le ménage afin que, en rentrant, elle n'ait à se soucier que du bébé. Ce serait une belle surprise pour elle.

Ses emplettes faites, il se rendit chez elle, se gara et prit les sacs. Il commençait à remonter l'allée, quand il s'arrêta net.

Il y avait de la lumière dans l'appartement.

Avaient-ils oublié d'éteindre en partant ?

Il posa les sacs devant la porte, chercha la clé de secours sous la pierre qui la cachait et ouvrit. Et là, il entendit pleurer un bébé.

Qu'est-ce que c'était que ça ?

Son cœur s'emballa. Il se précipita à travers l'appartement et arriva dans la chambre d'enfants.

Leah était debout, le bébé contre son épaule, et elle lui tapotait le dos pour la calmer. Quand elle le vit, ses yeux s'arrondirent. Puis elle eut un sourire d'excuse, comme pour dire : « Ne sois pas fâché contre moi. »

— Tu es rentrée, dit-il, le visage sombre.

Phœbe avait une bonne paire de poumons. Il essaya de la voir, mais elle était tournée de l'autre côté.

— Oui.

— Mais tu avais dit que tu ne rentrerais que demain matin ?

— Je sais. Je suis désolée, c'est juste... Écoute, puis-je l'endormir avant que nous ne parlions ? Je ne veux pas que la première chose qu'elle entende ici soit une dispute.

— Bien sûr.

Il alla dans la cuisine.

Pourquoi n'avait-elle pas voulu qu'il sache qu'elle rentrait chez elle ? Il se sentait furieux. Furieux qu'on lui ait menti. Furieux qu'on l'ait laissé en dehors.

Il claqua une porte de placard, puis il se reprit et inspira.

Il ne laisserait pas la façon dont elle l'avait traité le changer en un monstre coléreux. Ce n'était pas ce que Phœbe avait besoin d'entendre. Il savait ce que c'était que de grandir en entendant ses parents hurler. Leah devait avoir une raison. Une bonne raison. Simplement, il ignorait laquelle.

Il resta longtemps dans la cuisine, à écouter pleurer Phœbe. Puis, enfin, le silence revint. Quand Leah vint le rejoindre, il ne voulut pas croiser ses yeux, lire un rejet de lui sur son visage. Mais il ne put se retenir, et il vit qu'elle avait pleuré aussi.

Sa colère s'évapora en un instant. Il fallait qu'il la réconforte.

— Ça va ?

Elle renifla et essuya ses larmes de sa manche.

— Oui. Ça a été plus dur que je ne l'aurais imaginé. Elle n'a pas cessé de pleurer depuis que je l'ai ramenée de l'hôpital. Tu crois qu'elle sait que ce n'est pas moi qui l'ai portée ?

— Bien sûr que non.

— Alors, pourquoi a-t-elle autant pleuré ? Je n'arrivais pas à la calmer.

— Elle dort, maintenant.

— Dieu merci.

Il prépara du thé pour Leah et la suivit au salon, où il s'assit en face d'elle. Il la regarda boire, le visage tiré. Il voulait lui demander quelque chose, quelque chose d'important, mais il redoutait la réponse.

— Pourquoi ne m'as-tu pas dit que tu étais rentrée ?

Elle baissa les yeux.

— Je ne sais pas.

— Si, tu le sais. Dis-le-moi.

Elle secoua la tête et relâcha son souffle, résignée.

— Je... Je voulais juste passer un peu de temps seule avec elle.

Elle l'implora du regard.

— Je t'en prie, comprends-moi. À l'époque, je pensais que je serais seule pour vivre ça, et j'attendais tellement le moment où je la ramènerais à la maison et où nous ferions connaissance, juste elle et moi.

— Mais ta vie a changé. Tu n'es plus seule. Je suis avec toi. Du moins, je le crois. J'ai eu l'impression que tu m'excluais. Imagines-tu ce que j'ai ressenti quand j'ai vu que tu étais rentrée ?

Elle secoua la tête.

— Pardon. Je n'y ai pas pensé.

— Tu veux que je sois le père de Phœbe, et je suis heureux de l'être en dépit de tout, tu le sais. Mais, aujourd'hui, tu m'as tenu à l'écart.

Il la regarda dans les yeux.

— Tu veux que je sois ici avec toi, oui ou non ?

— Oui ! Simplement...

— Quoi ?

— Je n'ai jamais eu à compter sur quelqu'un d'autre. Jamais eu à m'expliquer devant quelqu'un d'autre. C'est nouveau pour moi, j'y vais à tâtons.

— Tu es une mère, à présent. Pour construire cette famille et la construire bien comme nous le voulons tous les deux, tu dois me laisser une place !

— Ben, tu dis que tu le veux et que tu veux être avec moi, mais il y a une part de toi qui reste toujours en retrait. Comme si tu essayais de te protéger pour ne pas être blessé. Je le sens même si tu ne le dis pas. J'ai besoin de quelqu'un qui soit dans cette histoire à cent pour cent.

— Alors, tu dois me laisser en faire partie. Comment suis-je censé être dedans à cent pour cent, apprendre à connaître Phœbe, si tu ne me dis même pas qu'elle est à la maison ?

À ce moment-là, le bébé se remit à pleurer.

— D'accord. Je suis désolée. J'ai agi sans penser à tes sentiments, et j'ai eu tort.

Il hocha la tête et passa devant elle pour se rendre dans la chambre d'enfants. Même s'il avait l'estomac noué, et s'il n'était pas sûr de bien agir, il alla au petit lit et souleva Phœbe dans ses bras.

Son petit visage était tout rouge et contracté par les pleurs, mais il vit qu'elle était jolie — et si mignonne dans son petit pyjama rose pâle.

Il la tint contre lui et se mit à la bercer, chantonnant un air qu'il chantait autrefois à son frère et à sa sœur.

Il lui paraissait étonnamment bon de tenir de nouveau un bébé dans ses bras.

Son bébé.

Qu'il ne soit pas le père biologique ne comptait pas. Il était le papa de ce nouveau-né.

Les pleurs de Phœbe cessèrent bientôt tandis qu'elle écoutait, et elle semblait vraiment heureuse et en sécurité dans ses bras.

Il lui adressa un sourire rayonnant, content de toujours savoir s'y prendre avec les bébés, et quand il se tourna, il vit Leah sur le seuil de la chambre.

Elle paraissait jalouse.

— Tu es un vrai magicien !

— Sottise. Il faut juste savoir comment s'y prendre.

Il avait dit cela sans réfléchir et, quand il releva les yeux pour dire combien Phœbe ressemblait à sa mère, Leah avait disparu. Il l'entendit faire du bruit dans la cuisine, énervée.

Baissant les yeux sur la petite fille, il eut du mal à se rappeler pourquoi il avait combattu si longtemps. C'était si différent quand le bébé était dans vos bras, si petit, dépendant de votre aide et de votre protection. Il avait oublié combien cet âge lui avait manqué. Combien il l'avait aimé.

Sa colère avait disparu maintenant qu'il pouvait tenir sa fille.

— Bonjour, Phœbe. Je suis ton papa.

Leah ne dormait que depuis une heure environ quand les pleurs de Phœbe la réveillèrent.

— Je vais faire le biberon.

Ben se passa une main sur le visage.

— Elle n'a peut-être pas faim ?

Mais Leah était déjà hors du lit, nouant son peignoir.

— Elle a tété il y a un peu plus de deux heures. Je suis sûre qu'elle a faim.

Les sages-femmes lui avaient dit qu'elle apprendrait peu à peu à reconnaître les différents cris de son bébé. Mais, pour l'instant, ils lui semblaient tous les mêmes : indignés et contrariés. Elle pensa à Sally, qui était une mère innée. Tout semblait si facile pour elle ! Si elle pouvait seulement arriver à la cheville de son amie, elle serait une bonne maman. Mais, jusqu'ici, Phœbe n'avait fait que pleurer dans ses bras.

Est-ce que les battements de cœur de Sally lui manquaient ? Son odeur ?

Ses insécurités se déchaînaient. Sa fille semblait lui résister, et elle n'arrivait pas à voir ce qu'elle faisait de travers. Était-ce parce que Sally avait tenu Phœbe peau contre peau à l'hôpital ? Elles avaient eu le temps de forger un lien avant son arrivée, et du coup ce lien ne se formait pas avec elle ?

Elle se rendit pieds nus dans la chambre d'enfants, tressaillant à ces cris intenses, prit sa fille et essaya de la calmer. Mais Phœbe continuait de pleurer, tout son petit corps contracté de colère.

Leah avait envie de pleurer elle-même. Elle souhaitait pouvoir sangloter de tout son cœur, mais son sens des responsabilités le lui interdisait. Il fallait qu'elle tienne bon.

Elle alla dans la cuisine pour préparer le biberon.

Ben était déjà là.

— Tu veux que je la prenne ? demanda-t-il.

— Non ! répondit-elle, plus sèchement qu'elle ne l'avait prévu.

Elle prit un ton plus conciliateur.

— Il faut que j'apprenne à la calmer moi-même.

— D'accord.

Ben testa la chaleur du lait sur son poignet.

— Il me semble que c'est bon.

— Ça l'est, ou ça ne l'est pas ?

Il la regarda, interdit.

— C'est bon.

— Bien.

Elle lui prit le biberon et le donna à Phœbe, qui se mit à téter avec avidité. Éprouvant un sentiment de triomphe, elle retourna dans la chambre d'enfants s'asseoir dans le rocking-chair.

Ben la suivit.

— Tu veux que je reste avec toi ?

— Tu dois travailler demain. Va dormir. Phœbe et moi avons besoin de ce moment ensemble.

— Tu es sûre ?

— Oui.

Elle lui décocha un sourire rapide, se rappelant ce qu'il avait dit à propos du fait de se sentir exclu, puis baissa de nouveau les yeux sur sa fille.

Ben disparut, et elle relâcha lentement son souffle.

Pourquoi était-elle si tendue ? Pourquoi avait-elle l'impression que sa présence lui mettait les nerfs à vif ? Peut-être n'était-ce pas du tout Ben qui la mettait dans cet état ? Peut-être étaient-ce simplement les hormones de la grossesse ? Elle était grosse, maintenant, lourde et gonflée, et épuisée en fin d'après-midi.

Tandis que Phœbe tétait, elle admira ses sourcils blonds et ses longs cils.

Elle était magnifique, parfaite.

Et à elle. Elle avait une fille, maintenant.

Cette pensée la rendait si heureuse ! Elle n'avait jamais connu ses parents. Peut-être les avait-elle soignés aux urgences sans le savoir, un jour. Mais Phœbe était sa chair et son sang. Après trente ans de solitude, tout commençait là, avec ce petit bébé dans ses bras.

Elle lui donnerait des racines, une histoire sur laquelle se retourner. Ce serait bien. Ce sentiment d'appartenance. Quand son fils arriverait, ils formeraient une famille encore plus grande, et Phœbe serait une grande sœur. Son frère et elle seraient dans la même classe ! Ils auraient une sacrée histoire à raconter à leurs camarades d'école pour expliquer qu'ils n'avaient que deux mois de différence !

Quand Phœbe eut fini son lait, elle retira le biberon et, pendant un bref instant, tout alla bien. Le bébé paraissait satisfait.

Ouf ! Elle pouvait y arriver. Ça allait bien se passer.

Puis les pleurs reprirent.

Elle prit sa fille contre son épaule et essaya de lui faire faire un rot.

Cette journée avait été incroyable, stupéfiante, elle n'allait pas laisser des cris la perturber.

12

Ben avait eu de la peine de les laisser toutes les deux pour aller travailler. Quand il était parti, Leah paraissait à bout, épuisée, la mine pâle, les cheveux en bataille et des cernes sous les yeux.

Elle avait passé toute la nuit à essayer d'endormir Phœbe. Il s'était levé plusieurs fois pour demander à la prendre, mais elle l'avait repoussé.

— Non, Ben. J'ai besoin de le faire moi-même.

— Nous devons le faire ensemble. Tu la fais téter, je la calme. Travail d'équipe, tu vois ?

— Elle doit me laisser la calmer. Il faut qu'elle apprenne.

Il avait eu beau argumenter qu'elle avait besoin de se reposer, que Phœbe sentait probablement sa détresse, elle avait toujours refusé son aide, l'envoyant se coucher.

Mais il n'avait pas dormi. Il avait entendu Phœbe pleurer toute la nuit par intermittence, et n'avait cessé de se représenter Leah bataillant avec elle. Il souhaitait intervenir. Pour aider. Mais Leah était intraitable.

Il pouvait comprendre qu'elle soit déterminée à agir seule, mais ils étaient un couple. Il fallait qu'elle le laisse l'aider. Elle avait besoin de repos, enceinte de sept mois de leur fils.

À l'hôpital, il attrapa le dossier de son premier patient, déterminé à travailler dur et longtemps pour que la journée passe plus vite.

Il s'agissait d'un tétraplégique avec un problème de tube d'alimentation.

— Philip Underwood ?

Un jeune garçon dans un fauteuil roulant motorisé s'avança, suivi d'une femme qui portait toutes sortes de choses.

Ben leur sourit et les fit entrer dans la cabine.

— Bonjour. Je suis le Dr Willoughby. Il paraît que vous avez un problème avec votre tuyau d'alimentation ?

— Oui. Il est sorti de mon estomac.

Ben regarda et vit qu'il s'agissait simplement d'un embout qui avait glissé. Il le remit en place.

— C'est arrangé !

— C'est rageant, marmonna Philip. J'ai dû faire le trajet et attendre des heures ici. S'il ne s'agissait que de ça, j'aurais pu rester chez moi !

Ben comprenait sa frustration, mais il n'y pouvait rien. Il sourit à sa mère.

— Merci, docteur, dit-elle. Phil a insisté pour venir. Il veut à tout prix être indépendant et ne supporte pas qu'on l'aide. Désolée de vous avoir fait perdre votre temps.

— Pas du tout. Content d'avoir pu aider.

Et il l'était réellement. Tout ce qu'il souhaitait, c'était se rendre utile. En quoi était-ce si terrible ? Il n'y avait rien de mal à accepter de l'aide, se dit-il, pensant à Leah. Ce n'était pas comme s'il lui faisait la charité ! Ils formaient un couple. Ils étaient censés faire les choses ensemble.

Peut-être devrait-il insister davantage...

Mais il savait qu'elle désirait plus que tout être une mère formidable, et il ne voulait pas l'offenser. Seulement elle n'était plus seule. Comment pouvait-il lui montrer qu'il était décidé à être un père si elle ne le laissait pas intervenir ? Doutait-elle de lui ? Parce que Phœbe n'était pas sa fille ?

Cela ne comptait pas pour lui ! Ils pouvaient partager cette expérience. Si elle l'acceptait...

Leah s'éveilla en sursaut, réalisant qu'elle s'était endormie sur le canapé. Et Phœbe dormait à côté d'elle, enroulée dans une couverture.

Affolée, elle prit sa fille dans ses bras.

Elle aurait pu tomber ! Il ne fallait plus qu'elles s'endorment ainsi !

Dérangée dans son sommeil, Phœbe se mit à protester. Sa couche était mouillée.

Leah se leva pour aller la changer. Dans la chambre, elle découvrit qu'elle devait laisser le bébé sur la table à langer pour attraper une couche propre. Jusqu'ici, elle n'avait pas eu ce problème parce que Ben l'avait aidée.

Pourquoi trouvait-elle cette situation si difficile ? Elle qui avait eu si peur que Ben ne s'attache pas à sa fille, même s'il avait affirmé qu'il serait là pour elle et les deux enfants !

Elle pensait qu'elle avait beaucoup de chance d'avoir un homme comme Ben, prêt à s'impliquer. Et maintenant que Phœbe était là...

Elle avait besoin d'agir ainsi pour se prouver qu'elle pouvait être une mère, et une mère splendide. Elle sentait en elle cette volonté farouche et inébranlable : prouver qu'elle pouvait rendre Phœbe heureuse.

Pourtant, jusqu'ici, elle avait raté la naissance de sa fille, et elle ne réussissait pas à la calmer quand elle pleurait. Sa crainte d'échouer grandissait d'heure en heure. Elle avait l'impression que Phœbe savait qu'elle n'était pas la femme qui l'avait portée et voulait retourner avec Sally. Elle savait que c'était ridicule, mais elle ne pouvait pas se sortir cela de la tête.

Voilà pourquoi il était si dur de laisser Ben intervenir. D'autant qu'il réussissait comme par magie à calmer sa fille, alors qu'il n'y avait aucun lien entre eux !

Le change terminé, elle décida de sortir le bébé dans sa poussette. Elles avaient besoin toutes les deux de prendre l'air. Un petit tour leur ferait du bien, et si elles sortaient vingt minutes elles seraient de retour à temps pour la prochaine tétée.

Mais elle n'avait jamais préparé un bébé à sortir auparavant, ni déplié la poussette toute seule ! Elle eut le plus grand mal à y arriver. Quand elle y parvint enfin et qu'elle eut trouvé de quoi couvrir Phœbe, c'était l'heure du biberon. La petite fille se remit à pleurer, très fort.

Le temps qu'elle prépare le biberon, Phœbe était congestionnée de rage. Elle avait si faim et était si énervée que Leah n'arrivait pas à lui mettre la tétine dans la bouche.

— Allez, allez, Phœbe ! S'il te plaît !

Elle savait que, dès que sa fille téterait, tout irait bien. Et elle s'efforçait de rester calme, malgré les pleurs continus. Mais elle ne savait plus quoi faire.

Soudain, terrorisée à l'idée que les voisins puissent porter plainte pour mauvais traitement à enfant, elle mit son bébé hurlant dans le siège-auto, monta dans sa voiture et démarra.

Puisque Ben s'en sortait si bien avec Phœbe, c'était lui qui allait régler ça !

Elle alla jusqu'à l'hôpital et se gara au dépose-minute, puis elle s'empara du bébé et du biberon et emmena sa fille qui braillait au service des urgences.

Dans la salle d'attente, on la regarda avec irritation quand elle passa devant tout le monde pour s'engouffrer dans le service. Le visage de Phœbe était rouge vif et contracté, et alors que Leah pensait qu'elle allait bientôt lui ressembler, elle vit Ben sortir d'une cabine, les sourcils froncés.

— Leah ? Quelque chose ne va pas ?

— Ben !

Ce furent la gentillesse de sa voix et son air soucieux qui la firent basculer. Elle fondit en larmes et hoqueta une explication mais, avant qu'elle ait pu réagir, il lui avait pris le bébé des bras, le berçait et l'apaisait, et — bien sûr — lui mettait la tétine dans la bouche.

Phœbe tétait enfin.

Leah fixa Ben avec une jalousie qu'elle pouvait difficilement réprimer.

Pourquoi était-ce si facile pour lui ?

— C'est bien, Pheebs, murmura-t-il au bébé en souriant. Tu es une gentille petite fille.

Ben regarda Leah, maintint le biberon avec son menton et lui caressa le bras.

— Ça va ?

Elle secoua la tête.

— Je n'arrive pas à la calmer ni à la nourrir. Je crois qu'elle me déteste. La seule personne qui semble lui plaire, c'est toi.

— C'est ridicule.

— C'est vrai, regarde-la ! Regarde comme elle est bien avec toi ! Mais je ne peux pas m'installer dans cet hôpital pour que tu puisses prendre la relève et me montrer quelle mère indigne je suis !

Elle renifla et s'essuya le visage de sa manche, ne pouvant croire qu'elle était dans une telle situation.

Ce n'était pas ce qui aurait dû se passer. Ce n'était pas ainsi qu'elle avait imaginé la maternité. Dans sa tête, elle s'était représenté une vision de rêve, comme dans les magazines. La mère nimbée d'une brume rose berçant un bébé paisible et heureux. Elle avait voulu être la meilleure mère du monde. Et elle échouait déjà. Cette pensée la mit en colère.

— Qu'y a-t-il ? demanda Ben.

— Rien. Rends-la-moi, maintenant qu'elle est calmée. Tu travailles. Je n'aurais pas dû venir comme ça.

— Je devais prendre une pause de toute façon.

— Ben, donne-moi Phœbe.

Il leva les yeux à son ton autoritaire et lui tendit l'enfant, l'air réticent, et elle rit presque du ridicule de la situation.

Dire qu'il n'avait pas voulu d'enfants ! Chez lui, la paternité était innée.

Elle se sentait très mal d'être jalouse, alors elle prit une grande inspiration et décida d'être forte. De relever le défi. C'était tout neuf pour elle et pour Phœbe. Elles n'avaient pas encore eu le temps de faire connaissance. Elles apprenaient, toutes les deux. Et bientôt, il y aurait un autre bébé dont il faudrait s'occuper...

— Je suis désolée, je ferais mieux d'y aller.

— Reste encore un peu. Jusqu'à ce qu'elle ait fait son rot et ait été changée. Ainsi, elle dormira dans la voiture.

Elle savait qu'il essayait d'être raisonnable, mais tout ce qu'elle entendit, c'était qu'elle ne serait pas capable de faire tout ça. Elle était blessée. Même lui, il doutait de ses aptitudes à être mère. Elle était sûre qu'il regrettait sa décision d'être avec elle si elle promettait de s'occuper si mal de leur enfant.

Elle sentit la rage l'envahir.

— Merci, mais je dois apprendre à me débrouiller. J'y vais.

Il se pencha pour l'embrasser sur la joue, mais elle s'écarta, sachant que, s'il se montrait gentil, elle pleurerait de nouveau.

Elle avait paniqué, voilà tout. Une nouvelle mère en avait le droit, non ? Elle allait mettre Phœbe dans la voiture, et tout irait bien.

— Leah ! appela Ben.

Mais celle-ci s'éloigna avec entêtement, le laissant se demander s'il avait dit quelque chose qui l'avait contrariée.

Il avait essayé d'aider. La voir batailler ainsi lui brisait le cœur. Il savait qu'elle voulait être la meilleure des mères pour exorciser son passé. Montrer que ce que sa mère lui avait fait s'arrêtait là et qu'elle, Leah, donnerait à son bébé tout ce qu'elle n'avait pas reçu. Elle n'en parlait jamais ou presque, mais il savait combien son enfance avait entamé sa confiance en elle. Il admirait sa force et sa droiture, et l'optimisme qu'elle montrait d'habitude, mais quelque chose avait changé depuis l'arrivée de Phœbe. Les choses ne se passaient pas comme elle l'avait espéré — surtout alors qu'une autre naissance approchait.

Il l'aimait. Il pouvait le reconnaître, maintenant. Et la voir souffrir ainsi le broyait. Il voulait être là pour elle. Peut-être que travailler en ce moment n'était pas la meilleure des choses ? S'il s'arrêtait un jour ou deux ? Il comptait bien prendre tout son congé de paternité quand leur fils naîtrait, mais Phœbe était là *maintenant*, et Leah avait besoin d'aide.

Il gagna le bureau des médecins, prit le téléphone et appela Tom Riley, le chef de service.

— Tom ? C'est Ben Willoughby.

— Salut, Ben. Que se passe-t-il ?

— Écoute, je sais que nous sommes débordés et que nous avons déjà un médecin en moins avec Leah, mais est-ce que je pourrais prendre ma journée ? Et peut-être demain ?

Il y eut une pause.

— Tu n'es pas bien ?

— Non, moi ça va. C'est Leah. Elle peine à s'en sortir avec le bébé, et je m'inquiète pour elle. Elle était ici tout à l'heure, en larmes. Elle bataille dur, Tom. Elle a besoin de mon soutien.

— Bon, j'apprécie ta franchise. Peux-tu me laisser une heure ou deux ? Je vais voir si je peux mettre quelqu'un à ta place.

Ben lâcha un soupir de soulagement.

— Bien sûr. Merci, Tom. J'apprécie ton geste.

— De rien, collègue. Je t'appelle dès que j'ai du nouveau.

Ben raccrocha et fixa le téléphone sans le voir.

Faisait-il ce qu'il fallait ?

L'image d'une Leah sanglotante lui dit que oui.

Phœbe se réveilla quand Leah la sortit de la voiture et se remit à pleurer après une demi-heure de répit.

Leah la déposa dans le salon, s'assit et se prit la tête entre les mains, à bout. Elle se mit à pleurer aussi, sans pouvoir s'arrêter. Dans son ventre, son fils commença à donner des coups de pied, comme s'il décidait également de se faire entendre.

Elle savait qu'elle devait sortir Phœbe du siège-auto et essayer de la consoler, mais elle n'en avait pas le courage. Il le fallait, pourtant. Ben, l'homme qui murmurait à l'oreille des bébés, n'était pas là.

Elle se résigna, prit sa fille sur ses genoux pour la déshabiller, vit qu'elle avait sali sa couche et alla la changer.

Ce faisant, elle se sentait détachée de la réalité : il était inutile de susurrer des mots doux ou de chantonner une berceuse, car rien ne marchait de toute façon avec cette enfant. En tout cas, pas avec elle.

Elle alla mettre la couche sale à la poubelle et, en revenant dans le couloir, vit que Ben ouvrait la porte.

Elle aurait dû être heureuse qu'il soit de retour, mais elle lui en voulut d'arriver encore à la rescousse.

— Pourquoi es-tu rentré ? demanda-t-elle par-dessus les cris de Phœbe.

— J'ai parlé à Tom. Je lui ai dit que tu avais un peu de mal et qu'il fallait que je passe un jour ou deux ici.

— Quoi ? Qu'est-ce que tu lui as dit ?

Il avait dit à leur patron qu'elle ne s'en sortait pas ?

Il tendit les mains pour prendre le bébé, mais elle la serra plus fort.

— Tu m'as fait passer pour une incapable ?

— Leah...

Elle le fit taire d'un geste de la main.

— Comment as-tu osé me faire ça ? Me critiquer devant mon patron ? Je sais que tu me trouves minable comme mère, mais tu n'as pas à le clamer au monde entier ! C'est déjà assez moche que tu ressentes ça à mon sujet, mais le dire à d'autres personnes ! Des gens que je respecte !

Ben la dévisagea.

— Leah, donne-moi Phœbe. Laisse-moi la calmer, et ensuite nous pourrons en parler.

— Non ! Je ne veux pas de toi ici, à jouer les grands seigneurs, comme si tu étais le seul à savoir t'occuper de bébés ! Je veux que tu t'en ailles. Phœbe n'est même pas ton enfant, alors tu n'as pas à la prendre en main, d'accord ? Je suis sa mère ! Et je vais régler ça à ma façon. Je n'ai pas besoin de toi. Va-t'en !

Il parut blessé.

— Leah...

Elle passa devant lui, très raide, ouvrit la porte d'entrée et le fusilla du regard.

— Je peux me débrouiller seule ! Je n'ai pas l'occasion de le faire parce que tu voles toujours à mon secours ! Je sais, je suis allée te trouver à l'hôpital, et je n'aurais peut-être pas dû, mais je ne suis pas une enfant impuissante, et tu n'es pas mon grand frère, OK ? Maintenant, sors et ne reviens pas tant que je ne te le dirai pas !

Ben la regarda, le choc et la douleur inscrits sur son visage. Son expression la mortifia à l'intérieur. Mais ce qui la tuait, c'était son manque de confiance en elle. Elle avait besoin d'amour et de soutien. Pas de critiques.

— Écoute...

— Je pense ce que je dis, Ben. Va-t'en !

Il déglutit péniblement et s'avança vers elle. Elle crut qu'il allait l'embrasser pour lui dire au revoir, mais il embrassa le front de Phœbe, lui caressa brièvement le dos, puis il se détourna et sortit.

Elle claqua la porte derrière lui, bien décidée à ne plus pleurer. Mais...

Oh ! mon Dieu, qu'avait-elle fait ?

Elle tapota le dos de sa fille, faisant de son mieux pour la calmer.

— Nous irons bien, toi et moi. Tu verras...

Alors que Ben s'éloignait dans l'allée, il faillit s'arrêter et faire demi-tour.

Il ne laisserait pas Leah lui faire ça ! Il était impliqué, ses sentiments étaient concernés aussi, dans cette histoire ! Non, il n'avait pas pensé qu'il voulait être père au début, mais il s'était fait à cette idée. Cela lui avait pris un certain temps, mais il se sentait prêt. Prêt à être un père pour son fils, mais également pour Phœbe.

Le temps qu'il avait passé à la tenir dans ses bras avait été magique. Assis dans cette chambre d'enfants, la berçant pour l'endormir, regardant son joli petit visage avec son nez rond, il s'était pris d'amour pour elle. Cela avait été facile.

Mais ce qui arrivait là... ne l'était pas. Il ne pouvait pas croire que Leah l'ait mis dehors. Elle avait été intraitable. Blessée. Il avait dit ce qu'il ne fallait pas, alors qu'il voulait simplement aider. C'était tout ce qu'il avait toujours fait dans sa vie : intervenir pour faire ce que d'autres ne pouvaient pas faire.

Il ne servirait à rien de retourner la voir maintenant. Elle ne le laisserait pas entrer. Elle n'ouvrirait même pas la porte, sans doute, et il n'était pas question qu'il reste devant chez elle à l'appeler. Il ne voulait pas perturber Phœbe.

Peut-être que, à long terme cela ferait du bien à Leah ? Peut-être avait-elle raison de dire qu'elle avait besoin de rester seule avec Phœbe pour apprendre à s'en occuper ?

En tout cas, la petite fille savait crier !

S'il se souvenait bien, quand il avait commencé à s'occuper

de son frère et de sa sœur, il ne savait pas s'y prendre non plus, et il se posait une foule de questions. Pendant les premières semaines, il avait multiplié les gaffes. Il se rappelait très bien ce qu'il avait ressenti face à son impuissance. Il s'était dit qu'il ne répéterait plus jamais l'expérience.

Et pourtant il en était là. De retour au point de départ. Démuni et perdu.

Si Leah n'avait pas besoin de lui, il allait retourner travailler. Tom serait probablement surpris mais enchanté de récupérer une paire de mains.

Son humeur resta sombre toute la journée, et le soir il rentra chez lui le cœur lourd.

Ce n'était pas l'endroit où il avait envie d'aller. Il ne se sentait plus chez lui dans cet appartement.

Il avait mal que Leah l'évince ainsi. Il avait envie d'être avec sa famille : Leah, Phœbe et leur fils à naître. C'était là que résidait son cœur.

Dans la journée, Leah alla sur Internet. Elle y apprit que les bébés avaient besoin d'une routine régulière et nota des trucs qu'elle pouvait faire pour détendre sa fille. Aussi, ce soir-là lui donna-t-elle un bain très doux, en tamisant la lumière et en chantant des berceuses à voix basse. Puis elle la sécha, allongée sur une couverture moelleuse et la massa comme elle l'avait vu faire dans les vidéos.

Le bébé sembla apprécier.

Et elle aussi ! Elle était détendue pour la première fois en présence de Phœbe, elle profitait d'elle, savourait son odeur, ses petits bruits et ses mignons bâillements tandis que le massage commençait à faire effet. Quand elle posa sa fille toute ramollie dans son lit, celle-ci s'endormit sans une larme.

C'était un miracle !

Elle en était transportée ! Elle avait envie de le dire à quelqu'un, mais la personne vers qui elle se tournait habituellement, Ben, n'était pas là parce qu'elle l'avait chassé.

Elle s'affala sur le canapé et songea à appeler Sally. Mais elle n'avait pas envie que son amie sache qu'elle avait des problèmes, elle pour qui être mère était si naturel.

Pourquoi était-ce si dur pour elle ? Ses ennuis avaient-ils commencé à cause de Ben ? Elle avait été si tendue, si inquiète qu'il n'accepte pas sa fille ! Peut-être que le bébé l'avait senti ? Puis elle avait éprouvé tout ce ressentiment vis-à-vis de lui : il lui prenait Phœbe et se comportait en super papa qui faisait tout bien, alors que c'était *son* bébé à elle, *son* moment, et qu'elles n'avaient pas eu le temps de s'attacher l'une à l'autre.

Peut-être que Phœbe l'avait perçu, tout simplement. Les appréhensions, les peurs de sa mère. La peur que Ben déteste être père. Qu'il s'en aille.

Mais il n'était pas parti. C'était elle qui l'avait mis dehors. Et même si cela avait été terrible pour elle de faire ça, cette journée ne s'était-elle pas beaucoup mieux passée avec Phœbe ?

Ce répit l'avait détendue. Elle ne s'était pas sentie menacée en permanence par une épée de Damoclès au-dessus de la tête. Certes, elle se sentait affreusement seule, sans personne à qui parler, mais c'était simplement ce qu'elle aurait vécu avec son plan de départ — avant que Ben n'apparaisse, ne la mette enceinte et que ça complique tout.

Voilà, tout était sa faute à lui ! Tout était allé de travers quand il était entré dans sa vie. Elle allait bien, avant lui !

Elle allait se faire une tasse de thé et se reposer un moment. Profiter d'être de nouveau célibataire.

C'est alors qu'elle sentit sa première contraction.

Elle se frotta le ventre, attendant que la crispation disparaisse. Mais, lorsqu'elle s'assit avec son mug et alluma la télévision en baissant le son, elle ne regarda pas l'écran. Elle fixa l'endroit où Ben s'asseyait toujours.

Elle se demandait ce qu'il faisait en ce moment. Et s'il était aussi malheureux qu'elle.

13

Ben était assis, les yeux dans le vague, l'esprit très loin du service des urgences qui bourdonnait d'activité autour de lui.

Il n'avait pas vu Leah depuis huit jours malgré ses nombreuses tentatives pour la joindre. Tout ce qu'il voulait, c'était une chance de s'expliquer, mais elle semblait déterminée à l'éloigner. Elle ne répondait pas au téléphone et n'ouvrait pas sa porte quand il sonnait.

Il ne le comprenait pas. Il avait besoin de savoir comment elle allait ! Et le droit, car elle portait son enfant. En outre, Phœbe lui manquait. Il avait envie de la voir aussi et de s'assurer qu'elle se portait bien. Non pas qu'il doutât de la capacité de Leah à s'occuper d'elle. Il lui faisait entièrement confiance.

Il envisageait de s'asseoir devant sa porte et de ne pas en bouger jusqu'à ce qu'elle sorte, quand Richard se montra.

— Il y a quelqu'un qui demande à te voir. Toi.

Ben se tira péniblement de ses pensées.

— Qui ?

Richard lui tendit le dossier.

— Sally Lombard. Cabine 4.

Ben lut les notes et fronça les sourcils.

Suspicion de fracture du poignet.

— Merci. J'y vais tout de suite.

Il prit une grande inspiration.

Sally était la meilleure amie de Leah. Elle saurait peut-être comment elle allait. Peut-être avait-elle demandé à le voir lui pour lui donner des nouvelles. Savait-elle que Leah l'avait chassé ? Était-elle ici pour lui dire de rester éloigné, ou pour arranger les choses ?

Avec appréhension, il se rendit aux Cas bénins et ouvrit le rideau de la cabine 4.

— Sally ! Content de vous revoir. Mais désolé d'apprendre que vous êtes blessée. On vous a donné des antalgiques ?

Elle lui sourit.

— Merci. Moi aussi, ça me fait plaisir. J'ai eu du paracétamol. Un accident stupide : j'ai trébuché sur ce maudit chat.

— Vous avez un chat ?

— Bien sûr. Vous n'avez pas d'animal de compagnie ?

— Non.

— Les enfants adorent les animaux. Vous verrez, vous en aurez bientôt une pleine maison.

Il sourit, heureux qu'elle semble penser qu'il serait encore avec Leah.

— Sur quoi êtes-vous tombée ? Du béton ? Du parquet ?

— Du parquet.

Il examina son poignet, où un petit bleu se formait.

Il pouvait être cassé s'il avait encaissé toute la chute.

Il ausculta sa main, vérifiant que ses doigts n'étaient pas privés de sensations, qu'elle pouvait les bouger et serrer le poing.

Elle y arrivait, mais c'était douloureux.

— Il va falloir passer une radio, mais je pense qu'il s'agit d'une entorse.

Sally hocha la tête.

— Vous êtes venue seule ? demanda-t-il.

— Hubby est à la maison avec les enfants. Et, non, Leah ne m'attend pas dans la salle d'attente.

Ben baissa les yeux. Ainsi, elle était au courant.

— Savez-vous comment elle va ?

— Bien sûr.

Elle sourit.

— Vous devez comprendre, Ben. Elle est ma meilleure amie. Si je dois prendre le parti de quelqu'un, ce sera le sien. Mais...

Il releva les yeux.

— Mais ?

— Bien qu'elle essaie de prétendre que tout va bien, elle a du mal. Phœbe est une pleurnicheuse. Certains bébés sont comme ça. Ils pleurent beaucoup — ils aiment être tenus, être tout le temps en contact avec quelqu'un.

— Et alors ?

Sally eut un soupir résigné.

— Je vois qu'elle bataille. Elle ne m'a rien dit, mais je suis passée la voir l'autre jour, et elle m'a paru être au bord des larmes en permanence. C'est dur avec le bébé qui va arriver, aussi.

Il hocha la tête. Il l'imaginait parfaitement.

— Elle m'a dit qu'elle vous avait mis dehors. Que vous aviez dit à quelqu'un qu'elle ne s'en sortait pas. Dites-moi que vous n'avez pas fait ça ?

— Non. Enfin, pas exactement…

— Ben ! Vous savez à quel point être une bonne mère compte pour elle ! Quand la personne que vous aimez vous dit que vous n'y arrivez peut-être pas, c'est…

— Elle m'aime ?

Sally lui lança un regard qui disait : « À votre avis ? »

— Il faut que vous lui parliez. Que vous lui disiez qu'elle fait un travail formidable, qu'elle est une mère formidable et qu'elle s'y prend bien. Elle a besoin d'entendre ça de vous.

Il secoua la tête.

— Elle ne veut rien entendre de moi. Elle a été très claire.

— Vous n'avez pas le loisir de laisser votre ego se mettre au milieu. Ni de vous sentir blessé parce qu'elle vous a chassé. Elle est lourdement enceinte, pleine d'hormones qui font rage, et elle est terrifiée. Et vous, Dieu le sait, vous êtes la seule personne en dehors de moi avec qui elle se sente en sécurité !

Ben la dévisagea, indécis.

Il aurait voulu tout arranger tout de suite, mais c'était impossible. Il était au travail, il ne pouvait pas se libérer.

— Je vais organiser votre radio. Attendez-moi ici.

Il se dirigea vers le bureau pour remplir le formulaire et resta assis, des milliers de pensées tourbillonnant dans son esprit.

Leah l'aimait ? Il savait qu'il l'aimait, lui, mais ils ne se l'étaient pas dit. Et elle l'avait jeté dehors ! Avait-elle vraiment besoin de le voir revenir ? Il n'était pas sûr que, quoi qu'il dise, elle change d'avis. Néanmoins, il serait bon d'essayer et de voir le bébé.

Il avait dû procéder à pas mal d'ajustements intérieurs pour décider qu'il allait aimer Phœbe autant que son propre fils, mais c'était fait, et il avait envie de l'avoir de nouveau dans ses bras. Même si la petite fille n'était pas de sa chair et de son sang : ce n'est pas la biologie qui fait un père. Le père, c'est celui qui reste, quoi qu'il advienne, pour le meilleur et pour le pire.

Leah avait emmené Phœbe chez son généraliste et l'avait fait peser et examiner.

Tout le monde ne cessait de dire qu'elle avait un bébé en bonne santé et qu'il fallait juste qu'elles apprennent à se connaître. Que Phœbe sentait peut-être un manque d'assurance chez elle...

Ces mots lui étaient restés à l'esprit, alors elle avait fait une très longue promenade avec sa fille — au point d'avoir mal au dos.

Devenir parent n'était pas une ligne droite. Personne n'y arrivait du premier coup. Personne ! Elle s'était trop mis de pression, et voilà ce qui était arrivé. Elle devait se détendre quand elle était avec Phœbe, ne pas être constamment sur le fil du rasoir, à viser en permanence la perfection.

De retour chez elle, elle laissa Phœbe dormir dans son siège-coque tandis qu'elle prenait une tasse de thé.

Tout ce qu'elle avait toujours voulu, c'était avoir une famille heureuse. Quand Phœbe s'était mise à pleurer sans arrêt, cette image idéale s'était éloignée de plus en plus. Alors qu'avait-elle fait ? Elle avait blâmé Ben. Elle ne s'était pas blâmée elle-même, elle l'avait blâmé, lui. Elle l'avait accusé de lui arracher son rêve, d'être le super parent qui peut résoudre tous les problèmes. Mais ce n'était pas sa faute du tout ! Il avait plus d'expérience qu'elle avec les enfants, et alors ? En quoi était-ce une faute ?

Et il lui manquait. Il lui manquait tant ! Elle l'aimait. C'était aussi simple que ça. C'était dur de ne pas l'avoir avec elle. Elle s'était habituée à l'avoir à ses côtés, au travail et à la maison. Et maintenant il n'était plus là.

Ne pas lui répondre au téléphone la ravageait. Comme ne pas lui envoyer de texto, ne pas passer le voir à l'hôpital ou chez lui. Cette pensée lui donnait envie de pleurer, car « chez lui » aurait dû être avec eux ! Avec sa famille. Phœbe, et leur petit garçon quand il arriverait.

Pourquoi l'avait-elle tenu éloigné si longtemps ? Pour se prouver qu'elle pouvait se débrouiller seule ? Qu'elle n'avait pas besoin de lui ? Comme si, parce qu'elle n'avait compté que sur elle-même toute sa vie, reconnaître qu'elle avait besoin de quelqu'un était une sorte de faiblesse ?

Elle commençait à penser que ce n'était pas vrai. Savoir admettre que l'on a besoin de quelqu'un est une force, ça signifie que l'on connaît ses limites, et qu'on sait que, à deux, on est plus fort !

Mais elle avait eu peur de l'appeler, de lui faire des excuses. Avait-elle tout gâché ?

Et il lui manquait. Son sourire, sa chaleur lui manquaient, et la façon dont il s'asseyait au bout du canapé pour lui masser distraitement les pieds. Celle dont elle s'éveillait pour le trouver enlacé à elle, la faisant se sentir à l'abri, en sûreté.

Aimée.

Phœbe bénéficierait de sa présence, aussi. Et leur fils, quand il naîtrait.

Alors, assez de ces bêtises !

Elle se leva et alla dans le vestibule enfiler un manteau. Puis elle empoigna le siège de Phœbe.

— Nous allons chercher papa. Oui ! Et il va revenir à la maison avec nous, s'il peut réussir à me pardonner. Parce que ta maman a été joliment sotte ces derniers jours, Phœbe. Mais je suppose que tu le sais, après m'avoir vue faire l'idiote depuis qu'on s'est rencontrées.

Elle prit ses clés, ouvrit la porte d'entrée — et resta figée, stupéfaite, en découvrant Ben sur le point de frapper.

— Ben !

Il lui décocha un sourire incertain.

— Bonjour.

Il regarda Phœbe.

— Puis-je entrer ?

C'est alors qu'un flot de liquide tomba sur le seuil.

Elle regarda par terre, surprise, puis leva les yeux vers lui.

— J'ai perdu les eaux !

Ben s'avança et prit l'anse du siège de bébé.

— Il faut que je te conduise à l'hôpital.

Elle hocha la tête, encore sous le choc, incapable, semblait-il, d'articuler un mot.

Le bébé était en avance de six semaines.

— As-tu préparé un sac pour l'hôpital ?

Elle regarda Ben et fit signe que non. Elle avait pensé qu'elle avait encore le temps pour ça. Quand les choses se seraient pacifiées avec Phœbe.

— Alors va chercher une serviette de toilette pour t'asseoir dans la voiture.

— Ou... Oui. D'accord.

Elle alla prendre une serviette dans un placard.

Ça y était. Elle allait accoucher ce jour-là. Ou bien les sages-femmes essaieraient-elles d'arrêter son travail ? Faisait-on ça après la perte des eaux ?

Elle n'arrivait pas à penser clairement.

Le temps qu'elle revienne sur le pas de la porte, Ben avait installé le siège de Phœbe dans l'auto. Il remonta les marches en courant pour lui prendre le bras et l'accompagner dans l'allée.

— Ben, je suis terrifiée.

— Il ne faut pas. Je suis avec toi.

— Si tout se passe de travers ? S'il arrive quelque chose au bébé ?

— Il ne va rien arriver.

— Tu n'en sais rien.

— Toi non plus. Ne nous inquiétons pas à l'avance.

Il l'aida à s'asseoir sur le siège du passager, puis se mit au volant et démarra.

— Conduis prudemment.

— Je le fais toujours.

— Je sais. Je...

Elle le regarda.

— Je suis désolée pour ce que j'ai fait. Te mettre dehors. Je ne voulais pas… J'étais juste paniquée.

— C'est bon.

— Non. J'ai été mesquine, et j'ai passé mes nerfs sur toi. En te blâmant de tout. Je sais maintenant que j'ai eu tort, et je me sens très embarrassée. J'avais un rêve, tu vois, et il ne se passait pas comme prévu. Je ne comprenais pas pourquoi. J'ai dû me mettre dans la tête que la seule anomalie par rapport à mon rêve, c'était que tu sois là. Tu interférais dans mon présent et m'empêchais de nouer un lien avec ma fille.

Il la regarda.

— Notre fille.

Elle sourit.

— Oui. Notre fille.

Elle posa une main sur la sienne.

— Je regrette tellement ! Tu m'as tant manqué !

Il lui pressa les doigts.

— C'est fini.

— Tu me pardonnes ?

— Bien sûr. Je n'ai jamais pu être en colère contre toi. Tu es tout pour moi. Mais je dois dire que je suis désolé aussi de t'avoir laissée penser que je t'avais dénigrée vis-à-vis de notre patron. Je n'aurais jamais dû dire que tu avais du mal avec le bébé. Tu es une mère formidable. Nous apprenons tous les uns sur les autres. C'est un terrain neuf pour nous…

Il jeta un coup d'œil dans le rétroviseur à Phœbe qui dormait paisiblement.

— Elle ne pleure pas.

Leah sourit, puis grimaça.

— Mais, moi, je pourrais.

Elle crispa les mains sur son ventre et grogna légèrement, se penchant en avant sous la douleur.

— Une contraction ?

Incapable de parler, elle fit signe que oui.

— Essaie de la dominer. Parlons de quelque chose d'agréable. De positif. Pour détourner ton esprit de la douleur.

— Comme quoi ?

— Comme...

Il se tourna vers elle.

— Comme le fait que je t'aime.

Elle lâcha une exclamation, son visage s'illuminant de surprise.

— Quoi ?

— Je t'aime, Leah Hudson. Et je veux être avec toi pour toujours.

Elle rit. De joie et de stupeur.

— Je t'aime aussi.

Il lui adressa un sourire radieux.

— Alors... Ça veut dire que je peux m'installer avec toi ?

Ils étaient arrêtés à un feu rouge. Derrière eux, quelqu'un klaxonna avec impatience, et Ben redémarra.

— Tu es sûr ? demanda-t-elle.

Il lui prit la main et l'amena à ses lèvres.

— Évidemment que j'en suis sûr.

— Tu ne dis pas ça juste parce que je vais avoir ton bébé ?

— Je te le demanderais même si tu étais vieille, puante, et si tu vivais avec vingt chats.

Elle sourit.

— J'ai toujours préféré les chiens.

Puis elle grogna de nouveau à une nouvelle contraction.

Ben l'aida à respirer.

— Très bien. De longues et lentes respirations. Alors ?

— Alors quoi ?

— Est-ce que je peux m'installer ?

Elle rit de joie, puis hocha la tête.

— Oui ! Bien sûr que tu peux. J'adorerais ça. Nous adorerions tous ça.

Il leur fallut vingt minutes pour arriver à l'hôpital, vu la densité de la circulation. Quand ils s'arrêtèrent devant la maternité, elle se sentait vraiment mal et avait envie de pousser.

— Essaie de te retenir, dit Ben.

— Je ne peux pas !

Il courut à l'intérieur chercher un fauteuil roulant.

Elle eut une autre contraction, et cette fois elle dut pousser.

C'était complètement involontaire, comme si son corps savait ce qu'il avait à faire.

— Ben ! s'écria-t-elle quand il ressortit avec le fauteuil et, Dieu merci, une sage-femme qui enfilait des gants. J'ai été obligée de pousser !

— Bonjour, mon chou. Je suis Carla, et il va falloir vous mettre dans ce fauteuil. Pouvez-vous sortir de la voiture ?

Ce fut difficile, mais ils y arrivèrent, et Leah fut poussée rapidement à l'intérieur de l'hôpital. Ben suivait derrière, le siège-coque de Phœbe à la main.

Elle ne vit pas grand-chose des couloirs qu'ils parcoururent à toute vitesse. Les yeux fermés, elle soufflait, haletait et poussait à chaque contraction. Puis ils atteignirent une salle, et on l'installa sur un lit.

— Il faut que je vous examine, Leah. Puis-je vous ôter votre jean ?

Elle fit signe que oui, grognant quand on tira son jean trempé sur ses jambes.

Carla jeta un coup d'œil et sourit.

— Je peux apercevoir la tête.

— Quoi ? Déjà ? Mais je ne suis qu'à trente semaines ! C'est trop tôt !

— Eh bien, rien ne va empêcher ce petit d'arriver aujourd'hui, alors passons aux choses sérieuses.

Ben lui serra la main tandis que Carla surveillait sa respiration et lui disait comment et quand pousser.

Alors qu'elle souffrait le martyre sous les contractions qui se succédaient, il l'encourageait.

— Continue, Leah, il est presque là ! Encore une fois !

Carla lui dit de souffler tandis que la tête émergeait, et en baissant les yeux elle vit un toupet de cheveux noirs.

Elle poussa un cri de joie.

— Oh ! Mon Dieu !

— Poussez une dernière fois, et ce sera bon, Leah.

— D'accord.

Ben la regarda dans les yeux.

— Je veux t'épouser, Leah. Me feras-tu l'honneur d'être ma femme ?

Elle serra sa main dans la sienne, le regardant avec amour.

— Oui, je le veux !

D'une dernière poussée, elle mit leur fils au monde, et il y eut une nouvelle voix, une nouvelle présence, un nouvel amour dans leur cœur.

Épilogue

Ben se redressa et se massa le dos.

— Voilà ! C'est le dernier carton.

Il avait fait et soulevé des cartons toute la semaine, et maintenant qu'ils emménageaient dans leur nouvelle maison, il allait falloir se mettre à les déballer !

Leah lui tendit un mug de thé.

— J'ai trouvé la théière, c'est la chose la plus importante quand on déménage.

Il but une gorgée.

— Non.

— Non ?

Il posa sa tasse et enlaça son épouse.

— Non. Le plus important, c'est toi, Noah et Phœbe. Vous êtes ce qui compte le plus.

Il allait l'embrasser, quand Sally entra, tenant par la main les deux petits qui trottinaient à côté d'elle.

— Allez dans votre chambre, vous deux ! Il y a des enfants, ici.

Ils rirent et prirent chacun un enfant dans leurs bras. Ben prit Phœbe, et Leah, Noah.

— As-tu fait un tour du domaine, Sally ? demanda Leah.

— Bien sûr ! C'est magnifique ! Je suis totalement jalouse !

— Merci d'avoir gardé les enfants cette nuit.

— Aucun problème. Vous pouvez m'appeler n'importe quand. Vous le savez, hein ?

Elle posa un baiser sur la tête de chaque bébé, puis ses yeux s'élargirent.

— Oh ! J'allais complètement oublier votre cadeau d'installation. Je l'ai laissé dans la voiture, attendez...

Elle se rua dehors.

Ben et Leah emmenèrent les enfants dans le jardin de derrière.

C'était un rêve pour des petits : il était vaste, avec de la pelouse, une cabane, un bac à sable et un vieil arbre noueux avec une autre cabane perchée, pour quand ils seraient plus grands.

Phœbe se tortilla dans les bras de son père pour aller courir et jouer. Noah voulut descendre aussi pour rattraper sa grande sœur plus âgée de deux semaines !

Ben passa un bras autour de sa femme.

— Heureuse ?

— Hum... Oui. Et toi ?

— Je suis au paradis.

Il se pencha pour lui donner un baiser, essayant de profiter de ce bref instant de calme pendant que les enfants jouaient et admiraient les papillons.

Il savait qu'il y avait encore des tas de cartons à déballer. Des meubles à soulever et à bouger. Une cuisine à organiser. Mais, pour le moment, tout était parfait. Comme cela devait l'être.

L'un ou l'autre, avaient-ils jamais imaginé un avenir aussi merveilleux que celui-ci ? Avaient-ils jamais cru qu'un tel bonheur pouvait exister ?

À ce moment-là, Sally revint avec une grande boîte en carton qui, curieusement, était percée de trous sur le dessus.

Ben fronça les sourcils.

— Qu'est-ce que c'est ?

— Ouvre !

Leah appela Phœbe et Noah pour qu'ils les rejoignent. Elle défit le nœud qui fermait la boîte puis rabattit les côtés.

Une tête à la fourrure dorée, avec de splendides yeux marron, les regarda et se mit à japper.

Noah et Phœbe crièrent de joie à la vue du chiot qui sortait en vacillant de la boîte et commençait à renifler l'herbe avec excitation.

Leah, ravie, secoua la tête.

— Sally, il a dû te coûter une fortune !

— Mon beau-frère élève des goldens retrievers, je l'ai eu pour rien. Vous aviez dit que vous vouliez un chien.

En effet. Ils avaient parlé de prendre un chien pour les enfants. Ben avait toujours voulu en avoir un quand il était petit. C'était le parfait tableau de famille, non ? Une famille extraordinaire, une maison superbe, des enfants parfaits. Un chien.

— C'est une femelle, au fait, dit Sally.

— Elle est splendide ! Merci...

Pendant que Leah étreignait leur amie, Ben se mit sur un genou pour ébouriffer la fourrure de la petite chienne, et il tomba à la renverse quand elle lui sauta dessus pour jouer.

Il roula dans l'herbe avec elle sous les rires de Leah et de leurs deux enfants.

La vie ne pouvait pas être meilleure.

EMILY FORBES

Un chirurgien amoureux

Traduction française de
ALEXIS VINCENT

BLANCHE

HARLEQUIN

Titre original :
DR DROP-DEAD GORGEOUS

Ce roman a déjà été publié en 2019.

1

— Juliet ! Est-ce que vous m'entendez ? Juliet, restez avec nous !

Maggie se réveilla en sursaut. Elle était recroquevillée dans un fauteuil inconfortable, et il lui fallut un instant pour reconnaître la pièce blanche, le lit aux montants métalliques, le trépied à transfusion...

Une chambre d'hôpital. Elle attendait que sa sœur sorte de la salle d'opération !

Maggie s'étira tout en se demandant qui avait pu lui parler. Un homme avait parlé assez fort une seconde plus tôt et, pourtant, la pièce était vide.

Un rêve, peut-être ?

Son cœur se mit à battre la chamade. Il s'agissait plutôt d'un cauchemar, elle se le rappelait maintenant, et dans celui-ci, sa sœur faisait un arrêt cardiaque. Les médecins avaient utilisé un défibrillateur pour la ramener à la vie. C'était ce qui l'avait réveillée si brusquement, comme si le choc électrique avait traversé sa propre poitrine.

Quelque chose avait mal tourné, elle en était sûre !

Sa montre indiquait 14 h 15. Juliet aurait déjà dû être ramenée dans sa chambre. Incapable d'attendre, Maggie quitta la pièce pour se rendre dans le bureau des infirmières où quelqu'un pourrait certainement lui donner des nouvelles.

La femme en uniforme blanc qui s'y trouvait était justement celle qui avait emmené Juliet en salle d'opération.

— Carol, savez-vous si ma sœur est sortie du bloc opératoire ?

— Je n'ai encore eu aucune nouvelle, répondit Carol en levant le nez de ses dossiers. Voulez-vous que je téléphone ?

— Ce serait gentil, merci. L'opération devrait être terminée à présent.

Faisant un effort pour maîtriser son impatience, Maggie regarda Carol qui composait le numéro de la salle d'opération. Celle-ci fronça les sourcils.

— Personne ne répond. Cela arrive lorsqu'ils sont occupés. J'essayerai de nouveau dans une minute, et je vous préviendrai dès que j'aurai des nouvelles, dit-elle en raccrochant. Pourquoi n'allez-vous pas attendre dans la chambre de Juliet ?

Maggie acquiesça, et l'infirmière lui adressa un sourire réconfortant avant de retourner à son travail administratif. Mais au lieu de suivre son conseil, la jeune femme continua jusqu'au bout du couloir et prit l'ascenseur pour monter à l'étage où se trouvait les salles d'opération et les chambres de réveil.

Comme dans tous les hôpitaux, il fallait montrer patte blanche avant d'entrer dans ce secteur très protégé. Maggie dut sonner deux fois avant qu'une infirmière vienne lui ouvrir.

— Je suis la sœur de Juliet Taylor, déclara-t-elle sans la laisser parler. Pouvez-vous me dire comment s'est passée son opération ?

L'infirmière la contemplait, les yeux un peu écarquillés. Pourquoi cet air embarrassé ? se demanda Maggie avec appréhension. Était-elle simplement surprise de voir une inconnue à la porte du service, ou un problème était-il survenu ? L'infirmière continuait de la contempler sans dire un mot et Maggie reconnut son expression de désarroi. Quelque chose était arrivé en salle d'opération, son instinct ne l'avait pas trompée !

Il y eut un mouvement à l'intérieur du service et elle tendit le cou. On transférait en salle de réveil un patient allongé dans un brancard. Était-ce Juliet ?

Le brancard fut poussé dans la chambre de réveil sans que le visage de la personne lui apparaisse, et elle vit le personnel brancher différents fils aux moniteurs. Au moins, cette personne était encore vivante, songea-t-elle avec un certain soulagement.

L'infirmière sortit enfin de son mutisme.

— Attendez là une seconde...

Elle rebroussa chemin et rejoignit un homme encore vêtu de la blouse verte de salle d'opération. Elle lui parla à voix basse et lui désigna la visiteuse d'un geste. L'homme se tourna et son regard croisa celui de Maggie. Il acquiesça, donna quelques ordres, puis marcha dans sa direction.

Il avait le pas décidé et l'attitude volontaire d'un homme habitué à gérer les crises sans perdre son sang-froid. S'il y avait eu un problème avec sa sœur, il l'avait réglé, comprit-elle instinctivement. Les médecins n'avaient pas une expression aussi calme pour annoncer les mauvaises nouvelles...

Maggie se remit à respirer normalement.

— Bonjour. Vous êtes la sœur de Mme Taylor ?

— Oui, je m'appelle Maggie Petersen.

— Ben McMahon, le chirurgien de Juliet.

Il lui tendit la main, et dès l'instant où elle la toucha, Maggie se sentit envahie par une étrange vague de chaleur.

— Ma sœur va bien ?

— Oui, elle va bien, mais nous avons eu quelques complications.

— Quelle sorte de complications ?

— Trouvons un coin tranquille pour en discuter, voulez-vous ?

Maggie le suivit, de nouveau terriblement inquiète. Le chirurgien la conduisit dans un coin aménagé en salle d'attente où ils s'assirent. Il hésita alors une seconde, comme s'il cherchait ses mots pour annoncer une mauvaise nouvelle. La jeune femme ne lui en laissa pas le temps.

— Je suis infirmière, dites-moi juste ce qui s'est passé.

— Eh bien, l'opération de reconstruction s'est bien déroulée, et je suis très satisfait sur ce point. Mais alors qu'on commençait à inverser l'anesthésie, la tension de votre sœur est tombée. Vous l'avez vue en salle de réveil, vous savez donc qu'elle s'en est tirée, mais son cœur s'est arrêté et nous avons dû la réanimer.

— Elle va bien à présent ?

— Nous la gardons sous surveillance, évidemment, mais elle est hors de danger.

— Combien de temps a duré son arrêt cardiaque ?

— Environ quatre-vingt dix secondes.

Ce qui se situait dans la fourchette de moindre risque. Maggie laissa échapper un soupir de soulagement.

— D'après vous, qu'est-ce qui a provoqué cette chute de tension ? reprit-elle.

— L'anesthésiste suspecte une réaction allergique au produit anti-nausée. On a quelques cas répertoriés, et vous serez rassurée de savoir que ces patients n'ont présenté aucune séquelle.

Le Dr McMahon lui expliquait que sa sœur s'en sortirait sans problème, comprit Maggie, rassurée.

Dès le début, cette opération lui avait inspiré de nombreuses réticences, et elle ne pouvait s'empêcher de se demander ce qui risquait encore de tourner mal. Juliet n'avait nullement besoin de cette intervention, Maggie persistait à le penser, mais quand sa sœur avait pris une décision…

Il en avait été ainsi depuis leur naissance. Juliet avait toujours eu un caractère très volontaire. Quand elle avait décidé quelque chose, elle le faisait, envers et contre tous !

Cette opération en était l'exemple parfait. On lui avait diagnostiqué un cancer du sein deux ans plus tôt. Comme ses examens avaient révélé la présence d'un gène familial qui rendait probable une récidive, Juliet avait opté pour une mastectomie bilatérale, même si la tumeur ne se trouvait que dans un seul sein. Et maintenant, elle venait de franchir le premier pas d'une chirurgie réparatrice destinée à lui rendre sa poitrine.

Maggie n'en voyait pas l'intérêt et le lui avait dit. Juliet lui avait répondu qu'elle voulait retrouver ses seins et que, de toute façon, il était inutile d'en discuter puisque sa décision était déjà prise…

Quelques instants plus tôt, cette intervention avait failli lui coûter la vie. Une vie pour laquelle elle s'était battue avec l'énergie du désespoir deux ans auparavant.

Un soupir échappa à Maggie. Même cet incident ne détournerait pas sa sœur de suivre la voie qu'elle s'était tracée.

— Vous allez bien ?

Le Dr McMahon lui prit la main, ce qui la tira de ses pensées. Il la contemplait attentivement. Avait-il peur de la voir faire un malaise ? Pourtant, Maggie se sentait bien. La seule chose qui aurait pu la troubler était le médecin lui-même. Il était franchement superbe ! Ses magnifiques yeux bleus l'hypnotisaient et elle se secoua pour émerger de son état second.

Quand elle hocha la tête en guise de réponse, il lui adressa un petit sourire.

— Allez, venez avec moi. Je vais vous emmener au chevet de votre sœur pour que vous vous rendiez compte par vous-même de son état. Mais vous devez me faire confiance.

Pour une raison qu'elle aurait été bien incapable d'expliquer, Maggie lui faisait effectivement confiance. Ils ne se connaissaient pas, mais lorsqu'il lui affirmait que tout se passerait bien, elle le croyait.

Tout en le suivant, elle remarqua alors sa haute taille, et sa large carrure athlétique. Les blouses d'hôpital ne flattaient guère la silhouette, et pourtant, il semblait tout à fait à son avantage ainsi vêtu. Certaines personnes avaient du chic même avec un sac sur le dos, et il faisait partie de ces rares élus, songea Maggie.

En arrivant au chevet de sa sœur, elle oublia le trop séduisant chirurgien et consulta les moniteurs qui indiquaient sa tension, son rythme cardiaque et son taux de saturation en oxygène. Tout semblait normal. Il ne lui restait plus rien à faire, sinon attendre. Attendre et réfléchir.

Réfléchir aux deux années qui venaient de s'écouler. À tout ce que Juliet avait traversé. Mais aussi au Dr McMahon qui avait quitté la salle de réveil après avoir une dernière fois inspecté l'état de sa patiente. Maggie était contente qu'il soit là. Sa présence la rassurait.

Les jours suivants furent épuisants. Maggie habitait la maison de sa sœur pour s'occuper de ses neveux, et ceux-ci, d'habitude si bien élevés, étaient agités et irritables. Mais leur mère leur manquait, et Maggie le comprenait. Incapable de dormir normalement une nuit entière, elle-même aussi se sentait à bout de nerfs, stressée et fatiguée.

Pourtant, Juliet récupérait tout à fait normalement, comme l'avait prédit le Dr McMahon. Au bout de quelques jours, il lui promit donc de la laisser partir le lendemain. Dans sa hâte à retrouver son foyer, Juliet demanda à sa sœur de passer la chercher le plus tôt possible. Elle avait recouvré son énergie habituelle et trépignait d'impatience dans sa chambre d'hôpital, sans rien faire d'autre qu'attendre que le temps passe.

Ce matin-là, Maggie prépara ses neveux pour l'école et les y accompagna, puis retourna à la maison prendre une douche rapide avant d'aller à l'hôpital, simplement vêtue d'un jean et d'un haut de jogging, les cheveux noués en queue-de-cheval et sans aucun maquillage.

Juliet doit avoir une meilleure mine que moi, songea-t-elle en voyant son reflet dans la porte vitrée de l'hôpital.

Effectivement, Juliet, qui avait passé son temps allongée à regarder la télévision et à dormir, avait un visage reposé. Maggie se pencha sur le lit pour l'embrasser.

— Salut... Comment te sens-tu ce matin ?

— J'ai encore un peu mal, mais sinon, je me sens étonnamment bien.

— Tu es prête à rentrer à la maison ?

— Oui, il faut juste que j'attende le chirurgien pour qu'il signe ma décharge.

Le Dr McMahon allait venir ? Le cœur de Maggie fit un petit bond dans sa poitrine. Elle ne l'avait pas revu lors de ses visites à sa sœur, et en avait été assez déçue.

— T'a-t-il expliqué ce qui t'était arrivé pendant l'opération ? reprit-elle.

— D'après lui, j'ai fait une réaction au médicament contre les nausées, mais apparemment, tout est rentré dans l'ordre.

— Te souviens-tu de quelque chose ? As-tu eu peur ?

— Pas du tout, répliqua Juliet. En fait, ça a été une expérience très étrange. Cela ressemblait tout à fait à ce qu'on entend décrire d'habitude : la lumière, l'impression de flotter dans l'espace, le sentiment de sécurité, tout ça... Il y avait Steven, ajouta-t-elle après une petite pause.

— Steven ? Le mien ?

Juliet acquiesça. Maggie ne remettait pas sa parole en doute.

Pendant sa carrière d'infirmière de bloc opératoire, elle avait entendu assez de récits de ce genre pour leur accorder foi.

— Tu l'as vu ?

— Non, je ne pouvais rien voir du tout. La lumière était très belle mais éblouissante. Je pouvais baisser les yeux et voir la salle d'opération et moi, allongée au milieu des médecins, mais je n'ai pas vu Steven, je l'ai juste entendu.

— Et qu'a-t-il dit ?

— Il m'a dit que mon heure n'était pas venue et que mes enfants avaient encore besoin de moi. Ça te paraît fou, non ?

— Pas vraiment, répondit Maggie. J'ai plusieurs fois entendu des patients raconter des histoires tout à fait semblables à celle-là. T'a-t-il dit quelque chose à mon sujet ?

Maggie avait posé la question avant même de réfléchir. Attendait-elle un message de son défunt mari ? Elle aurait tout donné pour avoir juste une fois la possibilité de le toucher, de le serrer dans ses bras et de l'entendre murmurer son nom. Mais il avait disparu dix ans auparavant et elle avait fait son deuil. Même si personne ne l'avait remplacé dans sa vie, son absence ne formait plus un gouffre sans fond dans son existence. Elle s'était habituée.

Alors pourquoi cette question ? Sans doute la curiosité...

Juliet secoua la tête.

— Non. Je suis désolée, Mag.

La jeune femme haussa les épaules. Cela n'avait plus d'importance. Qu'espérait-elle ? Peut-être quelque chose comme « Sois heureuse. Tu me manques. Je t'aime... » ?

D'ailleurs, l'aimait-elle toujours ? Oui, sans doute. Mais elle n'était plus amoureuse de lui. On ne pouvait pas rester amoureuse de quelqu'un qui était mort depuis dix ans.

Qu'il n'y ait pas de message n'avait pas d'importance, en fait. Cela n'aurait pas changé le fait qu'elle était veuve et que sa vie continuait sans Steven.

Elle prit la fiche accrochée au pied du lit et en feuilleta les pages. Les moniteurs affirmaient que Juliet allait bien, et les relevés le confirmaient.

— Bonjour, mesdames.

La belle voix grave de Ben McMahon lui fit relever les yeux de la liasse de papiers et elle remit la fiche à sa place d'une main tremblante. Le chirurgien se pencha sur Juliet sans lui accorder la moindre attention. « Quelle idiote tu fais ! Il est très attirant, mais il est là pour faire son travail de médecin, pas pour flirter ! »

— Comment allez-vous ce matin, Juliet ? s'enquit-il.

— En pleine forme et prête à rentrer chez moi. Ben, voici ma sœur Maggie.

— Oui, nous nous sommes déjà rencontrés.

Il lui adressa un vague signe de tête avant de reporter son attention sur sa patiente.

— Comment va votre poitrine ? reprit-il.

— J'ai un peu mal, mais moins qu'hier. Je suis plutôt en forme.

Maggie profita de ce qu'il auscultait Juliet pour l'observer discrètement. Ses cheveux d'un noir de jais entremêlés de quelques fils d'argent, coupés court, encadraient son beau visage aux traits réguliers. Il sourit à une remarque de Juliet, et de petites rides apparurent aux coins de ses yeux. Il devait avoir autour de quarante ans, décida-t-elle. Et il était vraiment magnifique !

D'un autre côté, cela n'avait rien d'étonnant puisqu'il était chirurgien esthétique. Il avait peut-être subi lui-même quelques opérations pour obtenir ce visage aux traits parfaits.

Il terminait d'examiner les cicatrices de Juliet et se trouvait de profil, ce qui lui permit d'admirer son nez. Un nez parfait, droit et fin…

Ben McMahon se tourna soudain dans sa direction.

— Quelque chose ne va pas ?

Avait-il remarqué qu'elle le dévisageait ? Incapable de détourner le regard, Maggie fut prise de court.

— Votre nez…

Il se le frotta du revers de la main.

— Ça va mieux comme ça ? demanda-t-il.

— Non, ce n'est pas ça… Je me demandais juste si vous l'aviez fait refaire ou non.

— Mag ! s'exclama Juliet. On ne pose pas ce genre de question !

— Pourquoi pas ? Si je ne peux pas poser une question de chirurgie esthétique à un chirurgien esthétique, qui pourrais-je interroger ? Tu sais que j'ai toujours détesté mon nez, aussi, si j'en vois un beau et que je découvre qu'il est le résultat d'une intervention chirurgicale, cela peut m'aider à décider de faire refaire le mien.

— Merci, répondit le chirurgien, amusé. Je prends ça comme un compliment ! Mais mon nez est cent pour cent naturel, je vous le promets.

En voyant son sourire radieux, Maggie oublia aussitôt le sujet de leur conversation. S'il était beau avant, il était tout simplement magnifique quand il souriait ! Ses dents d'un blanc éclatant étaient parfaites. Avec son visage de demi-dieu grec, il aurait pu poser pour un magazine de mode. Cependant, ses yeux pétillaient d'une intelligence et d'un humour qu'on ne voyait pas souvent chez les mannequins à la beauté stéréotypée. Jusque-là, Maggie pensait qu'il incarnait parfaitement le fils de bonne famille bien élevé. Son sourire malicieux montrait que sous cette façade policée se cachait un homme avec une véritable personnalité.

Ce qui lui donnait envie de le connaître davantage.

— Que reprochez-vous à votre nez ? s'enquit-il.

— Je n'aime pas cette petite bosse, là, expliqua-t-elle en la touchant du bout de l'index.

— C'est un détail qu'il serait difficile de corriger. Pour ma part, je trouve que cela vous donne du caractère.

Reprenant son air sérieux, il se retourna vers Juliet et continua son examen. Maggie resta debout, assaillie par d'étranges sensations. Cet homme la perturbait d'une manière vraiment surprenante ! Sa bouche était sèche, ses mains tremblaient légèrement et son cœur battait à tout rompre.

C'était ridicule !

— Alors je peux rentrer ce matin comme prévu ? Maggie est infirmière, je serai entre de bonnes mains.

Entendre son nom la ramena sur terre et elle se rendit compte que la conversation qui venait de se dérouler lui avait totalement échappé. Il était temps de faire un effort de concentration !

Sa résolution fut mise à rude épreuve lorsque Ben McMahon se tourna dans sa direction.

— C'est vrai, vous me l'avez dit l'autre jour. Dans quel service travaillez-vous ?

— En salle d'opération.

— Savez-vous vous occuper de patients conscients ?

— Sans problème, dit-elle.

— Dans ce cas, je vous libère ce matin, reprit Ben en se retournant vers Juliet. Vous prendrez rendez-vous pour votre visite de contrôle avant de quitter l'hôpital, d'accord ? Et au moindre souci, vous me téléphonez. Je vous rappelle que vous ne devez rien porter de lourd, ni accomplir de tâches ménagères physiques, comme porter des sacs de supermarché ou étendre du linge mouillé.

Juliet hocha la tête et le chirurgien sortit de la chambre après avoir pris congé.

— Je t'avais dit qu'il était sublime, n'est-ce pas ? déclara Juliet.

Maggie ne s'en souvenait pas, mais elle ne put qu'acquiescer. On ne croisait pas tous les jours un homme aussi attirant que Ben McMahon !

— Quel dommage qu'il soit mon médecin, reprit-elle.

— Juliet ! Tu ne veux pas dire que tu…

— Que je *quoi* ? demanda sa sœur en riant. Que je ne sauterais pas dans son lit s'il m'y invitait ? Et comment ! Je suis divorcée, pas morte ! Attends un peu que j'aie mes nouveaux seins, et tu verras que je n'ai pas dit mon dernier mot. Je ne suis peut-être plus un perdreau de l'année, mais je ne suis pas encore centenaire !

Maggie éclata de rire. Juliet venait de formuler exactement ce qu'elle éprouvait !

Ben McMahon était vraiment un homme très séduisant, et son charme ne la laissait pas insensible. Malheureusement, à la différence de sa sœur, elle savait qu'il était illusoire d'imaginer quoi que ce soit entre eux.

Que ferait un homme beau, séduisant, drôle et intelligent comme lui avec une veuve de quarante-deux ans qui avait une bosse sur le nez ?

2

Cette journée se déroula comme un film en accéléré. Juliet avait beau prétendre se sentir en pleine forme, Maggie savait bien que sa sœur était loin d'avoir recouvré toutes ses forces. Son ex-mari, un officier de marine, était sur son bâtiment dans le Pacifique, et Juliet aurait été incapable de s'occuper seule de ses deux enfants. Voilà pourquoi Maggie avait fait le voyage de Sydney à Melbourne.

Après l'école, son neveu et sa nièce avaient de nombreuses activités extrascolaires qui lui imposèrent une véritable course contre la montre. Ses propres enfants étaient grands désormais, et elle avait oublié à quel point il était épuisant de s'occuper d'un garçon de six ans et d'une fillette de onze. Aussi, lorsqu'ils furent couchés ce soir-là, Maggie n'avait plus qu'une seule envie : poser les pieds sur la table basse du salon et boire un apéritif avec sa sœur.

Les deux sœurs ouvrirent donc une bonne bouteille de vin et trinquèrent ensemble.

— Au début de ma nouvelle vie..., déclara Juliet en levant son verre. Et au début de la tienne également.

— Que veux-tu dire ?

— J'ai découvert qu'il n'y avait rien de tel que de se retrouver face à sa propre mort pour faire le point sur son existence, expliqua Juliet. Il reste tant de choses que j'ai envie d'accomplir avant de disparaître ! Aussi ai-je décidé de tourner la page de ces deux dernières années et de consacrer toute mon énergie à bâtir mon avenir. Cette décision m'a aussi fait penser au tien, ajouta-t-elle après avoir avalé une gorgée de vin. Que comptes-tu faire maintenant que tes enfants sont grands ?

— Je ne suis pas sûre d'avoir d'idée précise, avoua Maggie.

— C'est exactement où je voulais en venir : tu devrais faire des projets. Il est temps que tu reprennes les rênes de ton existence. À mon avis, on devrait tous faire un plan sur cinq ou dix ans.

— Quel plan ?

— Nous allons le faire ce soir, tu vas voir. Tu devrais commencer par dresser une liste des centaines de choses que tu as toujours voulu faire sans jamais trouver le temps nécessaire pour y réfléchir. C'est le moment idéal pour t'y mettre.

— J'ai pensé reprendre des cours, peut-être de dessin ou de langue, déclara Maggie. Quoi ? ajouta-t-elle comme Juliet levait les yeux au ciel.

— Je parlais de projets à long terme, pas d'un passe-temps pour les prochains mois ! Tu as quarante-deux ans et tu peux espérer vivre encore quarante ans : tu ne vas pas passer tout ce temps seule, n'est-ce pas ?

Juliet allait vraiment mieux, songea Maggie. Elle avait retrouvé son habitude de vouloir tout régenter !

— Nous sommes presque dans la même situation, lui fit-elle remarquer. Veuve joyeuse, gaie divorcée, même combat !

— Tu crois que je n'y ai pas songé ? répliqua Juliet en riant. Quitter Sam a été la décision la plus difficile de ma vie, mais je n'ai pas pour autant renoncé à retrouver l'amour. Ça me ferait vraiment mal au cœur de te voir passer le reste de ta vie toute seule...

— Pourquoi pas ? Nous pourrions habiter ensemble quand tes enfants auront quitté la maison, dit Maggie, amusée. Deux sœurs célibataires partageant leurs vieux jours en paix.

— Ne compte pas sur moi car je n'ai pas l'intention de rester célibataire ! Il est encore trop tôt pour que je refasse ma vie, mais toi, en revanche, tu devrais sortir et rencontrer quelqu'un.

— Cela m'est déjà arrivé, protesta Maggie.

— Vraiment ? À quand remonte ton dernier dîner en amoureux ?

— À deux semaines, juste avant que je quitte Melbourne.

Juliet la contempla d'un air soupçonneux.

— Et combien d'hommes t'ont invitée à dîner en tête à tête depuis dix ans ?

Maggie resta silencieuse. Trois... Chaque fois, le second dîner avait été suffisant pour comprendre qu'il n'y avait aucune alchimie, aucune attirance particulière, ni même la possibilité d'avoir une conversation intelligente qui aurait pu au moins lui apporter une satisfaction intellectuelle.

— Je vois..., déclara Juliet. Et quand as-tu fait l'amour la dernière fois ?

— Je ne m'en souviens pas, répondit Maggie en se sentant rougir comme une collégienne.

Sa sœur leva les yeux au ciel en faisant un grand geste qui faillit renverser son verre sur le canapé.

— Voilà exactement ce que je voulais te démontrer ! Tu devrais t'en rappeler : cela devrait être récent et t'avoir laissé un souvenir formidable ! Il faut vraiment que tu sortes davantage.

— Tu crois que c'est facile ? rétorqua Maggie. Quand mes enfants étaient plus petits, je n'avais pas vraiment le temps pour ça. Maintenant, quand je fais la connaissance de couples, les femmes craignent toutes que je leur vole leur mari. Quant aux rares hommes célibataires que je rencontre, ce sont des divorcés bourrés de problèmes ou des cavaleurs totalement immatures. Au bout du compte, je préfère rester chez moi !

— Tu n'as rencontré personne à ton travail ?

— Je ne veux pas de ce genre de relation avec mes collègues, c'est trop risqué. Je n'ai rien contre l'idée de sortir avec quelqu'un, mais c'est tellement compliqué que je préfère encore prendre des cours de dessin.

— Encore ton dessin ! marmonna Juliet. Remarque, tu peux aussi rencontrer un homme intéressant dans un cours... Et tu n'es pas obligée de sortir avec un homme pendant des mois si tu as juste envie d'un peu de sport !

— Non, ce n'est pas ce que je recherche. Tu me connais assez pour savoir qu'il me faut le grand jeu ou rien du tout ! Ce dont j'ai envie, c'est qu'un homme me fasse la cour, qu'il me séduise, que j'éprouve une véritable connivence à la fois physique et cérébrale. Sinon, ça ne m'intéresse pas.

C'était exactement pour cette raison qu'elle était toujours seule et qu'elle ne dépassait jamais le second rendez-vous. Elle attendait toujours de rencontrer l'homme idéal, celui qui lui ferait perdre la tête, exactement comme l'avait fait Steven vingt ans plus tôt.

Avait-elle raison de mettre la barre aussi haut ? Ne risquait-elle pas de passer les quarante prochaines années toute seule, comme le craignait Juliet ?

— Je te comprends, Mag. Mais ce n'est pas en restant prostrée dans ton coin que tu vas rencontrer ce prince charmant. Tu n'as donc pas envie de t'amuser un peu ?

— Je suis heureuse comme je suis, répondit Maggie, un peu sur la défensive.

Était-ce vrai ? Que voulait dire être heureuse ? Ses enfants l'avaient rendue heureuse... la plupart du temps. Mais ils étaient grands maintenant et ils quitteraient bientôt le foyer familial. Son travail aussi l'avait emplie de satisfaction, mais pouvait-on qualifier cela de bonheur ? Et cela lui suffisait-il ?

— Tu ne crois pas que tu pourrais être *plus* heureuse ? insista Juliet.

Maggie haussa les épaules sans trop savoir quoi répondre. D'ailleurs, cette conversation ne lui plaisait guère. Pourtant sa sœur n'en avait pas terminé.

— J'ai une proposition à te faire. Je sais que tu es venue à Melbourne pour m'aider, mais tu n'es pas obligée de rester enfermée ici vingt-quatre heures par jour. Si je te présente quelques célibataires intéressants, accepterais-tu de sortir dîner avec eux ?

— Qui sont ces célibataires auxquels tu penses ? demanda Maggie avec méfiance.

— J'en connais plusieurs et tu n'auras qu'à choisir. D'ailleurs, je ne suis pas sans arrière-pensée : si tu rencontres l'homme de tes rêves et que tu viens t'installer ici, je t'aurai près de moi toute l'année !

— J'aurais dû m'en douter. Tes intentions ne sont jamais désintéressées !

— Décris-moi l'homme idéal et je verrai ce que je peux faire, poursuivit Juliet sans se démonter.

Après tout, qu'avait-elle à perdre ? se dit Maggie, amusée. Quoi qu'il arrive, se prêter au petit jeu de sa sœur aurait au moins le mérite de détourner son attention. Elle avait compris depuis bien longtemps que lui laisser croire qu'elle avait remporté une petite victoire était le meilleur moyen d'avoir la paix.

Alors, à quoi ressemblait l'homme idéal ?

Grand et musclé, mais sans excès, il avait un côté protecteur. C'était quelqu'un sur qui l'on pouvait compter. Plutôt un brun. Oui, très brun, avec des yeux bleus. L'image de Ben McMahon apparut à son esprit. Grand, beau, et de toute évidence intelligent... Et avec en prime de l'humour et du charme. En effet, il était l'homme parfait !

— Alors, c'est qui ? reprit Juliet. Tu dois penser à quelqu'un, tu es en train de rêvasser...

— Je ne sais pas s'il est l'homme idéal... En réalité, il me paraît trop bien pour être réel.

— Ça commence plutôt bien. De qui s'agit-il ?

— Ben McMahon.

— Bonne pioche..., commenta Juliet en souriant. Séduisant en diable, sexy et célibataire.

— Célibataire ? répéta Maggie, surprise. Je me doutais bien qu'il y aurait quelque chose qui n'irait pas. Allez, dis-moi tout.

— Comment ça ?

— Il est gay, c'est ça ?

Sa remarque fit rire sa sœur.

— Pas que je sache. En réalité, à en croire la rumeur, c'est même tout l'inverse. Mais pourquoi ne t'en assures-tu pas toi-même ?

— Et comment ?

— Propose-lui de sortir avec toi !

— Une minute, Juliet. Je croyais que c'était toi qui devais tout organiser !

— Il n'était pas sur ma liste, mais je suis sûre qu'on peut

trouver une solution. Pourquoi n'essaies-tu pas de flirter avec lui lors de mon prochain rendez-vous ? Nous verrons bien si tu l'intéresses.

La simple idée de flirter avec Ben la remplissait de confusion. Pourrait-elle agir ainsi sans se couvrir de ridicule ?

— Tu es sûre qu'il n'est pas marié ? insista-t-elle. Ce serait vraiment trop humiliant de le draguer pour m'apercevoir ensuite qu'il vit avec une autre femme !

— Crois-moi, il est célibataire et hétéro, répéta Juliet. On le voit souvent dans les pages mondaines des magazines, toujours accompagné d'une femme différente. Et je ne crois pas que ce soit juste pour la façade. C'est vraiment un homme à femmes. Comme les journalistes l'appellent souvent « le célibataire de l'année », j'en déduis donc qu'il n'est pas marié.

— Pourquoi les magazines publient-ils sa photo ?

— Son père est propriétaire d'une maison d'édition et sa mère dirige la fondation McMahon. Tu as sans doute entendu parler d'eux, même à Sydney, non ?

— Il est un de ces McMahon ?

Juliet acquiesça et Maggie sentit ses maigres espoirs s'envoler. Comment pourrait-elle flirter avec Ben après avoir appris cela ? Les femmes devaient se jeter à son cou à la moindre opportunité, et pour rien au monde elle ne voulait qu'il la classe dans la catégorie des aventurières !

— Dans ce cas, je ne suis pas sûre..., reprit-elle. Nous ne sommes pas du tout du même milieu.

— Ne sois pas ridicule et arrête de réfléchir et de tout analyser. Tu es une femme très bien, ne te sous-estime donc pas. De toute façon, je te demande juste de flirter avec lui, pas de lui demander de t'épouser !

Maggie acquiesça pour avoir la paix, mais ses doutes ne disparurent pas pour autant. Il y avait une différence entre apprécier un bel homme lorsqu'on en croisait un, et essayer d'attirer son attention. Elle ne voulait pas particulièrement passer le reste de ses jours toute seule, et aurait volontiers refait sa vie avec un homme qui puisse la rendre heureuse, mais elle doutait fort que Ben McMahon détienne la clé de son bonheur.

« Qu'en sais-tu ? lui demanda son bon sens. Après tout, tu n'as rien à perdre, alors pourquoi hésiter ? Et c'est le meilleur moyen pour calmer ta sœur qui, sinon, va vouloir te présenter tous les célibataires de Melbourne ! »

Ce dernier argument acheva de la convaincre.

Le lendemain matin, Maggie examina un moment son *vanity case* avant d'opter pour un maquillage léger. Son but avoué était juste de montrer à sa sœur qu'elle faisait un effort, afin d'avoir la paix, mais elle avait très envie aussi de savoir si elle pouvait toujours attirer l'attention d'un homme aussi séduisant que Ben McMahon. Son ego avait bien besoin d'un petit encouragement de temps en temps !

Après avoir longuement hésité, elle mit ses jolis sous-vêtements de soie, achetés sur un coup de tête l'année précédente. Puis arriva le moment de choisir sa tenue. Une robe lui parut trop élégante pour un simple rendez-vous chez un médecin. Un jean ? Trop décontracté... En revanche, sa jupe droite de coton bleu marine était assez jolie.

Elle enfila ensuite un T-shirt blanc qui apportait une petite touche estivale et mettait sa poitrine en valeur. Contrairement à la plupart des femmes de son âge, Maggie se trouvait trop maigre. Si ses amies lui enviaient sa silhouette, elle, de son côté, aurait bien aimé avoir leurs poitrines généreuses !

Un dernier coup d'œil dans le miroir la rassura. La jeune femme qui lui souriait était prête à sortir.

— Que penses-tu de ça ?

Maggie se pencha vers le magazine que sa sœur lui tendait, ouvert sur une photo de Pamela Anderson. Elle savait que Juliet avait raflé les gènes les plus excentriques de la famille, mais il y avait tout de même des limites à tout !

— Tu n'es pas sérieuse ! Je croyais que tu voulais retrouver la silhouette que tu avais avant ton opération ?

— Oui, tu as raison, il ne faut pas exagérer. Je vais plutôt choisir les seins de Kate Winslet.

— Hum...

— Quoi ?

— Je n'avais pas compris que quand tu disais « avant » ton opération, tu voulais dire à l'âge de vingt ans !

— Tu penses que ces seins sont trop bien pour moi ?

— Pas du tout, juste qu'ils ne ressemblent pas à ceux d'une femme qui a eu deux enfants et qui va vers ses quarante ans.

Juliet examina la photo d'un air perplexe.

— Pourtant, elle a eu deux enfants, elle aussi... Tu crois que c'est juste l'angle de la prise de vue, ou son soutien-gorge ?

— Ou peut-être le travail d'un bon chirurgien...

— Alors où est le problème ? Je veux des seins comme ceux-là, surtout s'ils ont l'air naturel alors qu'ils ne le sont pas ! Quel intérêt de se faire opérer si c'est pour se retrouver avec une poitrine en gant de toilette ?

Maggie jeta un œil discret à sa propre poitrine, bien trop plate à son goût. Mais elle ne comptait pas en changer ; cependant le raisonnement de sa sœur n'était pas idiot.

— Effectivement, puisque tu vas te faire opérer, autant choisir les seins que tu veux.

Ben McMahon ouvrit à ce moment-là la porte de son bureau et Maggie sentit son cœur s'affoler. Il portait une chemise blanche au col ouvert. Elle avala péniblement sa salive.

— Bonjour ! dit-il. Entrez donc, Juliet. Vous semblez de bonne humeur ce matin.

— Oui, je montrais justement à ma sœur les seins que je désire. Vous vous souvenez de Maggie, n'est-ce pas ?

— Bien sûr ! Comment allez-vous ? Vous jouez le rôle de conseillère ?

Il la regarda droit dans les yeux et son sourire ravageur la fit fondre intérieurement.

Je n'y arriverai jamais ! songea-t-elle en sentant ses genoux se liquéfier.

— Il faut bien que quelqu'un empêche Juliet de se retrouver avec la poitrine de Pamela Anderson, répliqua-t-elle.

— Ah ? C'était une option ?

— Oui, mais j'ai mis mon veto.

En riant, Ben les fit entrer dans son bureau où il les pria de s'installer dans les deux confortables fauteuils qui faisaient face à sa table de travail. Juliet posa son magazine devant lui.

— J'aimerais ressembler à Kate Winslet, c'est possible ?

Ben prit le magazine et observa la photo.

— Kate Winslet… Qu'en pensez-vous, Maggie ?

— Cela me paraît plus raisonnable que Pamela.

— Cela aurait pourtant été amusant d'avoir ses seins, protesta Juliet.

— Je suis sûr que vous ne trouveriez pas ça amusant très longtemps, répondit Ben plus sérieusement. Une poitrine trop grosse finirait par vous donner mal au dos.

— Oh, Mag, tu es une grande sœur tellement raisonnable ! s'exclama Juliet.

— Sois gentille avec moi, ou je demande au Dr McMahon de te faire la version gant de toilette de Kate Winslet…

Ben éclata de rire, et Maggie se sentit rougir de plaisir. Il la trouvait drôle ? Depuis qu'il les avait fait entrer, elle se sentait pourtant empruntée, telle une adolescente lors de son premier rendez-vous amoureux…

— Je vous rassure, je ne fais pas de gants de toilette, et je ne vous donnerai pas non plus la poitrine de Pamela Anderson. Aucune de ces deux versions ne serait bonne pour ma réputation !

Son commentaire la surprit. Ainsi, tous les hommes ne craquaient pas sur une poitrine monumentale ? Elle l'aurait pourtant imaginé préférant le genre pin-up californienne, blonde aux yeux bleus, avec des dents d'un blanc éclatant et des seins comme des obus…

« En quoi son type de femme te concerne-t-il ? De toute façon, je doute qu'il aime les femmes grandes et maigres avec une bosse sur le nez ! Cette histoire de flirt est en train de te tourner la tête… »

Heureusement, Ben discutait avec Juliet, ce qui lui laissa le temps de recouvrer son calme.

— Je pense qu'un bonnet C vous irait parfaitement, déclara-t-il.

À condition bien sûr que l'extenseur de tissu de peau puisse être assez gonflé pendant les prochaines semaines pour me permettre de poser un tel implant. Avez-vous ressenti des douleurs, ou avez-vous observé des rougeurs durant ces derniers jours ?

— Non, tout me paraît normal.

— Très bien. Si vous êtes prête, je vais vous examiner. Passez derrière le paravent pour enlever votre chemisier, et allongez-vous sur la table d'examen.

Juliet s'éclipsa derrière l'écran pendant que Ben se lavait les mains et enfilait une paire de gants en latex. Puis il disparut à son tour derrière le paravent, mais sa voix lui parvint.

— En effet, tout semble parfaitement normal, déclara-t-il. Je vais injecter environ quatre-vingt-dix millilitres de solution saline dans l'extenseur pour le gonfler. Rappelez-vous que le processus durera de six à huit semaines avant que je puisse remplacer l'extenseur par des implants. Cela dépendra de la facilité avec laquelle votre peau va s'étirer.

Maggie profita de ce qu'il auscultait sa sœur pour examiner son cabinet. Il y avait plusieurs belles photos d'Afrique dans la salle d'attente, et également dans son bureau. La jeune femme les observa dans l'espoir de découvrir quelque chose sur sa vie, mais les photos ne lui apprirent rien, sinon qu'il semblait s'intéresser à l'Afrique.

— Je vais commencer par le côté gauche, reprit le chirurgien. Cela ne vous fera pas mal ; il n'y a aucune terminaison nerveuse et vous ne devez rien sentir. La solution saline va directement dans l'extenseur par la valve. Cela vous démangera peut-être un peu, mais rien de plus...

Maggie observa la bibliothèque qui couvrait un des murs. Il y avait de nombreux livres et quelques statues africaines, mais aucune photo personnelle. Aucune photo d'une ex-épouse ou d'une fiancée... Juliet avait donc raison ? Ben était vraiment célibataire ?

— Voilà, j'ai presque terminé, poursuivit-il. Ça va peut-être être un peu inconfortable durant les prochaines vingt-quatre heures, le temps que les muscles s'étendent. Vous pouvez prendre un analgésique léger en cas de besoin.

Maggie l'entendit retirer ses gants de latex puis il ressortit de derrière le paravent.

— Comptez-vous rester pour aider votre sœur ? lui demanda-t-il. Je préférerais qu'elle ne conduise pas, qu'elle ne lève pas les bras et qu'elle ne porte rien de lourd pendant une journée, juste pour lui éviter d'avoir mal.

— Ne vous inquiétez pas, je resterai aussi longtemps qu'il le faudra.

— Parfait, répondit-il alors que Juliet les rejoignait. Je vous revois toutes les deux vendredi prochain.

Ben leur ouvrit la porte et les salua, les laissant aller seules à la réception pour confirmer le rendez-vous avec sa secrétaire.

— Tu as vu, Mag, ce n'était pas si difficile, n'est-ce pas ? murmura Juliet. On dirait qu'il tient à te revoir en tout cas. Il a bien dit qu'il nous attendait toutes les deux la prochaine fois !

— Je suis sûre qu'il se montrait juste poli.

— On verra...

À en croire son sourire en coin, Juliet aurait volontiers développé son opinion sur la situation. Heureusement, elle ne tenait apparemment pas à la partager avec les patients qui attendaient dans la salle d'attente, et Maggie en fut soulagée.

Qu'il l'inclût dans le prochain rendez-vous de Juliet ne signifiait pas pour autant qu'il tenait particulièrement à la revoir...

Malgré tout, Maggie ne cessa de penser à ces derniers mots pendant tout le reste de la journée, et il lui fut difficile de contenir son excitation à la perspective de le revoir prochainement.

3

Il y avait beaucoup de monde à Hawthorn, ce samedi matin, et Maggie était un peu énervée en tournant sur Glenferrie Oval à la recherche d'une place de parking. C'était la première séance d'entraînement de foot de son neveu Edward et elle avait proposé de l'accompagner, car Juliet ressentait toujours une gêne à bouger les bras après son rendez-vous de la veille avec le chirurgien.

Il y avait des dizaines de gamins de six ans qui couraient dans tous les sens sur le terrain de sport, et des ballons volaient dans les airs dans toutes les directions.

— Tu ne peux pas t'arrêter, tante Maggie ? demanda Edward qui trépignait d'impatience. Mes copains sont déjà en train de s'échauffer.

— Quels copains ?

— Jake et Rory.

Il désigna un groupe d'enfants qui portaient tous la tenue marron et jaune de l'équipe locale de football. Maggie fut incapable de localiser ceux qu'il lui montrait, mais Juliet lui avait parlé d'une de ses amies, Anna, qui avait un fils prénommé Jake. Il s'agissait sans doute du copain d'Eddy.

Le terrain était entouré d'une barrière et les enfants ne semblaient courir aucun risque.

— D'accord, dit-elle. J'irai dans la tribune quand j'aurai garé la voiture, et tu m'y retrouveras après l'entraînement.

Elle avait à peine fini de parler qu'Edward sortit du véhicule tel un boulet de canon.

Un moment plus tard, une fois garée, elle s'installa à la première rangée de gradins pour profiter du beau soleil d'automne.

— Bonjour, Maggie.

La voix familière fit bondir son cœur dans sa poitrine.

— Ben ! Que faites-vous ici ?

— Je suis venu conduire mon neveu. Et vous ?

— Moi aussi. Le fils de Juliet.

— Allez-vous rester tout le temps de l'entraînement ? Je peux vous apporter un café si vous voulez ; j'allais justement en chercher un pour moi.

Il comptait lui tenir compagnie pendant la séance d'entraînement ? Rien n'aurait pu lui faire plus plaisir !

— Avec plaisir, répondit-elle.

— Capuccino ? Au lait ? Noir ?

— Pensez-vous qu'ils auraient du chocolat ?

— Je vais voir ce que je peux faire...

Avant de s'éloigner, il lui adressa un sourire irrésistible qui la fit frissonner. Cet homme était beau à damner une sainte, et rien n'aurait pu lui faire soupçonner le matin même qu'elle allait assister à l'entraînement d'Eddy en compagnie du séduisant chirurgien de sa sœur ! Les manigances de cette dernière lui revinrent à l'esprit. Pouvait-on qualifier une rencontre sur un terrain de football de rendez-vous galant ? Sans doute pas, mais pourquoi ne pas profiter de cette coïncidence pour flirter un peu avec cet homme dont la simple vue lui donnait des bouffées de chaleur ?

— Un chocolat chaud pour ma gente dame !

Oui, de vraies bouffées de chaleur, songea-t-elle lorsqu'il lui adressa un autre de ses sourires ravageurs.

— Mmm ! Merci.

— Et comme je n'ai rien avalé ce matin, je nous ai aussi pris des muffins aux airelles, ajouta-t-il.

— Vous, vous savez parler aux femmes !

Ben éclata de rire tout en lui tendant sa tasse. Leurs doigts s'effleurèrent et elle faillit laisser échapper le gobelet. D'une main tremblante, elle ôta le couvercle en plastique et huma le délicieux breuvage en essayant de cacher son trouble. Ben, lui, semblait parfaitement à l'aise, et il attaquait déjà son gâteau.

— Lequel est votre neveu ? s'enquit-il.

Maggie plissa les yeux en scrutant le terrain de jeu. La journée avait commencé dans la grisaille et elle avait laissé ses lunettes de soleil dans sa voiture, oubliant que le temps pouvait changer très vite à Melbourne.

— Le soleil vous gêne ? demanda Ben. Voulez-vous que nous allions à l'ombre ?

— Non, j'aime beaucoup le soleil, mais pour être tout à fait honnête, je trouve les matinées trop fraîches à Melbourne. J'ai besoin de plus de chaleur pour me réveiller tout à fait.

— Vous n'êtes pas d'ici ?

— Non, je vis à Sydney. Je suis venue aider ma sœur pendant son opération.

— Et où avez-vous grandi ?

— À Sydney. Juliet s'est installée ici avec son ex-mari, qui travaille dans la marine, et elle y est restée après son divorce. C'était plus facile pour leurs enfants.

— Combien de temps pensez-vous rester ?

Décidément, il avait beaucoup de questions à son sujet et sa curiosité ne pouvait la flatter davantage.

— J'ai pris un congé illimité et je ne repartirai que lorsque Juliet aura complètement récupéré. Cela dépend donc un peu de vous.

— Dans ce cas, je crois que je ne vais pas me presser… Pour vous laisser le temps d'apprécier notre hospitalité, ajouta-t-il avec un sourire plus brillant que le soleil au-dessus de leurs têtes.

Maggie n'en croyait pas ses oreilles. Était-il en train de lui faire la cour ? Se pouvait-il que son commentaire à la fin du dernier rendez-vous à son cabinet n'ait pas été une simple formule de politesse ? Il reprit la parole sans lui laisser le temps de déterminer si elle était vraiment folle ou si cet Apollon la draguait vraiment.

— À ce sujet, comment va votre sœur ?

— Elle a de légères douleurs aujourd'hui, comme si elle avait trop forcé à la gym. Je suppose qu'il s'agit de courbatures.

— Elle n'a aucun autre effet secondaire ?

— Non, pas vraiment. Je craignais qu'elle soit fatiguée après son opération et son arrêt cardiaque, mais elle semble avoir encore plus d'énergie que d'habitude. Elle veut absolument profiter de chaque instant. C'était déjà son état d'esprit lorsqu'elle a terminé sa chimiothérapie, après la mastectomie, et c'est encore plus flagrant maintenant. Elle serait venue avec moi ce matin s'il ne lui avait pas fallu accompagner sa fille à sa leçon de danse.

Comme Ben ouvrait la bouche pour parler, elle l'interrompit d'un geste, devinant ce qu'il allait dire.

— Ne vous inquiétez pas, elles n'ont pas pris la voiture. L'école est à cinq minutes à pied de la maison.

— Bien. Juliet ne vous a pas paru choquée par l'incident en salle d'opération ?

— Non, elle a pris ça de manière très calme, compte tenu des circonstances.

— Quelles circonstances ? reprit-il, intrigué.

— Elle a entendu la voix de mon mari.

Son mari ? Ben baissa aussitôt les yeux vers les mains de Maggie et il remarqua enfin son alliance, qu'elle portait au même doigt qu'une jolie bague ancienne. Comment avait-il pu être assez bête pour ne pas la voir plus tôt ? Il eut besoin d'un instant pour reprendre contenance.

— Votre mari ? Et comment aurait-elle pu l'entendre ?

— Il est mort il y a dix ans, répliqua Maggie.

Ainsi elle était veuve ? Peut-être remariée ? Les questions se bousculaient dans son esprit. Autant il n'avait rien contre une liaison avec une jolie célibataire, autant il considérait les femmes mariées comme un domaine interdit. Mais depuis quand voyait-il Maggie comme une possible conquête ?

Il connaissait la réponse à cette dernière question. Depuis la veille, quand il avait passé un long moment à rêvasser à son propos au lieu d'écrire le compte rendu d'opération de sa sœur.

À sa décharge, le chirurgien esthétique qu'il était devait

reconnaître qu'elle était une femme remarquable. Il avait l'habitude de remarquer la structure d'un visage, et le sien était parfait : ovale, avec un maxillaire bien dessiné et des pommettes hautes. Ce nez qui la complexait était en réalité très beau, légèrement busqué sans doute, mais parfaitement en harmonie avec ses autres traits. Sa bouche, plus grande que ne le voulait la mode, et ses immenses yeux bleus frangés de longs cils achevaient de lui donner une physionomie tout à fait personnelle et intéressante.

C'était un beau visage, plein de caractère et d'originalité, bien éloigné de ceux des mannequins qu'il avait toujours trouvés insipides. Un vrai visage de femme et non de poupée. Il n'avait pas menti en disant qu'il ne voulait rien y retoucher.

Mais, surtout, il était sensible à son charme. Elle dégageait une séduction indicible, une féminité et une classe qu'il avait rarement rencontrées. Il l'imaginait en salle d'opération, avec un masque chirurgical ne laissant voir que ses magnifiques yeux, infiniment séductrice... Comment ses collègues parvenaient-ils à se concentrer sur leur travail en sa présence ?

Cette question le ramena à leur conversation, et il se rappela soudain l'opération de Juliet.

— Votre mari s'appelait-il Steven ?

— Oui, répondit-elle, étonnée. Comment le savez-vous ?

— Lorsque nous avons ranimé votre sœur, je lui ai demandé si elle m'entendait, et elle m'a appelé Steven. Je pensais qu'elle s'adressait à moi...

— Non, elle pensait parler à mon mari.

— Vous êtes infirmière dans un bloc opératoire, n'est-ce pas ? Croyez-vous qu'il y ait une part de vérité dans ces récits de « mort momentanée » ?

— J'ai entendu trop d'histoires à ce sujet pour en douter.

— Vraiment ? Vous avez connu des patients qui ont vécu ce genre d'expérience ?

— Oui, trois ou quatre. Et ils disent tous la même chose. La lumière, l'impression de sérénité, les voix des défunts qu'ils ont aimés...

— Qu'en pensez-vous ?

— Je me suis souvent interrogée à ce sujet, répondit-elle en haussant les épaules. Les neurologues parlent d'une réaction chimique, de décharges synaptiques qui précèdent la mort finale. Pourtant, à ma connaissance, les gens qui ont vécu cela n'entendent parler que des morts, pas des vivants. Comment savoir la vérité ? Juliet a peut-être confondu la voix de Steven avec celle d'un membre de votre équipe, ou de vous-même. Vous souvenez-vous de ce que vous lui avez dit ?

— Pas précisément, répondit-il, perplexe. En réalité, c'était un peu la panique en salle d'opération. Je suppose que je lui ai dit de s'accrocher et de rester avec nous... C'est la première fois que j'ai un patient qui fait un arrêt cardiaque en pleine intervention, et je vous assure que je n'en menais pas large ! Je tenais avant tout à la ranimer.

— Je vous suis très reconnaissante d'y être parvenu. Je n'aurais pas supporté de la perdre. Quant à ces expériences de mort momentanée, j'aime à croire qu'elles sont réelles.

— Pensez-vous que ceux que nous avons aimés nous attendent pour nous guider vers le paradis ?

Elle secoua la tête et ses cheveux sombres brillèrent au soleil. Son regard glissa pensivement sur les enfants qui s'entraînaient sur le terrain de sport.

— Je ne sais pas si le paradis existe, reprit-elle, mais je crois qu'une autre vie nous attend après celle-ci, sans doute très différente de ce que nous pouvons imaginer. J'ai besoin de croire qu'il y a quelque chose, même si ce n'est qu'un endroit où les âmes peuvent se retrouver. Évidemment, ce n'est qu'une croyance sans fondement, et même l'expérience de ma sœur ne la confirme en rien.

— C'est pourtant une idée agréable de penser que nous retrouverons dans l'au-delà ceux qui ont compté dans notre vie...

— Oui, c'est vrai.

Leurs regards se croisèrent et ils restèrent silencieux.

Comme ses yeux étaient bleus ! songea-t-il. Son visage expressif frémissait de vie et d'intelligence. Aucun artiste n'aurait pu fixer le charme et la séduction qui en émanaient, impalpables comme un rayonnement invisible et pourtant bien réel.

— Merci de m'avoir écoutée.

Sa voix le tira de sa rêverie et il ressentit une brusque bouffée de désir quand elle posa une main sur son bras.

Maggie était vraiment une femme incroyablement attirante. Il en connaissait certes un certain nombre qui étaient physiquement plus parfaites, mais aucune ne possédait cette lumière intérieure qui exerçait sur lui la même attraction que la flamme d'une torche sur un papillon de nuit.

Il devait y avoir une raison scientifique à un tel phénomène, se dit-il, tout comme les témoignages de mort momentanée pouvaient s'expliquer par de simples décharges neuronales. Il s'agissait sans doute de phéromones, d'ions, de molécules quelconques qui agissaient sur son système nerveux.

Et, pour la première fois, il était le témoin direct de ce phénomène.

— Oncle Ben !

La voix le ramena brutalement sur terre. Son neveu se tenait devant eux et brandissait un brassard jaune. L'entraînement était terminé.

— Rory ! Tu as bien joué ?

— Rory est votre neveu ? demanda Maggie. Pourquoi ne m'en avez-vous rien dit ? Il est le meilleur copain de mon neveu Edward...

— Je l'ignorais... Ma sœur, Gabby, m'a adressé Juliet, mais je ne savais pas que leurs enfants étaient amis. C'est peut-être par l'école qu'elles se sont rencontrées ?

Il hésita une seconde. Cette information lui donnait-elle le droit de franchir un pas supplémentaire ? Après tout, pourquoi pas ?

— Nous allons boire un milk-shake, voulez-vous vous joindre à nous ? ajouta-t-il.

— Ça aurait été avec plaisir, mais j'ai promis à Juliet de passer la chercher après la leçon de danse de Kate. Nous devons partir...

— Alors peut-être la semaine prochaine ?

— Accompagnerez-vous Rory au foot ?

— Sûrement. Ma sœur et son mari voyagent beaucoup pour leur travail et j'aime bien m'occuper de lui quand je le peux. On s'entend très bien tous les deux.

— Alors à samedi prochain.

Il fut touché par son sourire. Se pouvait-il que le revoir la semaine suivante lui fasse vraiment plaisir ? Il se surprit à sourire à son tour, tel un adolescent, alors qu'elle s'éloignait dans la foule, mince et gracieuse dans son vieux jean qui moulait ses jambes interminables.

Cette femme l'intriguait, et cela faisait bien longtemps que cela ne lui était pas arrivé.

Tout en préparant le déjeuner, Maggie écoutait Edward raconter sa matinée d'entraînement à Juliet. Il ne mentionna pas Ben, mais pourquoi l'aurait-il fait ? Son seul intérêt était le football.

— Était-ce aussi amusant que le dit mon fils ? lui demanda sa sœur en la rejoignant dans la cuisine. Cela ne t'a pas paru trop long ?

— Pas du tout. En fait, le temps a passé très vite.

— Vraiment ? Qu'as-tu donc fait pendant ces deux heures ?

— J'ai discuté avec Ben McMahon.

Juliet laissa échapper une exclamation étranglée.

— Comment ? Il était là et tu ne m'as rien dit ? De quoi avez-vous parlé ?

De mon défunt mari, songea Maggie. Juliet aurait fait une attaque si elle lui avait dit que la mort et l'au-delà avaient été leur principal sujet de conversation ! Et elle aurait eu du mal à comprendre que Maggie s'était sentie très à l'aise pour en discuter avec Ben, et que cela ne lui avait pas du tout semblé macabre de lui parler de Steven ou de la vie après la mort. Ces thèmes étaient certainement tabous dans l'art de flirter...

— De tout et de rien... Ben m'a dit que les parents de Rory étaient en voyage. À cause de leur travail, je crois...

— Ah oui, ils dirigent une galerie très intéressante spécialisée dans l'art indigène. Ils voyagent effectivement beaucoup. Tu devrais demander à Ben de te la faire visiter...

— Je suis sûre qu'il a mieux à faire.

— Comment peux-tu le savoir si tu ne lui poses pas la question ?

Maggie haussa les épaules et changea de sujet de conversation sans mentionner leur rendez-vous du samedi suivant. C'était son secret, et elle savait que le partager, même avec sa propre sœur, le rendrait moins précieux.

La semaine suivante s'écoula sans anicroche. Maggie, dont les enfants étaient grands et indépendants, avait oublié le travail que nécessitait une maisonnée comme celle de sa sœur. Entre ménage, lessives, repassage, courses, cuisine et les innombrables tours en voiture pour accompagner les uns et les autres à leurs différentes activités quotidiennes, les journées passèrent à toute vitesse.

Son emploi du temps bien rempli lui laissa quand même le loisir de penser à Ben. L'attirance que cet homme lui inspirait l'effrayait quelque peu. Comment un quasi-inconnu pouvait-il lui faire une telle impression ?

— Vous m'avez manqué hier, au rendez-vous de Juliet...

Maggie, qui venait d'envoyer Edward rejoindre son équipe de football, se tenait dans les gradins, et la voix de Ben lui coupa la respiration une fraction de seconde.

Il ne s'était pas rasé ce matin, et l'ombre sur sa mâchoire carrée accentuait encore son charme viril. Il était à tomber à la renverse !

Armé d'un sourire assez torride pour faire fondre le pôle Nord, il lui tendit une tasse.

— Un chocolat chaud pour vous..., ajouta-t-il.

— Merci. Je n'ai pas pu l'accompagner hier car je devais la remplacer au conseil de classe de ma nièce.

— Oui, elle me l'a expliqué, répondit Ben en s'asseyant près d'elle. Elle m'a aussi dit que l'entraînement de samedi dernier vous avait tellement plu que vous vouliez assister à celui d'aujourd'hui.

Ainsi, il avait demandé de ses nouvelles ? Pourquoi Juliet n'en avait-elle rien dit ? Maggie n'en était pas moins délicieusement excitée, et sentit le rouge lui monter aux joues. Pour éviter de croiser le regard de Ben et ne pas lui laisser voir son embarras, elle détourna la tête et fit semblant de s'intéresser au jeu qui se déroulait sur le terrain.

— Que vous a-t-elle dit d'autre ? reprit-elle.

— Que vous n'aviez pas besoin de vous dépêcher après la séance d'aujourd'hui, ce qui veut dire que vous et Edward pourrez vous joindre à nous pour boire un milk-shake. Vous voyez, je n'ai pas oublié !

— Moi non plus, répondit-elle, ravie.

— Votre sœur est-elle là ce matin ?

— Non, elle trouvait qu'il faisait trop froid et a préféré rester à la maison.

Maggie se demanda soudain si Juliet n'avait pas utilisé le temps comme prétexte pour la laisser seule en compagnie de Ben. La connaissant, cela ne l'aurait pas étonnée du tout !

Mais avoir Ben pour elle toute seule lui faisait infiniment plaisir, et elle se promit de parler de choses plus gaies que la semaine précédente. Cette fois, pas question de discuter de mari défunt ou de macabres histoires d'hôpitaux !

Elle allait lui demander comment s'était déroulée sa semaine lorsque son téléphone portable sonna. Elle s'excusa avant de répondre.

Ben profita de l'interruption pour l'observer. Il n'avait pas été surpris d'apprendre que Maggie avait apprécié leur rencontre du samedi précédent. Sans fausse modestie, il se savait de bonne compagnie. En revanche, il avait été étonné du plaisir que cette information lui avait procuré. Et encore plus de la hâte avec laquelle il avait attendu la séance d'entraînement de Rory !

— Tout va bien ? s'enquit-il lorsqu'elle raccrocha.

— Oui, c'était ma fille, Sophie.

— Votre fille ? Qui s'en occupe pendant votre absence ?

Sa question la fit rire.

— Mes enfants se débrouillent très bien sans moi, répliqua-t-elle.

— Vous en avez plusieurs ? Et ils sont seuls ?

Sa confusion semblait beaucoup l'amuser.

— Sophie a vingt et un ans, et James dix-neuf.

— Ah... Ce sont les enfants de votre nouveau mari ?

— De mon nouveau mari ?

Comme elle le contemplait sans comprendre, il ajouta :

— Oui. Comme vous portez une alliance, j'en déduis que vous êtes remariée.

— Non, pas du tout.

Elle détourna les yeux et tripota son alliance d'un air absent. Ben aurait voulu en savoir plus, mais son attitude l'intimidait et il préféra l'interroger sur ses enfants. D'après son expérience, les mères adoraient parler de leurs enfants...

— Que font-ils ? Ils travaillent, ils sont étudiants ?

— James est en première année d'école vétérinaire et Sophie... Oh, non !

Ben suivit son regard et vit le groupe d'Edward qui s'entraînait juste devant eux. Ce dernier venait de se jeter à terre pour rattraper le ballon. Mais il avait plu la nuit précédente et le terrain était mouillé. Le garçon ne put arrêter sa glissade et Ben le vit foncer tête la première vers la barrière qui bordait le terrain. Puis, comme dans un film au ralenti, son crâne se cogna sur le montant métallique, et son cuir chevelu se fendit. Le sang se mit aussitôt à couler abondamment de la plaie.

Alors que Maggie restait pétrifiée, Ben dévala les marches des gradins, sauta la barrière d'un bond et s'agenouilla près du petit garçon. Celui-ci s'était assis dans l'herbe et il contemplait ébahi le sang qui maculait ses mains.

Ben lui écarta les cheveux pour examiner les dégâts. Il avait une méchante plaie de plusieurs centimètres qui lui barrait le front. Sortant un mouchoir propre de sa poche, Ben l'appliqua sur la blessure, puis tourna la tête pour chercher de l'aide.

Maggie se tenait derrière lui, toujours en état de choc.

— Maggie ? Maggie ! répéta-t-il plus fort comme elle restait silencieuse. Trouvez-moi la trousse de premiers secours.

Mais la jeune femme le regardait toujours d'un air totalement absent. Plusieurs autres parents les avaient rejoints, et l'un d'eux répondit à sa demande.

— Je vais la chercher aux vestiaires, déclara-t-il avant de partir en courant.

Ben reporta son attention sur Edward. Il s'occuperait de Maggie plus tard.

— Eddy, regarde-moi.

Le garçon leva les yeux vers lui, et Ben les lui examina pour s'assurer que les pupilles avaient la même taille.

— Sais-tu où tu es ?

— À l'entraînement de foot, pourquoi ?

— J'ai la trousse de premiers secours ! Laissez-moi passer...

Quelqu'un traversa la horde d'enfants qui s'agglutinaient autour d'eux, complètement fascinés par ce spectacle.

— C'est moins grave qu'il y paraît, déclara Ben. Donnez-moi la trousse, je suis médecin. Pouvez-vous aussi me trouver une couverture ?

— Oui, docteur, j'y vais...

L'entraîneur, rassuré de savoir Edward entre de bonnes mains, ordonna à ses élèves de retourner à leur entraînement.

— Est-il accompagné d'un de ses parents ? demanda-t-il.

— Voici sa tante, dit Ben en désignant Maggie du menton. Pouvez-vous lui demander de m'aider ? Elle est infirmière...

L'entraîneur, qui ne parut pas trouver étrange que Ben ne s'adresse pas directement à elle, la secoua par le bras.

— Madame ? Vous êtes la tante d'Eddy ?

Le geste la tira de sa léthargie et elle parut découvrir cet homme qui l'interrogeait.

— Oui, c'est mon neveu.

— Le médecin a besoin de vous. Vous êtes infirmière ?

L'entraîneur semblait dubitatif. Il avait noté son état et il se demandait sûrement comment elle pourrait aider qui que ce soit. Paraissant se ressaisir brusquement, Maggie s'agenouilla près de Ben.

— Ça va ? murmura-t-il.

— Oui, dit-elle en fouillant la trousse de premiers secours.

Elle sortit un paquet de compresses stériles, une bouteille de désinfectant et les lui tendit d'une main tremblante. Ben nettoya la plaie sans cesser de se demander ce qui avait pu lui arriver. L'accident était trop mineur pour la perturber à ce point. Heureusement, elle paraissait avoir repris le dessus et suivait ses instructions au fur et à mesure qu'il les donnait.

Quelqu'un lui tendit une couverture dont elle recouvrit son neveu. Rory, qui ne les avait pas quittés, contemplait la scène avec inquiétude. Une énorme bosse déformait maintenant le front de son ami, et l'enflure rendait la plaie encore plus impressionnante.

— Il va bien ? demanda-t-il.

— Oui, il a juste besoin de quelques points de suture, répondit Ben.

— Voulez-vous que j'appelle une ambulance ? demanda l'entraîneur.

— Non, je vais les poser moi-même. Je suis chirurgien et je connais sa mère. Maggie, Juliet ne verra aucun inconvénient à ce que je m'occupe de lui, n'est-ce pas ?

— Non, aucun.

— Alors commençons par poser un pansement sur ce bobo, et, ensuite, nous irons à mon cabinet. Pouvez-vous m'ouvrir un Stéri-Strip, s'il vous plaît ?

Maggie ouvrit une pochette de bande adhésive stérile et la lui passa. Ben l'appliqua sur la plaie de l'enfant pour en rapprocher les bords, avant de la recouvrir d'une compresse. Pendant qu'il la maintenait en place, la jeune femme posa un bandage autour de la tête de son neveu pour tenir l'ensemble.

Ils travaillèrent en parfaite harmonie. Maggie suivait ses instructions sans jamais le gêner, et Edward fut prêt à être transporté en un temps record. Elle rangea alors rapidement le matériel inutilisé dans la trousse de secours, puis enveloppa les déchets dans un gant stérile qu'elle tendit à l'entraîneur. Ses gestes semblaient automatiques, comme si elle n'avait même pas besoin de réfléchir pour savoir quoi faire, et Ben apprécia d'avoir une aide aussi efficace.

En se relevant, elle remarqua Rory, toujours près d'eux.

— Et votre neveu ? s'enquit-elle.

— Il va devoir venir avec nous, répondit Ben.

— Je peux le ramener chez moi avec mon fils si ça vous

arrange, intervint une femme dans l'assistance. Vous pourrez passer le chercher plus tard, j'habite à deux rues de chez Juliet.

Ils reconnurent Anna, la maman de Jake.

— Ce serait très gentil à vous, répondit Ben. Qu'en dis-tu, Rory ? Je viendrai te chercher après avoir raccompagné Eddy chez sa mère.

Rory accepta sans se faire prier et Ben remercia de nouveau Anna pour son aide. Puis il souleva Edward dans ses bras et ils prirent la direction du parking. Maggie en profita pour sortir son téléphone portable et appeler sa sœur en espérant avoir suffisamment recouvré son calme pour ne pas l'affoler.

Elle avait conscience d'avoir complètement cédé à la panique un moment plus tôt. Grâce au ciel, Ben avait pu prendre la situation en main ! Sans lui, elle n'aurait rien pu faire. Elle avait de nombreuses années d'expérience professionnelle, mais son esprit s'était refermé comme une boîte. Une infirmière avait beau devoir affronter les situations d'urgence, Maggie savait qu'elle n'avait jamais été très douée pour cela, surtout si l'urgence comportait une blessure à la tête sur un membre de sa propre famille.

Après tout, elle était infirmière dans un bloc opératoire, dans un service spécialisé en chirurgie orthopédique, et la médecine urgentiste n'était pas du tout son domaine. La présence de Ben avait été une bénédiction et elle avait une vraie dette envers lui désormais.

Une fois au cabinet, Edward se montra d'un calme impressionnant, en grande partie grâce à l'attitude apaisante de Ben. Il resta impassible pendant que ce dernier lui recousait le front avant de refermer la plaie à l'adhésif afin de minimiser la cicatrice. Edward ne broncha même pas lorsqu'il injecta l'anesthésiant.

Pour détourner son attention, Ben ne cessa pas de lui faire la conversation et de lui poser des questions sur l'entraînement et l'école. Maggie fut soulagée de constater que les réponses de son neveu étaient cohérentes et précises. Eddy se rappelait également avoir rattrapé le ballon juste avant l'accident. Il avait certes mal à la tête, mais ses propos restaient parfaitement clairs. Tout indiquait que l'incident avait été bénin.

Juliet les attendait devant la maison lorsqu'ils rentrèrent. Elle se précipita pour embrasser son fils sur la banquette arrière, et Ben l'arrêta en la voyant prête à le porter dans ses bras pour le sortir de l'auto.

— Une minute ! C'est moi qui vais le prendre. Il est trop lourd pour que vous le souleviez.

Il souleva le petit garçon aussi facilement qu'une plume. Maggie les escorta jusqu'à la chambre d'Edward, pendant que Ben racontait l'accident à Juliet et les soins qu'il avait prodigués à son fils.

— Je lui ai fait une petite anesthésie locale et il va sans doute avoir envie de dormir. Laissez-le faire une petite sieste et réveillez-le dans une heure pour vérifier son état. Il n'a pas perdu conscience et est resté lucide, aussi je pense qu'il n'a rien du tout, sinon une grosse bosse et une bonne aventure à raconter à ses copains.

— Merci mille fois ! s'exclama Juliet. Quelle chance que vous ayez été là ! Maggie, tu peux offrir quelque chose à boire ou à manger à Ben pendant que je couche mon fils ?

— Merci, mais je dois aller chercher Rory chez Anna, dit ce dernier.

Bien que déçue par son refus, Maggie le raccompagna jusqu'à sa voiture.

— J'ignore ce que j'aurais fait sans vous, déclara-t-elle. J'ai complètement perdu pied lors de l'accident... Vous avez été parfait, et je ne sais pas comment vous remercier.

— Vous pouvez accepter de dîner avec moi...

— De dîner ? Pourquoi ?

— Parce qu'il faut bien se nourrir et que ce serait une manière agréable de terminer la journée, répliqua-t-il en souriant. Si vous pensez que votre sœur peut se débrouiller sans aide, alors je crois que vous avez bien mérité de sortir ce soir.

— Ce soir ?

— Oui, ce soir. Cela vous pose un problème ?

Ben la contemplait d'un air interrogateur et Maggie fut submergée par la panique. Elle ne se sentait pas prête ! Il lui fallait un minimum de temps pour se préparer psychologiquement à un dîner en tête à tête avec l'homme le plus sexy de toute l'Australie !

— Eh bien... oui, cela me pose un problème, Ben. Ce serait avec plaisir un autre jour, mais ce soir, je préfère rester à la maison avec ma sœur et Eddy.

— Je comprends très bien. Nous trouverons un autre soir.

Sans insister davantage, il la salua puis remonta en voiture. Il avait renoncé bien facilement, songea Maggie qui regrettait déjà. Par pure délicatesse, ou parce qu'il avait une demi-douzaine de compagnes en réserve pour partager son dîner ?

Si l'invitation de Ben était sérieuse, il la renouvellerait plus tard, lui fit observer son bon sens.

Et dans le cas contraire... Eh bien, cela n'aurait alors aucune importance.

Ben ne pouvait contenir sa curiosité. Il avait vu à deux reprises Maggie dans une situation de stress intense. La première fois avait été à la sortie du bloc opératoire à l'hôpital, et la seconde ce matin même. La première crise avait été bien plus sérieuse que la seconde et, pourtant, Maggie y avait fait face avec un calme remarquable. Alors que ce matin...

Pour une infirmière habituée à affronter ce genre de situations très tendues, sa réaction devant une petite blessure sans réelle gravité était incompréhensible. Pourquoi avait-elle ainsi perdu pied ? Qu'est-ce qui avait bien pu la plonger dans cet état de stupeur ?

Ben avait assez d'expérience pour comprendre qu'il avait été témoin d'une réaction post-traumatique. Il brûlait de savoir quel événement du passé de Maggie avait pu la marquer au point de la faire réagir ainsi.

Ce dîner aurait pu être une excellente occasion de l'apprendre. Mais, de toute évidence, il allait devoir s'armer de patience !

4

— Maman ! J'ai mal à la tête...

La voix d'Edward tira Maggie du sommeil. Il faisait encore nuit dehors. Elle avait tenu à veiller son neveu et, enroulée dans un plaid, elle avait fini par s'endormir dans le fauteuil rapporté du salon. Aussitôt en alerte, elle se redressa et se pencha sur l'enfant.

— C'est moi, tante Maggie, dit-elle en lui prenant la main. Que se passe-t-il ?

— Je n'arrive pas à bouger la tête.

Elle alluma aussitôt la lampe de chevet. Eddy avait une mine terrible, avec ses yeux cernés de noir et son énorme pansement sur le front, teinté de Bétadine. Maggie fit le tour du lit et constata qu'il la suivait du regard sans tourner la tête.

— Cela te fait mal de bouger le cou ?

— Non. Il est bloqué et j'ai mal à la tête.

Pouvait-il s'être fracturé ou déplacé une vertèbre lors de son accident ? Maggie fronça les sourcils.

— Montre-moi si tu peux tourner doucement la tête vers la fenêtre, Eddy.

Il se tourna effectivement vers la fenêtre, mais c'est le tronc tout entier depuis la taille qu'il fit pivoter. Il bougeait comme quelqu'un souffrant d'un torticolis, et Maggie se demanda s'il n'avait pas tout simplement dormi dans une mauvaise position car son torse semblait avoir gardé toute sa mobilité ; peut-être souffrait-il de simples spasmes musculaires, ou d'une inflammation des muscles du cou ?

Juliet entra alors dans la chambre, l'air encore endormie.

— Que se passe-t-il ?

— Eddy a le cou raide, et je vérifiais son état. Tu peux aller me chercher une lampe torche, Juliet ? Et toi, Eddy, ouvre et ferme les doigts, s'il te plaît...

Elle constata avec soulagement qu'il gardait toute sa mobilité dans les mains.

— Montre-moi où ta tête te fait mal.

— Ici, dit-il en désignant sa bosse. Là où je me suis cogné.

À cet instant, Juliet revint avec la lampe torche et la lui tendit.

— Tu vois normalement ? reprit Maggie.

— Oui...

— Je vais vérifier tes yeux. Ferme-les tous les deux. Je vais ensuite t'ouvrir les paupières et te diriger la lumière dans les yeux pour voir comment ils réagissent, d'accord ?

Eddy acquiesça et fit ce qu'elle lui demandait. La jeune femme fut soulagée de constater que ses pupilles se contractaient normalement. Sans écarter une blessure au cou, cela indiquait qu'il ne souffrait vraisemblablement pas d'un traumatisme cérébral.

— Tout me semble normal, c'est peut-être juste une douleur musculaire. J'hésite à lui palper le cou car j'ai peur de lui faire mal. Peut-être faudrait-il appeler Ben pour lui demander ce qu'il en pense ?

Juliet, qui cachait son inquiétude pour ne pas affoler son fils, acquiesça vigoureusement. Maggie la laissa avec Eddy pour aller téléphoner dans l'entrée.

— Ben McMahon...

Il avait répondu à la troisième sonnerie et sa voix semblait endormie. Maggie se rendit compte que l'inquiétude lui avait fait oublier l'heure et qu'il devait dormir...

— Ben, pardon de vous réveiller, c'est Maggie. Je suis inquiète pour Edward.

— Que se passe-t-il ?

Sa voix soudain plus alerte montrait qu'il était attentif.

— Il ne peut plus bouger le cou. Je pense que c'est peut-être musculaire, mais je préférerais le faire examiner, par sécurité. Pouvez-vous me dire où je peux l'emmener ?

— Quels sont ses autres symptômes ?

— Il a mal à la tête, à l'endroit du choc. Ses pupilles réagissent normalement à la lumière et il peut bouger normalement les mains, sans perte de sensibilité dans les doigts. Il peut faire pivoter le tronc, mais pas son cou.

— Ne vous inquiétez pas, il est rare d'avoir une fracture vertébrale après un choc sur le front, répondit-il. Pouvez-vous l'emmener à la clinique du sport Hawthorn ? C'est l'endroit le plus proche pour lui faire une radio. Vous pouvez l'accompagner vous-même ; faites juste attention de lui soutenir la tête. Je vous retrouve là-bas.

Elle raccrocha, soulagée qu'un médecin comme Ben ait pris la situation en main.

— Ben nous retrouve à la clinique Hawthorn, annonça-t-elle à Juliet en rentrant dans la chambre d'Edward. Tu sais où c'est ?

Juliet acquiesça. Par chance, Kate avait passé la soirée chez une de ses amies, et elle y était restée dormir. C'était un souci de moins, songea Maggie.

En dix minutes, elles s'étaient habillées toutes les deux, et après avoir calé le cou d'Eddy avec une serviette-éponge roulée en guise de minerve, elles le déposèrent sur la banquette arrière de la voiture. Maggie s'installa près de lui pendant que Juliet prenait le volant.

Ben avait prévenu de leur arrivée, et le radiologue les attendait avec un fauteuil roulant pour l'enfant. Il le conduisit directement en salle de radiologie, accompagné de sa mère, laissant Maggie faire les cent pas dans la salle d'attente.

Ben arriva quelques minutes plus tard, vêtu d'un jean, d'un T-shirt noir et d'un blouson de cuir. Qui pouvait être aussi sexy un dimanche à une heure aussi matinale ? se demanda Maggie. Il avait beau sortir de son lit et ne pas avoir eu le temps de se coiffer, il rayonnait de sensualité et de sex-appeal au lieu d'être bouffi et fripé comme tout un chacun.

Maggie se demanda s'il avait partagé son lit avec une autre femme, et la pointe de jalousie qui la traversa lui fit prudemment repousser cette pensée inopportune. D'ailleurs, quelle importance ? Dès l'instant où leurs regards se rencontrèrent, elle oublia tout le reste. Peu importait avec qui il avait passé la nuit. Il était là, maintenant, avec elle.

— Des nouvelles ? demanda-t-il en la rejoignant.

— Aucune, ils viennent juste de partir en radiologie.

— Je suis sûr qu'il va bien. Il ne présentait aucun symptôme hier.

— Je sais, mais je me sentirai plus tranquille après le résultat des radios. Vous devez me prendre pour une hystérique. D'abord, ma crise de panique hier lors de l'accident, et maintenant, mon angoisse pour une simple raideur du cou...

— Ne vous souciez pas de ça. Après les problèmes de santé de votre sœur, je comprends que vous soyez anxieuse.

— C'est plus compliqué que ça, Ben.

— Vous voulez m'en parler ?

— Oui, si cela vous intéresse de le savoir...

— Bien sûr ! Attendez une seconde.

Ben la quitta pour retourner au bureau de la réception où il discuta un court instant avec la secrétaire puis la rejoignit.

— J'ai donné mon numéro de portable et on m'appellera dès qu'il y aura du nouveau, annonça-t-il. Venez, sortons marcher un peu. Prendre l'air vous fera du bien.

Maggie lui fut reconnaissante de se montrer aussi prévenant. Sans compter qu'il y avait quelques personnes dans la salle d'attente, et qu'elle préférait discuter avec lui sans témoin. Ils sortirent donc de la clinique et se mirent à marcher dans le petit parc qui l'entourait.

— Je ne suis pas si nerveuse d'habitude, commença-t-elle. Vous savez comme moi que notre expérience médicale nous apprend à blinder notre sensibilité. Sauf lorsque quelque chose nous touche personnellement... Steven était policier. Je pensais rarement aux dangers de son métier. Il faut dire que, la plupart du temps, c'est un travail de routine assez ennuyeux. De temps en temps, il se passe quelque chose qui sort de l'ordinaire, quelque chose qui leur fait courir des risques. Mais Steven avait toujours réussi à passer à travers les ennuis sans la moindre égratignure, et au fond, je n'imaginais pas qu'il puisse lui arriver quoi que ce soit...

Le soleil n'était pas encore levé, mais c'était déjà le petit matin, et une brume froide flottait sur les arbres et les buissons, pendant que l'herbe étincelait de rosée. La jeune femme frissonna et serra le col de sa veste autour de son cou.

— Un été, tout a changé, poursuivit-elle. C'étaient les grandes vacances et une vague de chaleur s'était abattue sur Sydney. Les gens étaient irritables, les actes de violence augmentaient... Un jour, une bagarre a éclaté sur la plage entre deux groupes, et on a appelé la police pour ramener l'ordre. La plage faisait partie du territoire couvert par Steven. La situation s'est aggravée très vite. Il y avait des hommes avec des couteaux ; d'autres se sont mis à utiliser comme arme tout ce qui leur tombait sous la main : des planches de bois ou des morceaux de piquets arrachés aux constructions de la plage, des barres de métal, des bouteilles, des chaises... Steven se trouvait en plein au milieu de la bagarre, avec ses collègues. À un moment, il est tombé. Ensuite, il n'a pas pu se rappeler s'il avait été frappé ou si on l'avait poussé, et évidemment personne n'avait rien vu. Tout ce qu'on savait, c'est qu'il avait une grosse bosse à l'arrière de la tête. On l'a transporté à l'hôpital, puis on l'a laissé rentrer chez nous. Cette nuit-là, il a commencé à se plaindre de migraine. Il a pris de l'aspirine et il est retourné se coucher, mais son mal de crâne a empiré. Il m'a réveillée de nouveau un peu plus tard en me disant qu'il n'avait jamais autant souffert de sa vie.

Maggie frissonna et Ben lui passa un bras autour des épaules. Voulait-il la réconforter, ou bien la réchauffer ? En tout cas, ce geste lui fit du bien et l'aida à apaiser les souvenirs pénibles qu'elle évoquait.

— Quand je lui ai examiné les yeux, j'ai vu qu'il avait une pupille très dilatée et fixe, reprit-elle. Je l'ai immédiatement emmené aux urgences, où les médecins lui ont aussitôt fait passer un scanner. Il avait un caillot sanguin dans le cerveau. À cause de l'heure, il n'y avait pas de neurochirurgien dans le service. On l'a aussitôt rappelé, mais le temps qu'il arrive, le caillot sanguin s'était délogé. Steven est mort.

Ben l'attira contre lui pour la serrer dans ses bras. Cette étreinte chaleureuse lui donna une impression de profonde sécurité et elle serait volontiers restée des heures ainsi si elle n'avait dû finir son histoire… Elle s'arracha à l'abri de ses bras et continua son récit.

— Depuis ce jour, je suis incapable de rester calme quand je vois quelqu'un se blesser la tête. En dépit de tous mes efforts, la panique prend toujours le dessus. Voilà pourquoi j'ai perdu tous mes moyens hier. J'ai immédiatement imaginé le pire des scénarios.

— Dans ce cas, pourquoi ne pas avoir insisté pour qu'on lui fasse passer un scanner ? Cela vous aurait rassurée ?

Une mèche de cheveux lui barrait le front et Ben la lui ramena derrière l'oreille du bout des doigts, avant de lui caresser doucement la joue. Maggie sentit son cœur s'emballer. À cause de leur sujet de conversation, qui la stressait toujours beaucoup, ou de ce bref contact qui lui avait mis les nerfs à fleur de peau ? Ben était si proche, si imposant !

Elle détourna la tête pour ne pas se laisser submerger par l'émotion.

— Je sais que mon angoisse est irrationnelle, et j'essaie de me contrôler, reprit-elle. Un coup sur la tête ne provoque pas toujours une hémorragie cérébrale ; au contraire, c'est très rare. De plus, vous aviez examiné ses pupilles ; il n'avait aucune perte de mémoire, aucun problème moteur, et un simple comprimé de paracétamol a dissipé son mal à la tête. Ça ne m'a pas empêchée de passer la nuit à son chevet. Quand il m'a dit qu'il ne pouvait plus bouger le cou, mon anxiété est repartie de plus belle.

— Vous avez eu parfaitement raison de vous inquiéter, et j'en aurais fait autant si j'avais vécu une expérience aussi terrible que la vôtre.

La sonnerie d'un téléphone mobile les interrompit, et Ben fouilla dans sa poche pour le chercher.

— Oui… ? Merci, nous arrivons, dit-il en raccrochant.

— Tout va bien ?

— Oui, il va bien. Le médecin vient juste de finir son examen.

Ils reprirent aussitôt à grands pas le chemin de la clinique.

— Avez-vous d'autres phobies dont vous souhaiteriez me parler ? reprit-il. Avez-vous peur des araignées ou des souris ? Du vide ? Des avions ?

— Je ne suis pas une chiffe molle ! protesta-t-elle en lui donnant une bourrade dans les côtes.

C'est en riant qu'ils entrèrent dans la clinique. Juliet et Edward étaient déjà redescendus dans la salle d'attente. Le petit garçon avait une minerve autour du cou et, en le voyant, Maggie sentit aussitôt son inquiétude renaître. Ben n'avait-il pas dit qu'il allait bien ? Pourquoi cette minerve, alors ?

Comme s'il devinait ses pensées, Ben lui passa un bras autour des épaules.

— Regardez son grand sourire, lui murmura-t-il à l'oreille. Vous voyez bien qu'il n'est pas malade...

Effectivement, son neveu semblait ravi et il n'avait pas du tout la tête d'un enfant souffrant d'un grave traumatisme crânien. Juliet tourna la tête dans leur direction et remarqua immédiatement le bras de Ben qui l'enlaçait. Son petit sourire presque imperceptible ramena Maggie à la réalité, et elle s'écarta légèrement de lui.

— Alors, que montrent les radios ? s'enquit-elle en les rejoignant.

— Rien du tout, répondit sa sœur. Le radiologue affirme que c'est une simple douleur musculaire. Il n'y a aucune fracture, aucun signe de problème osseux, ni le moindre symptôme d'hémorragie. Le médecin orthopédiste est venu l'examiner lui aussi, et il affirme que c'est probablement le résultat du traumatisme d'hier. Il lui a donné un relaxant musculaire et il lui demande de porter cette minerve afin de soulager les muscles et de faire disparaître la douleur plus rapidement.

Tout en parlant, Juliet passait une main dans les cheveux de son fils dans un geste plein d'amour maternel.

Maggie laissa échapper un soupir de soulagement.

— On le laisse rentrer à la maison ? demanda-t-elle. Les médecins ne veulent pas le garder en observation ?

— Non, il rentre avec nous, répondit Juliet. Il n'ira pas à l'école pendant deux ou trois jours et il doit voir un kinésithérapeute demain, mais tout devrait rentrer dans l'ordre très vite.

— Est-ce que j'aurai un œil au beurre noir quand je retournerai à l'école ? demanda Edward.

Sa mère leva les yeux au ciel.

— Ces gamins ! Si tu voulais une preuve qu'il va bien, Maggie, la voilà ! Ne t'inquiète pas, mon chéri. Je suis sûre qu'il te restera des marques à montrer à tes copains, et je te prendrai en photo par sécurité, d'accord ?

Ben et Maggie se mirent à rire en voyant la mine réjouie d'Eddy, qui était visiblement très fier de pouvoir exhiber des preuves aussi impressionnantes de son accident.

— Je crois en effet que tout danger est écarté, déclara Ben.

— Merci à vous d'être venu, reprit Juliet. Je vous en suis profondément reconnaissante. Et merci d'être resté jusqu'à maintenant.

— Je me suis dit que Maggie avait besoin de compagnie... Je vous téléphone plus tard pour m'assurer que tous vos patients vont bien, reprit-il en se tournant vers celle-ci. N'hésitez pas à m'appeler si vous avez le moindre sujet d'inquiétude, et peu importe l'heure.

Il lui pressa l'épaule, puis adressa un signe d'adieu à Juliet et Edward.

— Maintenant, rentrez chez vous et reposez-vous ! ajouta-t-il. C'est le médecin qui vous l'ordonne !

Puis il se détourna pour s'éloigner vers la sortie. Maggie s'attendait à être bombardée de questions avant même qu'il ait disparu, mais Juliet attendit qu'elles soient dans la voiture avec Eddy pour attaquer son interrogatoire. Voulait-elle s'assurer que sa victime ne pourrait pas lui échapper avant d'en avoir terminé ? Maggie se rappela avoir utilisé la même tactique avec ses enfants lorsqu'ils étaient adolescents. En voiture, elle ne pouvait pas les regarder dans les yeux, et ils se sentaient plus détendus. Et, évidemment, ils ne pouvaient pas s'en aller !

— Alors, qu'avez-vous fait tous les deux en nous attendant ? demanda Juliet.

— Nous sommes allés marcher dans le jardin de la clinique.

— Et… ?
— Et quoi ?
— Et qu'avez-vous fait ?
— Rien. Nous avons marché et discuté.
— De quoi ?
Comme Maggie pinçait les lèvres sans quitter la route des yeux, Juliet se mit à rire tout bas.
— Tu sais que j'arriverai à tout te faire raconter, alors autant me le dire tout de suite.
— Nous avons parlé de Steven, répondit Maggie en soupirant.
— Comment ? Tu lui as parlé de ton mari ?
Maggie savait pourquoi cela l'étonnait. Jamais elle ne parlait de son défunt mari aux gens qui ne l'avaient pas connu. C'était son histoire, et personne ne pouvait comprendre. Pourtant, sans trop savoir pourquoi, elle sentait qu'il était important de la partager avec Ben. Au moins dans les grandes lignes. Car elle ne lui avait pas dit tous les détails…
— En fait, c'est toi qui lui as parlé de Steven la première, ajouta-t-elle.
— Moi ? s'exclama Juliet. Quand ça ?
— En salle d'opération. Tu as appelé Steven lorsqu'ils te ranimaient. Ben pensait que tu lui parlais jusqu'à ce que je lui explique de qui il s'agissait.
— Que sait-il exactement ?
— Presque tout, répondit Maggie. Je sais que tu me désapprouves, mais tu ne m'as pas vue perdre contenance lorsque Eddy a eu son accident. Je tenais à ce que Ben sache pourquoi.
Pour une fois, Juliet en resta sans voix quelques secondes avant de reprendre la parole.
— Eh bien ! Il doit vraiment compter pour toi, si tu lui as parlé de Steven.
— Je l'aime bien, répondit Maggie en haussant les épaules.
— C'est assez évident ! Et qu'est-ce qui te plaît chez lui ?
— Il a un physique plutôt agréable, pour commencer, dit Maggie en souriant. Mais surtout, je me sens bien avec lui. Quand il me regarde, je n'ai pas l'impression d'être une grande bringue de quarante-deux ans avec des seins trop petits et une bosse

sur le nez. Je me sens belle et désirable. Et il est un compagnon attentif. Il sait écouter, il me comprend. À ses yeux, je ne suis ni la veuve de Steven ni la mère de mes enfants, je suis juste Maggie. À la fois une interlocutrice, une amie, et une femme. C'est très troublant. Et j'aime ça.

Ce qui expliquait sans doute pourquoi elle accepta sans se faire prier lorsqu'il rappela plus tard dans la journée pour l'inviter à dîner. Edward se portait comme un charme, et ses angoisses oubliées, Maggie trouva très excitante la perspective de passer la soirée avec Ben !

5

Le restaurant « Chez Bella » était chaleureux et intime. Ben en était apparemment un habitué car, à leur arrivée, Marco et sa femme, Isabella, les propriétaires de l'établissement, l'accueillirent en l'embrassant sur les deux joues comme ils l'auraient fait avec leur fils. Ils se montrèrent polis et prévenants avec Maggie, et celle-ci se demanda s'ils la comparaient avec les précédentes invitées de Ben. Quel classement lui donnaient-ils par rapport aux autres ?

La salle était presque pleine. Marco les conduisit à une petite table pour deux un peu en retrait. Ben l'aida galamment à s'asseoir avant de s'installer à son tour, ce qui permit à Maggie de l'admirer discrètement. Il était tout simplement magnifique, avec son jean et cette chemise gris pâle qui accentuait le bleu de ses yeux !

De son côté, elle portait un simple pull en cachemire rose, une couleur qui lui allait assez bien. Au milieu de cette clientèle élégante, sa tenue lui parut cependant bien ordinaire, et elle se mit à tripoter nerveusement son col ras du cou.

— Avez-vous trop chaud ? s'enquit-il.

— Non ; je regrette simplement de ne pas porter quelque chose de plus chic, en noir de préférence.

Ben éclata de rire.

— Les gens de Melbourne s'habillent tous en noir ! C'est très agréable de voir quelqu'un porter une autre couleur. D'autant que ce rose vous sied à merveille.

Sa tenue n'eut soudain plus aucune importance : Ben la trouvait bien ! Elle sourit.

— Merci, murmura-t-elle. Savez-vous donc toujours ce qu'il faut dire en toutes circonstances ?

— J'aime à le croire. Après des années d'entraînement, je pense être assez au point, répondit-il en lui adressant un clin d'œil.

Il ne mentait sûrement pas, songea-t-elle. On ne naissait pas dans la famille McMahon sans bénéficier d'une éducation parfaite et d'un grand usage du monde.

— En dehors de ce talent, que vous ont apporté ces années d'entraînement ?

— Plein de choses. Que voulez-vous donc savoir à mon sujet ?

Par où commencer ? Maggie resta songeuse.

— Je vais aller chercher quelque chose à boire au bar, cela vous laissera le temps de réfléchir, reprit Ben avec un sourire en coin. Un pinot gris vous tenterait-il ?

— Ce serait parfait, merci.

Alors qu'il se levait, Maggie se rendit compte qu'elle souhaitait *tout* savoir sur lui. Quel âge avait-il ? Combien de frères et sœurs avait-il ? Pourquoi était-il devenu médecin ? Avait-il été marié ? Pourquoi n'avait-il pas d'enfants ? Quels étaient ses films et ses livres préférés ?

Après ces quelques secondes de vide, sa tête bourdonnait maintenant de questions. Mais lesquelles était-il convenable de poser lors d'un premier dîner en tête à tête ?

— Pourquoi avez-vous décidé de vous spécialiser en chirurgie esthétique ? demanda-t-elle lorsqu'il revint à leur table.

— En réalité, ma spécialité s'appelle la chirurgie réparatrice. N'avez-vous pas fait de recherche à mon propos sur internet ?

— Non, je n'y ai même pas pensé, répondit-elle, amusée. Etes-vous quelqu'un de si important pour qu'on trouve des informations vous concernant sur internet ?

— Apparemment...

— Mes enfants feront une recherche pour moi. De mon côté, je préfère de beaucoup une conversation en face-à-face. Vous allez sans doute me trouver très vieux jeu...

— Disons traditionnelle. C'est une rareté, de nos jours !

Le sourire de Ben la rassura : pour lui, traditionnelle ne signifiait pas ennuyeuse et dépassée.

— Laissez-moi commander notre dîner, et ensuite, vous pourrez m'interroger sur tout ce que vous voudrez, reprit-il. Avez-vous une préférence pour les plats ou êtes-vous prête à me faire confiance ?

— Je m'en remets entièrement à vous. Pour le repas, ajouta-t-elle avec un petit sourire.

Était-elle en train de flirter avec lui ? se demanda-t-elle, surprise. Apparemment, oui ! Et Ben lui répondit par un sourire si sexy qu'un frisson la parcourut.

— Marco ? appela-t-il. Nous allons prendre les raviolis aux champignons pour commencer, avec des *gnocchis al ragù*, et ensuite des *scalopine* de veau et des *linguine marinara*.

— Ce n'est pas trop ? demanda Maggie lorsque Marco se fut éloigné.

— Isabella est la meilleure cuisinière que je connaisse, et nous allons nous régaler, croyez-moi. Vous avez précisé que vous vous en remettiez entièrement à moi pour le repas. Cela signifie-t-il que vous vous méfiez de moi pour le reste ?

— Vous me rendez nerveuse, admit-elle.

La réaction étonnée de Ben indiqua qu'il ne s'attendait pas à une réponse aussi franche.

— Vraiment ?

— En réalité, je ne sais pas pourquoi vous m'avez invitée à dîner, reprit-elle après avoir bu une gorgée de vin.

— Et vous souhaitez savoir pourquoi j'ai envie de passer la soirée avec vous ?

— Quelque chose comme ça...

Il resta pensif, ce qui ne fit que la rendre encore plus nerveuse. Qu'allait-il répondre ?

— Pour dire la vérité, Maggie, vous m'intriguez, dit-il enfin. Vous ne dites jamais ce que je m'attends à vous entendre dire. Vous êtes différente des autres femmes. Je vous trouve très intéressante.

— Moi ?

— Tout à fait. Vous ne pouvez pas savoir combien c'est

agréable de rencontrer quelqu'un qui n'a pas peur d'avoir une vraie conversation. En fait, je fréquente un tout petit milieu, dont je connais les membres depuis toujours. Les femmes ne parlent que de vêtements, du dernier restaurant à la mode, du meilleur salon de coiffure...

— Vous exagérez ! Je suis sûre que vous connaissez des femmes intelligentes et cultivées !

— Bien sûr. Mais toutes sont mariées et aucune ne dîne en tête à tête avec moi !

— Ainsi, je ne suis pas la seule à avoir une confiance limitée dans vos arrière-pensées ? demanda-t-elle en riant.

Riant lui aussi, Ben leva une main en signe de protestation.

— Je vous promets que jamais je ne tente ma chance auprès d'une femme mariée. Pas délibérément, en tout cas.

Marco les interrompit en leur servant les entrées. Ils se partagèrent les raviolis et les gnocchis, et Maggie s'accorda un instant pour savourer ces plats délicieux avant de lui poser sa question suivante. En gardant le nez dans son assiette pour éviter de le regarder dans les yeux !

— Avez-vous déjà été marié ?

— Non, je suis un vieux célibataire endurci. Je ne souhaite pas avoir d'enfants, de toute façon, alors à quoi bon me marier ?

— Vous ne voulez pas d'enfants ? répéta-t-elle en relevant la tête.

— Non. Mon travail me demande trop de temps et d'énergie.

Maggie leva un sourcil interrogateur pour l'inviter à développer.

— Croyez-moi, je sais le temps et les efforts nécessaires pour s'occuper correctement d'une famille, reprit-il. J'ai pu le vérifier avec Rory, et je ne pense pas pouvoir assumer correctement mes devoirs de père tout en menant ma carrière. Les journées sont trop courtes. Je voyage beaucoup et j'ai vu trop de situations horribles, d'enfants souffrant de maladies atroces, de blessures de guerre, de famine... Non, élever des enfants ne me tente pas du tout.

Maggie se rappela soudain les images d'Afrique.

— Ces photos, à votre cabinet... C'est vous qui les avez prises ?

— Oui. J'ai travaillé l'an dernier dans un hôpital en Ouganda.

Une expérience passionnante, difficile parfois, mais incroyablement gratifiante.

— Combien de temps y êtes-vous resté ?

— Deux mois. J'y retourne dans quelques semaines, dès que j'aurai rassemblé un peu plus d'argent.

— Vous payez pour aller travailler là-bas ?

— Pas exactement, mais je ne tire aucun bénéfice de ce travail. Au contraire, je dois apporter du matériel médical sur place, des médicaments, et de quoi payer des infirmières. La plupart de mes interventions en Ouganda ne présentent pas de caractère vital, j'essaie juste d'améliorer la qualité de vie de personnes qui ont des malformations de naissance ou des séquelles à la suite d'accident. Aucun de mes patients n'a les moyens de payer ces opérations, aussi je dois m'occuper de trouver les fonds nécessaires. Pour être franc, la fondation créée par ma famille contribue en grande partie à financer mon hobby.

— Cela me semble être bien davantage qu'un hobby, fit-elle observer.

— Vous avez raison. En fait, c'était le rêve de ma vie, et le réaliser l'an dernier a couronné des années d'efforts.

— Le rêve de votre vie ? Pourquoi ? Qu'est-ce qui vous pousse à aller travailler en Afrique ?

— Eh bien, ma sœur et moi avons été élevés par des parents qui pensaient qu'avoir de l'argent ne fait pas de vous quelqu'un de meilleur que les autres. Ce qui fait la différence, c'est la manière dont vous utilisez cet argent. Et en Afrique, un seul individu peut faire beaucoup. Je serais incapable de vous dire ce que j'éprouve en aidant ces gens. La plupart n'ont rien à eux, et être capable de leur offrir une vie plus agréable est un privilège incroyable. L'Afrique est un monde fantastique. Y êtes-vous déjà allée ?

— Non, jamais. En fait, je ne suis jamais sortie d'Australie. J'ai eu mes enfants très tôt, et ensuite, une fois veuve, partir en vacances à l'étranger ne faisait plus franchement partie de mes projets.

— Et maintenant, n'auriez-vous pas envie de voyager ?

Maggie avait l'impression qu'il essayait de changer de sujet de conversation, et elle se plia à son désir, même si elle voulait en apprendre davantage sur lui et ses rêves.

— J'ai toujours eu envie d'aller à Paris, dit-elle.

— Qu'est-ce qui vous en empêche ?

— Maintenant, vous parlez vraiment comme un homme qui n'a ni femme ni enfants ! répliqua-t-elle en riant. Ce n'est pas si facile de filer en douce : il y a toujours quelqu'un qui a besoin de moi.

— Filer en douce ? Est-ce ainsi que vous voyez les choses ?

— Oui, dit-elle en soupirant. En tout cas, partir à Paris ne fait pas encore partie de mes priorités.

— Il est peut-être temps de vous consacrer davantage à votre propre existence...

— C'est ce que je fais en dînant avec vous, répondit-elle en souriant.

— Dans ce cas, je vais tout faire pour que cela en vaille la peine...

En disant ces mots, Ben la contempla avec une telle intensité que Maggie fut à deux doigts de lui prendre la main. Un flot incandescent se mit à couler dans ses veines, et elle reconnut à sa grande surprise un désir physique qu'elle n'avait pas éprouvé depuis une éternité.

— Ça en vaut déjà la peine, murmura-t-elle.

L'audace de sa remarque l'étonna, mais elle se sentait si bien en compagnie de Ben ! La conversation coulait naturellement, et elle avait l'impression qu'ils étaient seuls dans ce restaurant, immergés dans leur monde ouaté. Et plus la soirée avançait, plus le charme de Ben la captivait.

Elle avait accepté son invitation parce qu'elle le trouvait charmant, intelligent et séduisant. Alors qu'ils terminaient leur plat de résistance, elle avait ajouté généreux, attentionné et fascinant à la liste de ses qualités.

Pourtant, il devait bien avoir des défauts ! Il ne souhaitait pas d'engagement à long terme, c'était évident, mais même son refus d'avoir des enfants ne pouvait être retenu contre lui. Ses raisons étaient solides et estimables. Même si Maggie ne pouvait pas imaginer ne pas avoir les siens, elle comprenait parfaitement pourquoi il ne partageait pas son point de vue.

Finalement, ils se retrouvèrent les derniers clients de l'établissement. Leur soirée touchait à son terme, songea-t-elle tristement.

— Marco et Isabella ont sans doute envie que nous partions, déclara-t-elle.

Ben fit le tour de la salle des yeux et sa surprise montra qu'il n'avait même pas remarqué que tout le monde était déjà parti. Avait-il été à ce point captivé par sa compagnie ? se demanda-t-elle avec incrédulité.

— Ils me considèrent presque comme un membre de la famille, aussi nous ferions sans doute mieux d'y aller avant qu'ils me demandent de faire la vaisselle !

Ben avait aussi les pieds sur terre, décida Maggie en ajoutant ce détail à la liste de ses qualités. Il se leva et alla régler la note, puis revint l'aider à se lever de table. Marco et Isabelle les embrassèrent, et elle fut touchée par ce geste d'affection qui les englobait tous les deux.

Quand ils sortirent du restaurant, Maggie avait l'impression de flotter sur un nuage et elle ne résista pas lorsque Ben lui prit la main. Cela lui semblait la chose la plus naturelle du monde.

Il n'était pas très tard et il y avait encore beaucoup de passants dans la rue. Les terrasses des cafés étaient pleines, et des auvents chauffés par des radiateurs à gaz assuraient aux clients attablés un confort douillet.

Ils marchaient depuis dix minutes lorsqu'une sourde explosion retentit. Maggie sursauta, assaillie par des images violentes qu'elle aurait préféré oublier. Il y eut une seconde explosion, et une odeur de poudre flotta dans l'air. Un coup de revolver ?

— Qu'est-ce que c'était ? s'écria-t-elle en se serrant contre Ben.

— Rien du tout, répondit-il calmement. Sans doute des pétards.

Elle fit un effort pour maîtriser son malaise et ils reprirent leur marche.

Arrivés au coin du pâté de maisons, ils se trouvèrent brusquement face à une foule de jeunes hommes qui marchaient dans le sens opposé. Quand les inconnus les entourèrent et les séparèrent l'un de l'autre, Maggie sentit son cœur s'affoler. Cette foule vociférante empestait la bière et le tabac...

Serrant son sac à main contre sa poitrine, elle chercha Ben désespérément. Mais il y avait de plus en plus de monde, au point que les gens marchaient sur la chaussée, à présent, obligeant les voitures à s'arrêter. Il y avait des cris hostiles, des insultes, et l'air paraissait brutalement chargé d'agressivité.

Maggie tenta de lutter contre ce flot humain, mais il lui fut impossible de s'extraire de cette masse compacte et toujours mouvante. Le mouvement lui faisait rebrousser chemin dans la direction du restaurant de Marco et Isabella. Incapable d'échapper à cette marée, elle tenta d'appeler Ben, mais sa voix resta bloquée dans sa gorge nouée par l'angoisse.

Elle se mit à trembler, à suffoquer. Ce n'était plus de la peur, c'était de la terreur.

Mais où était Ben ? Comment pouvait-on perdre de vue un homme aussi grand et large d'épaules ?

Deux hommes se disputaient à quelques mètres d'elle. Les cris et les injures fusaient, et quand l'un d'eux repoussa brutalement le second, Maggie sentit son angoisse redoubler. Elle ne voulait pas être là, seule face à cette violence aveugle !

L'autre homme riposta et tous les deux s'immobilisèrent, lui barrant la route. La foule continuait à la pousser dans leur direction lorsque le premier lança un coup de poing à son adversaire. Malgré ses efforts pour résister au mouvement de foule, la jeune femme se retrouva presque entre eux.

Soudain, une main la saisit par le bras. Recouvrant sa voix, elle se mit à hurler en se débattant.

— Maggie ! C'est moi, Ben !

Sa terreur s'évanouit instantanément. Plus rien ne pouvait lui arriver ! Il l'avait retrouvée...

Il la prit dans ses bras comme si elle ne pesait pas plus lourd qu'une petite fille, et traversa la foule qui s'ouvrait désormais devant eux à l'instar de la mer Rouge devant Moïse.

Lorsqu'ils atteignirent une porte cochère, il la remit sur ses pieds. Elle avait les genoux qui tremblaient tant qu'il ne put la lâcher complètement.

— Tout va bien, vous ne risquez plus rien. Nous sommes retournés chez Bella.

La jeune femme reconnut alors le restaurant où ils venaient de dîner. Ben en poussa la porte puis la fit entrer à l'intérieur. Marco sortit de la cuisine en les entendant, et il se précipita pour lui donner une chaise.

— Que se passe-t-il ? s'enquit-il.

— Nous nous sommes retrouvés pris au milieu d'un attroupement de supporters de football, expliqua Ben. Malheureusement, ils ne soutiennent pas tous la même équipe, et l'atmosphère est très tendue.

Marco se pencha pour regarder dehors, et après avoir fermé la porte à clé, il fit descendre la grille de fer.

— Vous allez attendre ici que ces voyous partent, déclara-t-il. Isabella et moi sommes en train de nettoyer la cuisine...

— Voulez-vous de l'aide ? proposa Maggie.

Ben vit que Marco remarquait enfin sa pâleur et son expression hagarde.

— Non, installez-vous à cette table, répondit-il. Je vais vous apporter un café. Et un petit verre de *grappa*.

Il disparut dans la cuisine. Maggie semblait toujours très ébranlée, et elle s'éloigna de la grande vitre de façade pour aller s'asseoir au fond de la salle, à la table que Marco lui avait indiquée. Lorsque celui-ci revint avec le café, Ben lui prit la tasse et alla la rejoindre.

Même s'ils ne couraient plus aucun danger, elle était nerveuse. Un cri étranglé lui échappa même lorsqu'un passant donna un coup de poing dans la vitrine à travers la grille. Ben lui posa une main sur le bras et fut surpris de constater qu'elle tremblait comme une feuille morte.

— Tenez, buvez ça. Vous ne craignez rien ici.

— Je déteste ces foules, murmura-t-elle d'une voix tendue. Je ne sais jamais ce qui va arriver et je m'attends toujours au pire.

Ben lui passa le bras autour des épaules pour la serrer contre lui.

— Nous sommes hors de danger. Nous allons attendre tranquillement que le calme revienne.

Elle acquiesça et essaya de prendre sa tasse, mais sa main tremblait tant que le café se renversa dans la soucoupe.

— Je suis désolée...

Ben saisit la serviette qu'elle venait d'attraper et essuya le café, alors que Marco les rejoignait avec une bouteille et deux verres.

— Buvez donc ça en attendant que votre café refroidisse, dit-il en lui remplissant un verre de *grappa*.

Ben lui tint la main pour qu'elle puisse lever le verre jusqu'à ses lèvres. Après avoir avalé l'alcool d'un trait, Maggie respira un grand coup et parut enfin se détendre un peu.

— Ça va mieux ?

— Un peu, merci.

Elle leva le visage vers lui. Ils étaient l'un contre l'autre dans la pénombre du restaurant aux lumières éteintes, et leurs regards se trouvèrent, incapables de se détacher. Ses yeux bleus semblaient immenses dans son visage pâle. Ben pouvait voir sa poitrine se soulever sous son pull au rythme de sa respiration, et elle lui fit penser à un oiseau affolé tout juste échappé de la tempête.

Ils restèrent silencieux. Le monde extérieur se dissipa comme une brume lointaine. Ils étaient seuls, dans une bulle fragile juste assez grande pour eux deux.

La jeune femme passa la langue sur ses lèvres, et dans la semi-obscurité, sa bouche lui évoqua un fruit mûr. Il fut incapable d'y résister. Fermant les yeux, il se pencha lentement et l'embrassa.

Maggie s'abandonna contre lui. Sa main quitta ses genoux pour s'appuyer sur son torse, puis remonta lentement le long de son cou pour se glisser dans ses cheveux alors qu'il l'embrassait de plus en plus passionnément. Ben sentit qu'il perdait la tête, consumé par un désir irrépressible. « Tu dois te reprendre ! », lui ordonna sa conscience.

Se redressant, il la contempla d'un air coupable. Comment pouvait-il abuser ainsi de sa faiblesse passagère ?

— Maggie...

Elle posa un doigt sur sa bouche pour le faire taire.

— Non, chuchota-t-elle. Ne dis rien. J'en avais besoin.

Elle souriait à présent, détendue. Elle avait recouvré son calme et semblait même heureuse. La culpabilité de Ben s'évanouit.

Elle avait répondu à son baiser, et il savait désormais qu'il l'embrasserait de nouveau s'il en avait l'opportunité.

— Tu es sûre que ça va ? murmura-t-il.

— Oui. Je suis heureuse que tu m'aies retrouvée. Je ne suis pas certaine que j'aurais pu supporter longtemps d'être au milieu de ces gens.

— Excuse-moi d'avoir été si long. Je te voyais, mais je n'arrivais pas à traverser cette foule.

— Ce n'est pas ta faute... En fait, je ne t'ai pas tout raconté ce matin. J'étais là le jour où Steven a été blessé. Il n'était pas de service et nous étions allés à la plage ensemble avec les enfants. Lorsque la bagarre a éclaté, il nous a tous mis à l'abri avant de rejoindre ses collègues. Mais j'ai quand même eu le temps de voir des choses que j'aurais préféré ne pas voir. C'est le jour où ma vie a basculé, et depuis, je suis prise d'une angoisse insurmontable lorsque je me retrouve au milieu d'un groupe agressif prêt à en découvre à la première occasion, comme ce soir.

Cela expliquait tout, songea Ben.

— Je suis désolé de t'avoir mise dans cette situation...

— Tu n'y es pour rien.

— Non, mais cet incident a sérieusement gâché notre soirée.

— Tout ça n'était pas si terrible, répliqua-t-elle avec un sourire.

Sa capacité de réaction l'étonna une fois encore. Elle était vraiment une femme hors du commun. D'habitude, il était toujours surpris par la résignation des gens, mais Maggie avait eu la force de caractère suffisante pour affronter cette scène psychologiquement pénible sans craquer, et pour retrouver le sourire.

Il eut très envie de l'embrasser de nouveau et dut se retenir pour ne pas céder à la tentation.

La rue était silencieuse, désormais ; il était temps de quitter le sanctuaire du restaurant.

— Je vais aller chercher ma voiture, reprit-il. Attends-moi ici.

Elle le remercia d'un nouveau sourire.

— Merci.

— Je vais prévenir Marco. Ne bouge pas.

Il se leva et, avant de la quitter, il se pencha pour déposer un petit baiser tendre et réconfortant sur ses lèvres.

Maggie le regarda s'éloigner, consciente qu'un frisson de désir la parcourait de la tête aux pieds. Elle savait que ses jambes ne pourraient jamais la porter jusqu'à la voiture, et cela n'avait rien à voir avec la meute de sauvages qu'ils venaient de croiser !

Se calant contre le dossier de moleskine, elle remercia le ciel de lui octroyer un moment de répit pour se remettre de ses émotions. Maintenant, elle savait ce que signifiait le coup de foudre !

Tout avait été très différent avec Steven. Ils avaient pratiquement grandi ensemble et elle avait toujours eu la certitude qu'ils étaient faits l'un pour l'autre. Et jamais il ne lui avait inspiré une telle flambée de désir ! Si Ben n'avait pas arrêté de l'embrasser, elle aurait sans doute été capable de faire l'amour avec lui, là, sur la banquette de ce restaurant !

Mais pourquoi le comparer à Steven ? Machinalement, elle fit tourner son alliance autour de son annulaire. Elle ne l'avait jamais ôtée. Non pas parce qu'elle se sentait toujours mariée, plutôt parce que cela ne lui était jamais venu à l'esprit. Le jour où elle voudrait la ranger arriverait-il bientôt ?

Une ombre passa devant la table. C'était Marco.

— Cela vous ennuie si je me joins à vous ? demanda-t-il.

— Bien sûr que non !

— Ben est un homme bien, n'est-ce pas ? dit-il en s'asseyant.

— Oui, très bien. Comment l'avez-vous connu ?

— C'est lui qui a opéré notre petit-fils, qui est né avec un bec-de-lièvre. Ma pauvre fille était folle d'inquiétude, mais il a tout arrangé. À la perfection ! C'est un homme adorable et nous le considérons comme un membre de notre famille. Il vient souvent dîner chez nous et nous sommes toujours très heureux de l'accueillir. Nous avons une grande dette à son égard.

La voiture de Ben se gara alors devant la porte et Marco se redressa.

— Le voilà. J'ai été très heureux de rencontrer une dame aussi belle que vous. Nous espérons vous revoir souvent.

Lui prenant la main, il l'embrassa sur les deux joues avant de l'accompagner jusqu'à la porte où Ben l'attendait.

Le voyage de retour se déroula sans encombre. Plongée dans ses pensées, Maggie resta silencieuse, revivant en pensée les événements de la soirée, et surprise d'être si calme. L'intensité de ses sentiments l'étonnait elle-même, tout comme la réaction physique que Ben lui inspirait. Le baiser qu'ils avaient échangé dans le restaurant l'avait littéralement transportée !

Une fois chez Juliet, Ben l'accompagna jusqu'à la porte, et il l'embrassa une nouvelle fois avant de la quitter. À moins que ce ne soit elle qui prit l'initiative ?

Plus tard, une fois couchée, elle tenta de mettre un peu d'ordre dans ses pensées. Comment pouvait-on passer d'un sentiment de panique totale à une béatitude parfaite en l'espace de quelques minutes ? Non content de la sauver de ces supporters excités, Ben avait aussi réussi à chasser jusqu'à leur souvenir par un seul baiser. Elle se rappelait vaguement qu'il l'avait portée dans ses bras jusqu'au restaurant, tel un chevalier servant sauvant sa dame des méchants, et l'image la fit sourire.

En revanche, elle se souvenait très bien de leurs baisers. Si quelqu'un regardait encore par sa fenêtre à une heure aussi tardive, les rumeurs iraient bon train dans le voisinage ! Ils s'étaient embrassés comme deux adolescents surexcités, songea-t-elle en riant toute seule dans son lit. La bouche de Ben était comme une drogue, et maintenant qu'elle y avait goûté, elle sentait qu'il lui serait facile de tomber sous sa dépendance !

Reprenant son sérieux, elle essaya de se rappeler comment s'était passée sa première sortie en amoureux avec Steven, et se mit à sourire. Ils étaient si jeunes et si inexpérimentés ! *Mais tu es toujours inexpérimentée !* songea-t-elle. Depuis son veuvage, on ne pouvait certainement pas l'accuser d'avoir été une dévoreuse d'hommes !

Elle se remit à jouer avec son alliance. Qu'aurait pensé Steven de Ben ?

Pour la première fois, Maggie songea que ce que Steven aurait pensé n'avait plus aucune importance. Il n'était plus là. Ses enfants étaient grands et indépendants. Elle était seule.

Et comme le lui répétait souvent Juliet, elle devait profiter du reste de sa vie.

D'ailleurs, c'était exactement ce qu'elle avait l'intention de faire !

Les cinq jours suivants passèrent à toute vitesse. Tout ce que Maggie s'en rappelait, c'était le soir où Ben était passé à l'improviste en sortant de son travail. Officiellement, pour vérifier l'état de son jeune patient. En réalité, il en avait profité pour l'inviter au cinéma et la soirée avait été merveilleuse.

Elle trépignait d'impatience en attendant le vendredi, jour du rendez-vous de Juliet, et commença à compter les heures dès le matin. C'était pathétique de se comporter comme une adolescente à son âge, sans doute... Pourtant, elle n'avait jamais été aussi heureuse !

Lorsque le moment arriva, elle conduisit donc sa sœur jusqu'au cabinet médical de Ben. Le parking était plein, aussi la déposa-t-elle devant la porte puis se mit à chercher une place libre. Quand elle arriva dans la salle d'attente, Juliet était déjà avec Ben, et elle fut submergée par un profond sentiment de découragement en comprenant qu'ils ne se verraient pas. N'ayant aucune raison d'assister à la consultation de Juliet, elle prit donc place parmi les autres patients.

— Madame Petersen ? demanda la réceptionniste. Le Dr McMahon a demandé que vous le rejoigniez à votre arrivée.

Maggie se releva, soudain ragaillardie. Si, ils allaient se voir finalement ! Elle se retint de courir dans le couloir et se rappela à temps de frapper à la porte avant d'entrer dans son bureau.

— Ah, te voilà ! déclara Ben.

Il se lavait les mains, et son calme contrastait avec l'excitation de Maggie, qui fit un effort pour se comporter en femme civilisée et ne pas lui sauter au cou.

— Tout va bien ?

— Très bien, répondit-il. La peau de Juliet se détend comme je le souhaitais et tout progresse au mieux. Je voulais savoir si tu avais décidé de m'accompagner à cette exposition demain soir.

— Quelle exposition ? demanda Juliet de derrière le paravent.

— Gabby et Finn vont exposer mes photographies dans leur galerie, expliqua-t-il. Le vernissage a lieu demain et j'ai invité Maggie à y assister avec moi. Elle ne m'a pas encore donné sa réponse.

Juliet réapparut en terminant de boutonner son chemisier.

— *Vos* photographies ?

— Oui, c'est Ben qui les a prises, déclara Maggie en désignant les clichés accrochés aux murs.

— Je l'ignorais. Vous avez beaucoup de talent !

— Oh, c'est juste un passe-temps, protesta Ben, mais Gabby a eu la gentillesse d'en proposer dans sa galerie afin de financer mon travail en Afrique.

— Et vous en vendez beaucoup ? s'enquit Juliet.

— À ma grande surprise, oui, pas mal. Pourquoi ne venez-vous pas vous aussi ? ajouta-t-il. Peut-être qu'alors Maggie accepterait mon invitation...

— Vous êtes très aimable, mais je ne trouverai pas de baby-sitter dans un délai aussi court. Vas-y, Mag. As-tu quelque chose de prévu demain soir ?

Maggie fronça les sourcils. Sa sœur savait bien que son carnet mondain était totalement vide !

Sans attendre sa réponse, Ben lui adressa un sourire désarmant.

— Je passe te chercher à 19 heures. Ne t'habille pas en noir ! ajouta-t-il.

Maggie ne put que répondre à son sourire. En quelques mots, il venait de créer entre eux une intimité presque troublante, comme si elle était la seule femme au monde, au beau milieu d'une consultation et en présence de Juliet ! Il avait vraiment un charme irrésistible, songea-t-elle en acquiesçant.

— Pourquoi n'as-tu pas accepté directement quand il t'a invitée ? lui demanda Juliet alors qu'elles marchaient vers la voiture.

— Nous sommes allés dîner ensemble, puis au cinéma. C'est notre troisième rendez-vous.

— Et alors ?

— C'est toujours au troisième rendez-vous que les choses se

compliquent. Est-ce que notre relation va devenir plus sérieuse ? Allons-nous passer à l'étape suivante ? Si nous franchissons le pas, que se passera-t-il après ?

— Tu réfléchis trop, répliqua Juliet. Ne t'inquiète donc pas et amuse-toi !

Mais Maggie ne pouvait pas juste s'amuser. À ses yeux, le troisième rendez-vous représentait toujours un moment crucial, le moment où elle faisait une pause pour réfléchir à ce qu'elle désirait vraiment. Et, dans le cas présent, elle le savait exactement ! Mais elle savait aussi que si elle sautait le pas avec Ben, il lui serait ensuite très difficile de faire marche arrière.

— Tu vas simplement à un vernissage dans une galerie d'art, reprit Juliet, ce n'est pas comme si tu t'enfuyais avec lui. Tout ce qu'il te faut, c'est une robe qui t'aille à la perfection et des talons hauts. Je crois que nous devons aller faire les magasins.

— Tu ne préfères pas rentrer à la maison te reposer ? demanda Maggie.

— Pas du tout, d'ailleurs je me sens en pleine forme. Allons faire du shopping !

Juliet avait sa mine des grands jours et Maggie comprit qu'il ne servirait à rien de résister. Aussi se retrouvèrent-elles un moment plus tard dans un dépôt de vêtements de marques dégriffés qui se trouvait entre le domicile de Juliet et le cabinet médical de Ben.

Après avoir essayé un nombre incalculable de tenues, Maggie finit par trouver une magnifique robe de cocktail signée par un grand couturier, pour un prix dix fois inférieur à celui que les boutiques demandaient habituellement. Juliet insista encore pour lui faire acheter une paire de chaussures. Celles-ci n'étaient pas soldées et leur prix faillit lui faire avoir une syncope, mais Maggie dut admettre qu'elles étaient tout simplement parfaites...

Une fois rentrée chez sa sœur, la jeune femme suspendit sa robe à la poignée de sa penderie, et pendant les vingt-quatre heures suivantes, chaque fois que ses yeux tombaient dessus, son cœur affrontait une attaque de panique à la perspective de rencontrer la famille de Ben.

Lorsque arriva enfin le moment de se préparer, Juliet et Kate l'aidèrent à s'habiller et à se pomponner. Pour une fois, Maggie fut contente de ne pas avoir de formes trop voluptueuses, car le tissu qui la moulait les aurait accentuées de manière désastreuse. Le grains-de-poudre vert mousse avait un tombé splendide, montrant ainsi la qualité de la coupe, et les revers de satin de même couleur avaient un chic fou.

De plus, la couleur mettait en valeur la teinte de ses cheveux et de ses yeux, décida-t-elle en s'examinant dans le miroir de son armoire. Après avoir soigneusement brossé ses boucles brunes, Kate lui vernit les ongles. Y compris ceux des orteils.

— Que veux-tu comme maquillage ? demanda Juliet. Dois-je accentuer ta bouche ou tes yeux ?

— Eh bien... les yeux, je suppose ? répondit Maggie.

— D'accord.

Juliet se mit aussitôt à l'ouvrage, le nez légèrement froncé, un signe de concentration.

— Voilà, je crois que j'ai fini, annonça-t-elle un moment plus tard. Tiens, tu peux mettre ce rouge à lèvres maintenant. J'ai promis aux enfants de faire une tarte, et il faut que je descende dans la cuisine.

Maggie appliqua le rouge devant le miroir, puis se recula pour juger de l'effet général. Kate, qui l'admirait depuis un instant en silence, laissa échapper une exclamation. Maggie dut admettre que sa sœur avait fait du bon travail. L'étrangère qui la contemplait de l'autre côté du miroir ressemblait à une sœur de dix ans plus jeune, d'une élégance discrète et sans affectation, avec des yeux immenses bordés de cils interminables...

Et qui portait une alliance à la main gauche.

De nouveau, elle se mit à jouer machinalement avec l'anneau. Fallait-il l'enlever ? Le garder ?

S'asseyant au bord du lit, elle ôta sa bague puis examina sa main. Avec ses ongles vernis, celle-ci lui paraissait appartenir à une autre femme. Elle avait l'étrange impression d'être nue.

Indécise, elle examina l'anneau d'or dans sa paume. Alors, avec ou sans ?

C'est alors que la sonnette de la porte d'entrée résonna.

— Bonjour Ben ! s'écria Rory.

Il était temps de prendre une décision. Le cœur battant plus vite à l'idée de la soirée qui l'attendait, Maggie prit son sac à main et glissa son alliance dans une petite poche, puis la referma soigneusement.

Ce soir, pour la première fois depuis vingt-deux ans, elle voulait avoir l'impression d'être célibataire.

D'être une femme libre !

6

L’exposition était magnifique. La galerie était pleine d’invités qui admiraient les photos tout en buvant du champagne et grignotant les canapés que proposaient les serveurs.

La galerie se trouvait dans la zone résidentielle de St Kilda. Les deux premières salles, vastes et lumineuses, donnaient sur la rue. Gabby et son mari, Finn, consacraient la moitié de leur activité à l’art aborigène exposé dans la première pièce, tandis qu’ils utilisaient la seconde pour des expositions différentes. En l’occurrence, cette fois, ils exposaient des œuvres d’art africain en même temps que les photos de Ben. Les invités pouvaient donc admirer de très belles sculptures sur bois ainsi que des céramiques splendides.

Bien qu’il l’ait présentée à nombre de gens, Ben devait bien sûr s’occuper de ceux qui étaient susceptibles d’acheter une œuvre, et Maggie fut heureuse de pouvoir s’éloigner pour admirer les œuvres toute seule. Avec la foule nombreuse qui se pressait au vernissage, il n’était pas difficile de se perdre dans la masse…

La qualité des photographies de Ben ne cessait de la surprendre. Alors que dans son cabinet se trouvaient uniquement des paysages et des animaux, de nombreux portraits étaient exposés dans la galerie. Certains semblaient presque dotés de la parole tant leurs visages et leurs yeux étaient expressifs, et Maggie regretta de ne pouvoir entendre toutes les histoires fascinantes qu’ils auraient pu lui raconter.

De nouveaux invités continuant d’arriver, grossissant la

foule, la jeune femme se réfugia dans une des plus petites salles situées à l'arrière de la galerie, et c'est là que Ben la rejoignit.

Elle ne le vit pas arriver derrière elle, mais devina immédiatement sa présence en sentant son cœur se mettre à battre plus fort.

Il passa un bras autour de sa taille et se pencha à son oreille.

— T'ai-je déjà dit combien je te trouve belle dans cette robe ? lui murmura-t-il.

— Oui, mais ça ne me dérange pas de l'entendre de nouveau.

— Tu es magnifique, reprit-il, sa bouche toute proche de la sienne. Ce vert te va à ravir. Et c'est beaucoup plus facile de te retrouver dans une foule que si tu portais du noir ! Tu as faim ? Je t'ai apporté une assiette.

Il tenait dans sa main libre une assiette remplie de petits-fours salés. La jeune femme prit une crevette rose sur un canapé recouvert de cresson.

— Tu as réuni beaucoup de monde, dit-elle.

— Je ne suis pas sûr que ce soit uniquement grâce à moi. Gabby et Finn ont un réseau important de relations et de clients. Sans compter que l'implication de la fondation McMahon a également un grand retentissement publicitaire, dit-il avant d'avaler un petit canapé de caviar. Je ferais mieux de retourner à côté, car les gens vont se demander où je suis passé. Tu viens avec moi ?

— Non, merci, je suis bien ici. Je vais encore regarder les œuvres exposées dans ces petites salles avant de te rejoindre.

— Ne tarde pas trop, dit-il en déposant un baiser sur sa bouche.

Maggie dut se faire violence pour ne pas le suivre immédiatement. Elle s'y résolut après s'être forcée à déambuler un peu dans les autres salles.

Finn apparut aussitôt à son côté, une bouteille de champagne à la main.

— Merci, dit-elle lorsqu'il lui eut rempli son verre. Mais ne vous sentez surtout pas obligé de vous occuper de moi.

— Ce n'est pas du tout une obligation, répondit ce dernier avec un sourire. Je suis content de discuter avec vous.

— Vraiment ? Ce n'est pas Ben qui vous a chargé de veiller sur moi ?

— Il n'en a pas eu besoin, répliqua Finn, amusé. Gabby avait pris les devants. Elle a préféré rester en retrait et m'a demandé de prendre soin de vous. Un beau-frère, c'est moins intimidant qu'une grande sœur !

— C'est une attention très délicate que j'apprécie beaucoup, merci.

— Vous passez un bon moment ?

— Excellent !

— Et vous aimez notre exposition ?

— Je l'adore. Quoique, pour être honnête, je trouve plus amusant de regarder les gens que les œuvres d'art !

Finn eut un petit rire.

— Je pourrais vous en raconter de belles sur le compte de certains de nos invités, chuchota-t-il. Nous avons plusieurs anciennes conquêtes de Ben, par exemple. Ne le prenez pas mal, surtout. Les aventures de mon beau-frère ne sont jamais allées bien loin. Je suppose que tout cela changera lorsqu'il rencontrera la femme de sa vie.

— Il n'a donc jamais été passionnément amoureux ?

Finn secoua la tête, un peu embarrassé.

— Ce n'est pas à moi de vous répondre, je le crains. Mais si vous voulez mon avis, il cherche toujours le grand amour. Il n'en a simplement pas conscience...

Maggie observa Ben, qui discutait à l'autre bout de la salle. Finn suivit son regard.

— Soyez patiente avec lui, ajouta-t-il à voix basse.

Ben cherchait-il vraiment le grand amour ? C'était sans doute le cas de la plupart des célibataires, mais pourquoi ne l'avait-il pas encore rencontré ?

Finn pouvait sans doute lui donner beaucoup de réponses. Elle se tourna pour lui parler mais, constatant qu'il s'était éclipsé pour aller bavarder avec un autre invité, elle se concentra de nouveau sur Ben.

Il était si sexy, si viril alors qu'il passait de groupe en groupe pour faire la conversation avec chacun, séduisant hommes et femmes sur son passage ! Lorsqu'il arrivait, les visages se mettaient à sourire, les femmes le couvaient de regards adorateurs, et leurs yeux s'illuminaient quand il leur parlait !

Comment leur en vouloir ? C'est exactement l'effet qu'il avait sur elle dès qu'il l'approchait...

Ses pieds commençaient à trouver le temps long dans les escarpins neufs, aussi s'installa-t-elle sur une banquette le long d'un mur. Ben, qui l'avait suivie du regard, traversa la foule pour la rejoindre.

— Tu t'ennuies ?

— Pas du tout. J'ai juste mal aux pieds...

— Pas étonnant avec ces talons ! Je serais ravi de te masser les pieds plus tard, ajouta-t-il à voix basse.

— Je t'accorderais très volontiers ce plaisir, répondit-elle en souriant.

Elle examina ses belles mains, à la fois fortes et fines. L'idée de leur confier ses pieds fit naître en elle un frisson de plaisir. Elle se rappela aussitôt à l'ordre. Ce n'était ni l'endroit ni le moment de se laisser aller à des visions érotiques !

— Je peux te poser une question, Ben ?

— Bien sûr, mais je tiens à préciser que personne ne s'est jamais plaint de mes massages.

— Ce n'est pas à ce sujet que je voulais t'interroger, dit-elle en riant, mais à propos de ces photos. Tu as des portraits magnifiques exposés ici ; pourquoi n'y en a-t-il pas dans ton cabinet ?

— Je ne peux pas avoir de portraits dans la salle d'attente, c'est trop perturbant.

— Pourquoi ? Penses-tu donc que le monde devrait être rempli de gens parfaits ?

— De gens à l'apparence parfaite, tu veux dire ?

Elle acquiesça.

— Non, c'est justement ce que je ne veux pas. Dis-moi, quelle est la photo que tu préfères dans l'exposition ?

Maggie lui désigna le portrait de trois quarts, en noir et blanc, d'une femme âgée. Un sourire indéfinissable flottait sur ses lèvres alors qu'elle observait des enfants qui jouaient au loin.

— Celle-ci.

— Pourquoi ?

— Cette femme a l'air de contempler son passé, son enfance depuis longtemps enfuie. Son sourire est vaguement mélancolique sans être triste. Elle est âgée et, pourtant, elle semble heureuse et sereine. On voudrait connaître son histoire, et en même temps, on a le sentiment qu'on la connaît déjà.

— Exactement. Parce que cette histoire est inscrite sur son visage. Les gens qui ont appris à vivre en paix avec leur passé ont un visage comme celui-là. Ils sont à l'aise dans leur corps et cela se voit quand on les photographie. Notre caractère s'imprime sur notre visage, et c'est ce que je veux préserver chez mes patients. Je veux qu'ils gardent leur personnalité. Je ne veux surtout pas les transformer en quelqu'un d'autre. Voilà pourquoi je n'ai pas de portraits affichés dans mon cabinet, parce que je ne veux pas que mes patients me disent « Transformez-moi en cette personne ».

— Alors pas de Pamela Anderson ou de Kate Winslet ?

— Surtout pas ! Je veux que mes patients soient heureux avec leur image lorsque j'ai fini mon travail, pas qu'ils se comparent à quelqu'un d'autre. Tout le monde ne peut pas ressembler à Angelina Jolie, et les gens ne devraient même pas le souhaiter. Si j'accrochais des portraits dans ma salle d'attente, mes patients se compareraient à eux, même inconsciemment, car c'est dans la nature humaine. S'ils ont besoin de faire corriger quelque chose, je suis content qu'ils m'apportent une photo pour me montrer à quoi ils pensent ; cela me donne une idée du résultat final qu'ils attendent. Mais je veux aussi qu'ils comprennent lorsqu'ils ont des idées irréalisables ou totalement ridicules.

— Comme les seins de Pamela avec Juliet ?

— Oui, par exemple. En général, je réussis toujours à leur faire entendre raison. À mon avis, le visage est la fenêtre de l'âme et doit refléter la vie qu'ils ont menée. Je ne veux pas en faire une toile blanche ou un masque sans caractère. Je veux que les gens se sentent à l'aise avec leur apparence, et mon but est que mes patients vivent, aiment et s'expriment sans craindre le ridicule ou l'embarras. D'ailleurs, la plupart de mes interventions sont de la chirurgie réparatrice. Je fais assez peu de chirurgie esthétique. Mon travail est de réparer les difformités, pour des raisons esthétiques ou médicales, ou pour améliorer la qualité de vie. Je ne veux surtout pas que les gens croient devoir changer tout ce qui ne leur semble pas parfait chez eux. Ce qui me plaît dans un visage, c'est l'histoire qu'il raconte, la personnalité qu'il révèle.

Maggie resta songeuse. Qu'exprimerait celui de Ben d'ici trente ans ? Celui-ci dut prendre son silence pour une manifestation d'ennui car il baissa la tête d'un air embarrassé.

— Pardonne-moi, ma réponse était un peu longue. Es-tu prête à partir ? Je pense que nous pouvons filer maintenant. Qu'as-tu envie de faire ?

— Tu veux dire avant le massage des pieds ?

— Oui, avant ça, répondit-il en riant.

— Pourrions-nous aller quelque part pour dîner ? Toi et Finn m'avez ravitaillée en champagne et en petits-fours toute la soirée, mais j'aimerais bien une nourriture plus substantielle.

— J'ai de quoi préparer un en-cas chez moi. Serais-tu partante pour un pique-nique dans mon salon ?

Il assortit son invitation d'un clin d'œil plein de sous-entendus qui accélérèrent les battements de son cœur. Elle acquiesça, sachant très bien qu'il s'agissait de bien plus qu'un simple pique-nique. Ils se levèrent et restèrent un instant l'un contre l'autre, devant la banquette.

— Tu es sûre de vouloir venir chez moi ? murmura-t-il à son oreille.

S'il ne l'avait pas tenue par la taille, Maggie n'aurait sans doute pas pu tenir debout, tant elle se sentait fébrile. Elle réussit à lui adresser un sourire.

— Tout à fait sûre...

Il ne lui lâcha pas la taille alors qu'ils prenaient congé de Gabby et de Finn, et elle eut à peine conscience de les saluer. La seule chose qui occupait son esprit était Ben, si proche, si tentant, si incroyablement sexy, à son côté !

Après avoir quitté la galerie, ils montèrent dans la voiture de Ben, et celui-ci s'arrêta au bout d'une demi-heure devant une maison ancienne de deux étages, aménagée en appartements.

Le sien occupait entièrement le dernier niveau et offrait un panorama imprenable sur la rivière Yarra et la ville.

Mais Maggie ne s'intéressait pas du tout à la vue extérieure.

En entrant, Ben abandonna sa veste et dénoua sa cravate avant de détacher les deux premiers boutons de sa chemise. Elle résista à grand-peine à l'envie de lui caresser les épaules et de glisser la main dans l'échancrure du col.

— Que puis-je te servir ? demanda-t-il. J'ai des fruits, du fromage, du saumon fumé, du champagne...

S'arrachant avec effort à la contemplation du petit triangle de peau dénudé, elle le regarda dans les yeux. Avait-il fait des courses dans l'espoir d'une collation galante et tardive, ou était-il toujours prêt à faire face à sa bonne fortune ?

— J'aimerais beaucoup une tranche de pain grillée et beurrée, déclara-t-elle.

— Je ne suis pas sûr que cela aille très bien avec le champagne. Si tu passes la nuit ici, je te promets que je t'en préparerai demain matin pour le petit déjeuner.

Il avait prononcé ces mots avec tant de naturel qu'elle se sentit faiblir encore davantage. Nul doute qu'il avait une grande expérience dans l'art de la séduction ! Pourtant, le savoir ne l'aidait pas à lui résister. Mais, en vérité, elle n'avait aucune envie de lui résister ! Elle se trouvait exactement là où elle voulait être, et rien ne pouvait lui plaire davantage que se laisser séduire par cet homme...

Il lui tendit une flûte de champagne et leva un sourcil quand elle la saisit.

— Où est ton alliance ?

— Je l'ai enlevée.

— Pourquoi ? reprit-il en lui prenant la main.

— Je n'avais pas envie de ressembler à une femme mariée, ce soir.

Portant sa main à ses lèvres, il déposa un baiser à l'intérieur de son poignet, et Maggie eut l'impression d'être traversée par une décharge électrique. Il baissa la tête comme s'il allait l'embrasser.

— Et pour quelle raison ? lui murmura-t-il à l'oreille.

Elle fut incapable de répondre. Que lui dire, d'ailleurs ? Que plus le temps passait, plus son imagination travaillait à lui faire visualiser leurs deux corps nus dans un lit ? Cette simple idée suffisait à faire grimper sa température de plusieurs degrés ! Ne pouvant articuler un seul mot, elle se contenta d'avaler une gorgée de champagne.

Le liquide frais et pétillant l'aida à reprendre un peu le contrôle de ses émotions. S'écartant de Ben sans pour autant le quitter des yeux, elle alla s'asseoir sur le canapé. Elle voulait profiter de ce moment où tout était possible, où rien n'était encore décidé. Elle voulait qu'il continue de lui faire la cour, qu'il continue de la séduire, de la charmer, de lui laisser croire qu'elle était la femme la plus belle et la plus attirante du monde !

Il vint prendre place à côté d'elle sur le sofa, et il se pencha pour l'embrasser doucement. Puis ses baisers se firent plus passionnés tandis que la main qu'il avait posée sur son genou remontait le long de sa cuisse. Maggie se laissa aller contre lui et s'entendit gémir de plaisir, pendant qu'elle enfonçait les doigts dans ses cheveux épais.

Ils basculèrent sur le canapé. Maggie avait définitivement renoncé à reprendre le contrôle de ses émotions. D'ailleurs, elle n'y pensait même plus. Sa raison paraissait avoir calé tel un moteur en panne, et ses seuls sens la guidaient désormais.

En fait, elle se sentait plus vivante que jamais. Alors que Ben la couvrait de baisers et de caresses, alors qu'elle y répondait sans la moindre gêne, quelque chose s'était réveillé en elle, un instinct qui dormait depuis si longtemps qu'elle en avait oublié même le souvenir.

La suite se déroula comme un merveilleux rêve érotique. Sa robe tomba bientôt sur l'épais tapis à côté du costume en alpaga de Ben. Face à la fenêtre éclairée par les lumières de la ville, sur le mur du salon, leurs deux silhouettes intimement enlacées se livrèrent en ombres chinoises à une voluptueuse danse d'amour, avant de retomber longtemps plus tard l'une contre l'autre, épuisées et rassasiées de plaisir.

Douce et chaude, Maggie reposait dans ses bras comme si cela avait toujours été sa place. Ben la sentait respirer doucement, détendue et sensuelle, et son parfum subtil lui caressait les narines, un vert parfum d'agrumes vaguement épicé qui resterait pour toujours associé dans sa mémoire à ces moments incroyables qu'ils venaient de partager.

Attendri, il se pencha pour l'embrasser sur les paupières, et fut surpris de les trouver humides.

— Mon Dieu, Maggie, que se passe-t-il ? Tu pleures ? Ça va ?

La jeune femme secoua la tête et lui adressa un sourire dans la pénombre de la pièce.

— Oui, tout va bien. En fait, je ne me suis pas sentie aussi bien depuis des années.

— Pourquoi pleurer alors ? murmura-t-il en lui caressant les cheveux.

— Ce sont des larmes de bonheur, de soulagement. Je crois que j'avais oublié combien c'était bon de faire l'amour !

Ce compliment le remplit de fierté. Il avait toujours été très attentif aux besoins de ses maîtresses, mais n'avait jamais fait pleurer de bonheur aucune d'entre elles !

— Dans ce cas, pourquoi ne pas aller dans ma chambre et recommencer ? dit-il. Assurons-nous que ce sera assez marquant pour que tu t'en souviennes à l'avenir !

Maggie le suivit jusqu'à son lit, où ils firent de nouveau l'amour en prenant leur temps, en s'accordant le loisir de découvrir le corps de l'autre et de trouver leur rythme.

Épuisés et rassasiés de plaisirs, ils finirent par s'endormir alors que l'aube commençait à se lever.

Ben se réveilla le premier et resta immobile, attendant la vague de panique qu'il expérimentait toujours la première fois qu'il se retrouvait au petit matin avec une nouvelle femme dans son lit. Il traversait d'habitude un pénible moment de doute pendant lequel il se demandait s'il n'avait pas commis une terrible erreur et ce qu'il allait bien pouvoir raconter à sa dernière conquête.

Parfois, celle-ci parlait suffisamment pour deux, ce qui le dispensait de dire quelque chose. Parfois, ils reprenaient sans un mot les activités que le sommeil avait interrompues. D'autres fois, ni l'un ni l'autre ne savait quoi dire, ce qui rendait la situation d'autant plus embarrassante…

Indécis, il examina Maggie qui dormait toujours contre lui, et il comprit que ce matin, tout se passerait bien. Il avait envie de la sentir entre ses bras, dans son lit. C'était là sa vraie place. Son visage paisible et détendu avait une beauté calme qui le rasséréna tout à fait. Non, avec elle, il n'aurait aucun problème d'adaptation !

Il se rappela alors leur folle nuit et s'étonna de l'aveu qu'elle lui avait fait. Comment une femme aussi sensuelle, aussi libre avec son corps et dénuée de tout complexe pouvait-elle avoir oublié combien faire l'amour était agréable ? Il avait du mal à croire à une telle abstinence après une nuit aussi torride !

Un sourire étira ses lèvres. Maggie avait le pouvoir de réveiller quelque chose de sauvage en lui. Ensemble, ils perdaient leurs inhibitions et se livraient totalement l'un à l'autre. Ludiques, ils exploraient leur sensualité avec curiosité. Puis ils se laissaient aller à la passion qui les brûlait. Toujours en symbiose, comme si leurs deux corps se reconnaissaient et communiquaient ensemble par un langage inconnu et sans mot, un langage qu'ils n'avaient jamais appris, mais qu'ils connaissaient d'instinct, depuis toujours.

Cette alchimie qui les dépassait avait quelque chose d'un peu effrayant, songea-t-il. Et d'infiniment grisant !

Le plus merveilleux, c'était que cette complicité physique se doublait d'une entente intellectuelle qu'il n'avait jamais connue avec aucune de ses maîtresses. Comment Maggie réussissait-elle à être à la fois une amie et une amante hors pair ?

Ben se glissa doucement hors du lit et recouvrit la jeune femme de la couette. Il avait une faim de loup !

Il revint de la cuisine un moment plus tard avec le plateau du petit déjeuner et réveilla Maggie en s'asseyant au bord du lit. Elle ouvrit les paupières et s'étira avec la grâce d'une chatte.

— Bonjour, ma chérie, murmura-t-il en l'embrassant. Tu as bien dormi ?

— Comme un bébé ! répondit-elle avec un sourire langoureux.

— Je t'ai préparé des toasts beurrés comme je te l'avais promis hier soir.

Maggie se redressa aussitôt et en prit un d'un air gourmand.

— Tu es un homme merveilleux ! s'exclama-t-elle en mordant à pleines dents dans la tartine.

— Oh, je me contente de tenir mes promesses… Thé ou café ?

— Thé, merci…

Il lui servit une tasse du chaud liquide ambré, et fut impressionné par le naturel avec lequel elle s'assit dans le lit sans faire le moindre effort pour cacher sa nudité. Quand elle tapota le matelas pour lui faire signe de la rejoindre, il ne se fit pas prier et se glissa sous la couette. C'est ainsi qu'ils prirent leur premier petit déjeuner ensemble, en discutant comme deux vieux amis…

Les deux semaines suivantes furent parmi les plus heureuses qu'avait vécues Maggie.

Juliet et elle se partageaient les tâches ménagères, devenues à présent une routine sans histoire. Sa blessure étant complètement guérie, Edward retourna à l'entraînement de football auréolé d'une réputation héroïque qui dura bien plus longtemps que son œil au beurre noir. Maggie et Ben assistaient aux entraînements en bavardant, car c'était les seuls moments qu'ils pouvaient passer ensemble, hormis les quelques nuits où Maggie pouvait le rejoindre.

À la fin de ces deux premières semaines, Sophie arriva à Melbourne pour assister au spectacle de danse de sa cousine Kate. Maggie fit comprendre à Ben qu'il n'était pas obligé de rencontrer sa fille, même si elle redoutait qu'il ne lui manque terriblement. Il insista cependant pour assister lui aussi au spectacle de danse, et il charma Sophie aussi facilement qu'il avait séduit sa mère.

Curieusement, Maggie avait l'impression de s'être dédoublée depuis leur rencontre. D'un côté, il y avait la mère, la sœur et la tante responsable et pragmatique, la Maggie sur laquelle on pouvait toujours compter. Et d'un autre côté, il y avait celle qui émergeait de sa coquille en présence de Ben, la jeune fille drôle et rieuse qu'elle avait été autrefois et qui renaissait de ses cendres tel un phœnix dès qu'il l'approchait.

Elle avait l'impression de s'être retrouvée. Ben l'avait réveillée d'un sommeil de vingt ans. Elle était sa belle au bois dormant...

Cet état euphorique ne lui faisait pourtant pas oublier la réalité. Leur relation s'achèverait dès qu'il partirait en Afrique. Le charme serait rompu quand il prendrait son avion pour l'Ouganda. Une absence aussi longue ne pouvait que signifier la mort d'une si courte aventure. Maggie ne se faisait aucune illusion. Elle vivait un rêve, mais le monde réel allait vite reprendre ses droits.

Aussi, en attendant, entendait-elle profiter jusqu'au bout de ce rêve merveilleux qu'ils faisaient ensemble !

7

Plus que quatre jours… L'échéance était trop proche pour que Maggie puisse prétendre ne pas y penser.

Juliet était de nouveau à l'hôpital. Ben avait fini la chirurgie reconstructive, et la pose des implants mammaires s'était parfaitement bien déroulée. Quelques changements étaient survenus, cependant, et Maggie n'était plus aussi libre maintenant qu'elle devait s'occuper de son neveu et de sa nièce à temps plein.

Son temps se partageait entre l'hôpital, l'école, les activités extrascolaires des enfants, les courses et les tâches ménagères. Elle espérait cependant réussir à se tenir à son emploi du temps et à passer quelques heures avec Ben pendant le week-end, qui commençait deux jours plus tard.

Elle sortait de la chambre de sa sœur après sa visite du matin lorsque Ben passa dans le couloir. Cette rencontre imprévue la fit frissonner de plaisir.

— Salut ! murmura-t-il avec un sourire sexy. J'espérais bien te rencontrer. Tu as une seconde ? J'ai quelque chose à te demander.

Sans lui laisser le temps de répondre, il ouvrit la porte qui faisait face à celle de Juliet. Maggie entra dans la pièce et fronça les sourcils alors qu'il refermait derrière eux.

— Comment savais-tu que cette chambre était vide ? s'enquit-elle.

— J'ai fait mon enquête ! répondit-il en la prenant dans ses bras.

Il l'embrassa sans attendre et elle fut incapable de lui résister. L'expérience des deux précédentes semaines lui avait fait comprendre que lorsqu'il s'agissait de Ben, toute tentative de résistance était illusoire...

— On pourra se voir ce week-end ? reprit-il. Je pars dans quatre jours...

Maggie ne put résister au plaisir de le taquiner.

— Juliet m'a dit que tu la laissais sortir demain...

— Zut, je n'y avais pas pensé ! Tu vas devoir t'occuper d'elle. Je n'ai pas très bien programmé ce coup-là !

Il avait l'air si désappointé que la jeune femme le prit en pitié.

— En fait, mon ex-beau-frère arrive demain et il va l'aider avec les enfants. Il a un congé de quelques jours...

— Tu veux dire que tu pourras passer le week-end entier avec moi ?

— Dès que Sam et moi aurons installé Juliet à la maison, je serai toute à toi.

— C'est fantastique !

Ben la serra dans ses bras et l'entraîna dans quelques pas de danse à travers la chambre. Tout aussi impulsivement, il s'arrêta soudain et la poussa vers le lit avec une lueur lascive au fond des yeux. Maggie se sentit fondre alors qu'il l'enlaçait et la plaquait contre lui.

— Quel dommage que ces portes n'aient pas de verrou, murmura-t-il.

— Assure-toi d'avoir bouclé tes bagages ce soir, répondit-elle d'une voix haletante. Je ne suis pas sûre de t'en laisser le temps ce week-end !

Puis elle l'embrassa avec fougue. Ben avait le don de lui faire oublier toutes ses inhibitions ! Elle avait du mal à se reconnaître lorsqu'ils étaient ensemble. Et cela ne lui déplaisait pas du tout, bien au contraire !

Se rappelant où ils étaient, elle fit un effort surhumain pour reprendre le contrôle de la situation.

— Tu ferais mieux de retourner travailler avant qu'on ne vienne te chercher, reprit-elle. Je viens chez toi demain dès que je le pourrai.

Elle l'embrassa de nouveau rapidement sur la bouche avant de le pousser hors de la chambre. Cela valait mieux : quelques minutes de plus en sa compagnie lui auraient fait oublier toute prudence !

Ben ne cessait d'aller et venir entre sa cuisine et le salon. Maggie l'avait appelé dans la matinée pour lui dire qu'elle viendrait vers l'heure du déjeuner, et la pendule venait de sonner 14 heures... Et il n'arrivait plus à maîtriser son impatience !

Ce retard ne lui ressemblait pas du tout. D'ailleurs, prévoir de passer un week-end entier avec une femme ne lui ressemblait pas non plus. C'était déjà arrivé, bien sûr, mais jamais de manière organisée. Il ne voulait pas prendre l'habitude de passer un aussi long moment avec quelqu'un...

Et voilà qu'il se retrouvait à surveiller l'heure en faisant les cent pas devant la porte, en attendant que la sonnette de l'Interphone retentisse !

Ce qui arriva enfin. Son cœur bondit dans sa poitrine et il prit une profonde inspiration en s'accordant quelques secondes avant de répondre.

Maggie fut chez lui une minute plus tard, un petit sac de voyage à la main.

La voir entrer chez lui aurait dû réveiller son appréhension, pourtant, il ne ressentit qu'un immense bonheur. Il prit à peine le temps de refermer la porte avant de l'enlacer...

... et de l'entraîner vers sa chambre à coucher !

À 18 heures, Maggie lui avoua qu'elle commençait à avoir faim. Ils venaient de passer tout l'après-midi au lit et se nourrir avait été le dernier de leurs soucis !

— Mon réfrigérateur est presque vide, avoua-t-il. Comme je pars lundi, je n'ai pas fait de courses. Nous allons devoir dîner dehors, ou alors commander un repas à livrer. De quoi as-tu envie ? Cuisine italienne, asiatique, grecque ? Des fruits de mer ?

— Pouvons-nous retourner chez Bella ? s'enquit-elle.

Il hésita. Elle était la seconde femme qu'il avait invitée chez Bella : normalement, il n'y allait qu'avec Gabby, Finn et Rory. Il connaissait Marco et Isabella depuis longtemps et les considérait comme des membres de sa famille, aussi n'avait-il jamais osé leur présenter ses conquêtes féminines. Sa vie était cloisonnée de cette manière : d'un côté la famille, de l'autre sa vie privée. Et il n'aimait pas du tout que les deux se mélangent.

Jusqu'à ce qu'il connaisse Maggie.

Lorsqu'ils entrèrent dans le restaurant une heure plus tard, il ressentit un choc en découvrant le regard de Marco. Quant à Isabella, elle ressemblait à un chat qui vient de découvrir un pot de crème ! Ils firent mine de se comporter comme d'habitude, mais Ben ne fut pas dupe des sourires entendus qu'ils parvenaient difficilement à cacher ! Ils lui jetèrent quelques regards interrogateurs qu'il ignora. Il n'avait pas le courage de mettre une étiquette sur les sentiments qu'il éprouvait pour Maggie, et à plus forte raison d'en parler avec qui que ce soit.

D'ailleurs, tout cela n'avait pas d'importance. Dans moins de deux jours, il serait à l'autre bout du monde...

La perspective de sa mission en Ouganda ne lui apportait pourtant aucun soulagement. D'habitude, il se sentait toujours prêt à une nouvelle aventure, à une nouvelle conquête féminine. Cette fois, il regrettait presque de devoir partir en Afrique. Il avait presque envie de retarder ce départ.

Presque.

— Plus que trente-six heures, dit-il en terminant sa dernière bouchée de lasagne.

— Trente-cinq, le corrigea Maggie d'un ton uni.

Il s'efforça de répondre à son sourire, mais n'y parvint pas.

— Oui, tu as raison.

— Comment veux-tu employer nos dernières heures ?

À la voir évoquer si calmement leur séparation, il comprit qu'il n'était pas encore prêt à la fin de leur liaison.

— Nos *dernières* heures ? répéta-t-il.

— Nous venons de deux milieux différents, nous habitons deux villes très éloignées : tout nous sépare...

— Beaucoup de gens ont une relation à distance, protesta-t-il. Cela n'a rien d'impossible.

— Non, mais c'est difficile. Cela arrive lorsqu'un membre du couple doit partir pour son travail, et c'est toujours une épreuve. Seuls les couples solides peuvent la supporter sans se briser.

Elle lui prit la main et il eut l'impression qu'elle tentait d'atténuer la dureté de ses paroles. Pourtant, il avait le sentiment d'être frappé à coups de poignard dans le cœur.

— Tu as ta vie, j'ai la mienne, poursuivit-elle. Nous venons de nous rencontrer, nous ne nous sommes jamais fait aucune promesse. Je ne nie pas qu'il sera difficile de se dire au revoir, mais nous savions depuis le début que cela devait arriver.

— Pas nécessairement !

Elle ne répondit pas tout de suite et il sentit sa colère se réveiller. Il avait cru qu'elle tenterait de le retenir, alors qu'en réalité, elle cherchait un moyen de lui signifier en douceur la fin de leur liaison ! Sa frustration lui fit monter un goût de bile dans la bouche. C'était la première fois qu'il se trouvait dans ce rôle !

— Ne te crois aucune obligation à mon égard, reprit-elle. Je suis une grande fille et j'ai vécu seule bien longtemps, je sais me débrouiller.

— Bien sûr, mais j'aimerais te revoir quand je rentrerai en Australie.

Il avait du mal à en croire ses propres oreilles. Jamais il n'avait rien demandé à une femme, et pourtant, il était là, la suppliant presque de l'attendre, de le revoir...

Il reposa brusquement son verre de vin. Peut-être valait-il mieux se contenter de boire de l'eau désormais.

Maggie secoua la tête, et il éprouva une douleur encore plus forte au creux de l'estomac.

— Je ne suis pas celle qu'il te faut. J'ai été mariée, j'ai deux enfants... Tu n'as rien vécu de tout ça encore.

— Mais je ne veux rien de tout ça ! s'exclama-t-il.

— Un jour, tu changeras d'avis. Tu as presque quarante ans. Bientôt, tu te demanderas pourquoi tu as travaillé si dur, et à quoi sert ta vie. Tu tomberas amoureux d'une jeune femme. Elle sera sans doute très différentes de tes maîtresses habituelles, et aura sûrement dix ans de moins que toi. Et tu voudras l'épouser, tu voudras qu'elle soit la mère de tes enfants, et tu auras raison. Tu seras un père formidable, Ben. Tu seras étonné de le découvrir, et d'en éprouver autant de bonheur.

« Mais je suis heureux maintenant ! », voulut-il dire. Mais les mots restèrent coincés dans sa gorge.

— Je t'en prie, ne nous faisons aucune promesse ce soir, reprit-elle. J'aimerais te revoir, mais il n'y a rien de pire que des serments qu'on ne peut pas tenir. Et ainsi, nous n'espérerons rien.

Elle lui ménageait une porte de sortie plus facile, mais Ben n'en voulait pas. Il ne voulait pas l'écouter ! Puis elle lui adressa un nouveau sourire, cette fois plus sensuel, et il devina aussitôt la direction que prenaient ses pensées.

— Et si nous nous passions de dessert pour profiter pleinement du temps qui nous reste ? suggéra-t-elle.

Savoir qu'elle n'était pas totalement indifférente à son charme apaisa son ego plutôt maltraité. Elle n'eut pas besoin de le lui demander deux fois : il paya Marco, puis ils quittèrent le restaurant.

Ben tenta de reprendre leur conversation lorsqu'ils furent chez lui, mais elle le fit taire d'un regard.

— Nous avons déjà assez parlé, déclara-t-elle avec un sourire ensorceleur. Il ne nous reste que trente-trois heures...

Elle commença à lui déboutonner sa chemise.

— ... et j'ai des projets pour toi. J'espère que tu as suivi mon conseil et que tes bagages sont déjà prêts. Te regarder les faire n'entre pas dans mes plans et je te préviens tout de suite que tu n'auras peut-être pas le temps de dormir non plus !

Il ferma les paupières alors qu'elle lui caressait le torse.

— Tu pourras toujours te reposer dans l'avion, conclut-elle d'une voix rauque et sensuelle.

Puis elle l'embrassa pendant qu'il l'enlaçait amoureusement.

Cette femme était dangereuse. Il ne pouvait se permettre de perdre le contrôle, il le savait. Mais comment résister ? Comment lutter contre tant de volupté ? Il n'était qu'un homme, sans défense, prisonnier d'une enchanteresse qui l'avait ensorcelé.

Le monde extérieur cessa d'exister. Il n'y avait plus que Maggie.

Quand ils se quittèrent devant son immeuble, Ben faillit la supplier de leur accorder une seconde chance. Il se retint à temps. Dans le taxi qui l'emmenait vers l'aéroport, il se rappela ses paroles. Elle avait raison, une relation à distance n'avait aucune chance de tenir le coup pour un couple qui venait de se rencontrer. Il partait pour l'Ouganda, elle rentrerait bientôt à Sydney. Leurs chemins qui s'étaient brièvement croisés à Melbourne reprenaient désormais des directions opposées.

Tout ce qu'il avait pu obtenir d'elle, c'était une vague promesse qu'ils feraient le point sur leurs sentiments à son retour en Australie, dans huit semaines.

Lorsque son avion décolla pour l'emporter vers l'Afrique, il eut brutalement l'impression qu'il venait de commettre la pire erreur de sa vie.

Dire adieu à Ben avait été une des choses les plus difficiles que Maggie avait dû accomplir de sa vie. Pourtant, il n'y avait pas d'alternative. Comment auraient-ils pu poursuivre leur relation en vivant à presque mille kilomètres de distance ?

De plus, il était plus facile de le quitter maintenant, avant que ses sentiments pour lui soient devenus encore plus forts. Plus tard, elle savait que cela lui aurait été impossible...

L'un d'entre eux devait se montrer fort, et elle savait que ce devait être elle. Par certains côtés, Ben était un enfant. En tout cas, sa vie de célibataire ne lui avait pas donné la maturité affective que Maggie avait acquise au prix fort.

Elle venait de vivre l'histoire la plus merveilleuse qui lui était arrivée depuis la mort de Steven et voulait la clore sans fausse note. Il était hors de question de la gâcher par de fausses promesses, par des espoirs fallacieux et d'amères déceptions.

Elle rentra à Sydney dans un grand état d'abattement. Pour couronner le tout, elle avait attrapé un virus à la fin de son séjour à Melbourne qui lui donnait la nausée et qui la fatiguait terriblement. Sans énergie, elle se traînait toute la journée et s'effondrait le soir dans son canapé, totalement épuisée.

Ses enfants, désormais indépendants, vivaient toujours

avec elle et accomplissaient leur part de travaux ménagers. Il lui revenait cependant de faire les courses et la cuisine. À cause de ce virus, le simple fait de cuisiner lui donnait de pénibles haut-le-cœur, et elle se convertit aux plats surgelés.

Juliet lui téléphona un soir, alors qu'elle somnolait dans le canapé.

— Salut, Mag. Je te réveille ?

— Je me reposais juste un peu… Cette gastro ne veut pas me quitter, c'est fatigant.

— Tu te sens toujours aussi patraque ?

— Ça va un peu mieux, mais guère…

— Tu manges normalement, au moins ?

— Non, tout m'écœure. J'arrive juste à avaler quelques toasts.

— Fatiguée, pas d'appétit… C'est long, une gastro de deux semaines. Tu es sûre que ce n'est pas autre chose ?

— Comme quoi ?

— La ménopause.

Maggie ouvrit des yeux comme des soucoupes à cette idée.

— Tu plaisantes ?

— Tu en as tous les symptômes, fit remarquer Juliet.

— Pas du tout !

— Eh bien, si ce n'est pas ça, alors tu es enceinte.

Cette nouvelle supposition la fit éclater de rire.

— J'espère bien que non ! Non, sérieusement, je suis presque sûre que c'est impossible. Je vais vite me remettre, ne t'inquiète pas. Et toi, comment vas-tu ?

— Très bien, répondit Juliet. J'ai vu le Dr Clark, le remplaçant de Ben, et il semble très satisfait.

— Et comment cela se passe avec Sam ?

— C'est bizarre d'avoir son ex-mari de nouveau à la maison, mais nous ne nous sommes pas encore disputés, c'est plutôt bon signe, non ?

Juliet semblait heureuse et Maggie en fut soulagée. Elle se demandait si sa sœur et Sam allaient essayer de renouer malgré leur divorce lorsqu'une nouvelle nausée lui retourna l'estomac. Elle avait omis de mentionner ces nausées à sa sœur. Qu'aurait-elle pu faire, à mille kilomètres de distance ?

Des nausées... Maggie se demanda soudain si Juliet n'avait pas posé le bon diagnostic.

Mais, elle, enceinte ?

À quand remontaient ses dernières règles ? se demanda-t-elle. Lorsque Juliet était à l'hôpital et qu'elle avait failli mourir. Et depuis ? Rien...

Maggie n'avait jamais été très régulière. Compte tenu de sa vie sentimentale, elle n'avait guère de raisons de s'en inquiéter. Mais en calculant bien, son cycle menstruel aurait dû commencer à peu près quand Ben était parti en Afrique, deux semaines auparavant. Se pouvait-il que sa gastro l'ait perturbée au point de le retarder ? Ou alors c'était la périménopause qui commençait ? Elle était encore un peu jeune pour cela, mais chez certaines femmes, ces troubles pouvaient apparaître vers quarante ans.

Restait la solution suggérée par Juliet. Une grossesse.

« Non, se dit-elle. J'ai dû m'embrouiller dans mes calculs. Avec tout ce qui s'est passé, je n'avais pas la tête à ça ! »

L'idée ne cessa pas de lui trotter dans la tête, et une heure plus tard, sa décision était prise. Il n'y avait qu'une façon d'en avoir le cœur net.

Elle se rendit à la pharmacie pour acheter un test de grossesse. Une fois rentrée, elle s'assit sur son lit et lut plusieurs fois les instructions. Le trac l'empêchait de passer à l'acte, mais, pourtant, c'était facile. Une seule ligne rose sur la bande plongée dans l'urine montrait que le test fonctionnait bien, mais qu'il n'y avait aucune grossesse en cours.

Deux lignes roses annonçaient les ennuis...

Cette perspective la terrorisait. Se retrouver enceinte à quarante-deux ans ? Seule, avec déjà deux enfants presque adultes ? Impossible !

Se raisonnant, elle finit par prendre son courage à deux mains et se rendit dans la salle de bains. « Assez tergiversé ! Fais ton test. Il sera toujours temps de paniquer si le résultat est positif ».

La première ligne rose apparut tout de suite. Au moins le test fonctionnait. Elle le posa sur le bord de l'évier et attendit, assaillie de doutes et d'interrogations.

« Que désires-tu vraiment ? Voir la seconde ligne ou pas ?

Non, c'est idiot ! Je n'ai aucune envie d'être enceinte. Mère célibataire à mon âge ? C'est ridicule ! »

Elle rumina pendant dix bonnes minutes devant sa coiffeuse avant de se retourner vers le lavabo.

Une seule ligne. Le test était négatif.

Elle le jeta dans la poubelle avec une pointe de regret. Cela aurait-il été si terrible d'attendre l'enfant de Ben ? Elle laissa son imagination s'engager dans cette direction un instant. L'idée était vaguement excitante, au fond. En tout cas, pas si terrible qu'elle l'avait cru.

« Tu perds la boule, ma fille ! Tu voudrais un bébé à ton âge ? Alors que Ben t'a clairement dit qu'il ne souhaitait pas en avoir ? Non, tu délires vraiment ! »

Chassant ces élucubrations de son esprit, Maggie décida de prendre rendez-vous chez son médecin. Son état bizarre n'avait duré que trop longtemps et il aurait été déraisonnable de ne pas se faire examiner.

Le Dr Ebert la reçut trois jours plus tard.

— Bonjour, Maggie, comment allez-vous ? dit-il en la faisant entrer dans son cabinet.

Il était son généraliste depuis que ses enfants étaient tout petits et Maggie avait une grande confiance en lui. Elle prit place dans le fauteuil qu'il lui indiquait et commença à lui décrire ses symptômes.

— Je me sens fatiguée depuis trois semaines maintenant. Au début, j'ai cru avoir une gastro. J'ai la nausée, un peu de température. Pourtant je ne vomis pas, même si la simple vue de nourriture me soulève l'estomac. En réalité, tout ça ne correspond à rien de précis.

— Et votre état s'aggrave-t-il ou allez-vous un peu mieux ?

— En fait, il n'évolue pas.

— Bien, commençons par le début. Prenez-vous des médicaments ?

— Un cachet d'aspirine de temps en temps.

— Vous avez mal à la tête ?

— Parfois, sans plus.

— Vous dormez bien ?

— Je suis vraiment épuisée et je m'endors comme une masse. Je me réveille toutes les nuits pour aller aux toilettes, ce qui ne m'arrivait pas avant, mais je me rendors tout de suite.

Le médecin hocha la tête tout en lui prenant sa tension.

— Vous allez aux toilettes plus souvent qu'avant ? Vous ne pensez pas que vous pourriez avoir une infection urinaire ?

— Cela m'étonnerait. Je n'éprouve aucun inconfort particulier.

— Et vos enfants, comment vont-ils ? demanda-t-il en lui posant son thermomètre électronique dans l'oreille.

— Très bien. Je viens juste de rentrer de Melbourne où j'ai aidé ma sœur pendant qu'on lui faisait sa chirurgie reconstructive de la poitrine.

— Ah ? Comment cela s'est-il passé ?

— Assez bien, malgré une grosse émotion pendant l'intervention.

— Quelle genre de grosse émotion ? s'enquit le Dr Ebert en haussant un sourcils.

— Elle a fait une réaction à l'anesthésie quand on lui a posé les extenseurs. On a dû la réanimer, mais il n'y a eu aucun effet secondaire.

— Et cela ne vous a pas trop choquée ? Vous ne vous sentez pas stressée ?

— Non, je sais comment je me sens lorsque je suis stressée. C'est différent.

« Je me sens seule, sans doute », ajouta-t-elle mentalement. Mais la solitude n'était pas un symptôme médical...

— Je crois que je vais vous faire faire un bilan sanguin, déclara le médecin. Vous n'avez pas de bouffées de chaleur ?

— Je me sens un peu fiévreuse, mais je n'ai pas de bouffées de chaleur.

Le Dr Ebert lui posa un garrot au-dessus du coude et lui désinfecta le creux du bras.

— Serrez le poing, s'il vous plaît. Savez-vous quel âge avait votre mère lorsqu'elle a commencé sa ménopause ?

— Non, pas vous ! s'exclama Maggie. Juliet aussi m'a parlé de ça ! Son autre option était une grossesse !

— Serait-ce possible ? demanda le Dr Ebert en remplissant le dernier tube.

— Techniquement, oui...

— Alors, on va faire un dernier test, dit-il en lui posant une boule de coton à l'endroit d'où il venait de retirer l'aiguille. Appuyez un instant pour éviter d'avoir un hématome.

Il sortit un flacon de plastique d'un placard, et après lui avoir posé un petit sparadrap au pli du coude, il le lui tendit.

— Pouvez-vous aller aux toilettes et me le remplir ?

Maggie fit la moue. Elle détestait ces petits flacons !

— Vos symptômes ont forcément une cause, insista le Dr Ebert avec un gentil sourire. Et vous devez admettre qu'une grossesse les expliquerait.

— Il y a forcément une autre possibilité !

— Oui, même plusieurs, beaucoup moins agréables, comme un cancer des ovaires. Vous préférez quoi ?

— Un mauvais virus de gastro..., marmonna Maggie.

— Nous allons éliminer les options les unes après les autres en commençant par la plus simple. Allez !

Le Dr Ebert lui agita le flacon sous le nez en souriant, et Maggie suivit ses ordres. Une minute plus tard, elle revint dans la salle de consultation et lui tendit le flacon. Nerveuse, elle attendit que le médecin pratique le test.

— Vous disiez que vos symptômes ne correspondaient à rien de précis ? Vous aviez pourtant éliminé trop vite la solution la plus évidente.

— De quoi voulez-vous parler ? demanda la jeune femme en fronçant les sourcils.

— Toutes mes félicitations. Vous êtes enceinte !

8

Maggie contempla son médecin d'un air médusé.

— Pardon ?

— Vous attendez un enfant.

Elle contempla le tube qu'il lui tendait et la vérité se fraya enfin un chemin dans son esprit. Enceinte !

Ni elle ni Ben n'étaient prêts pour une telle nouvelle !

Le quart d'heure suivant passa comme un rêve éveillé, pendant que le Dr Ebert lui donnait quelques conseils et la renvoyait à son gynécologue.

En sortant, elle avait toujours la nausée, et cette fois, elle savait que sa grossesse n'y était pour rien. Il lui fallait maintenant prévenir Ben !

Comment allait-il réagir ?

Le souvenir de leur conversation à propos de la paternité lui revint à l'esprit et sa nausée s'accentua. Pour ne plus y penser, elle rentra dans une librairie. Sa dernière grossesse remontait à presque deux décennies et les techniques anténatales avaient dû évoluer. Surtout pour les grossesses tardives. L'expression avait eu l'air d'amuser le Dr Ebert, mais Maggie ne l'avait pas trouvée drôle du tout.

Existait-il des livres sur ce sujet ? Elle en trouva effectivement plusieurs et en acheta deux, le feu aux joues, avant de quitter la librairie comme une voleuse. Un moment de honte était vite passé, et mieux valait être bien informée avant de se lancer dans cette aventure.

L'aube était le moment de la journée que Ben préférait à Kampala, avant que l'humidité et la chaleur ne rendent l'atmosphère moite et pénible à supporter. Il n'y avait pas encore de circulation et l'air était pur et léger. Ben préférait marcher jusqu'à l'hôpital, ce qui lui donnait l'occasion de s'arrêter en route dans un petit marché pour acheter son petit déjeuner de fruits. Ce matin-là, l'air embaumait les oranges, et ce parfum d'agrume lui évoqua Maggie avec une force troublante.

Elle lui manquait terriblement. C'était la première fois qu'il éprouvait un tel sentiment. Il comprenait soudain ce que devaient ressentir les drogués en période de sevrage. Il avait beau faire, l'image de Maggie ne cessait de le hanter. Il se rappelait avec un pincement au cœur les moments exquis qu'ils avaient passés ensemble, la complicité si douce qu'ils partageaient, l'alchimie physique qui rendait volcaniques leurs rapports intimes... Il la cherchait sans cesse, et se remémorait avec une nostalgie douloureuse son rire cristallin, sa silhouette longue et gracieuse, ses regards langoureux qui en disaient si long...

Sortant de la torpeur qui venait de le saisir au milieu du marché, il se secoua et acheta des oranges. D'habitude, il se plongeait corps et âme dans cette Afrique qui le fascinait, et il ne pensait plus à l'Australie. Mais cette fois, la magie n'opérait pas. Il était ici, mais son esprit et son cœur étaient restés au pays, près de la femme qui l'avait ensorcelé.

Elle avait un rendez-vous chez son médecin, se rappela-t-il en reprenant la route vers l'hôpital. Il se promit de l'appeler dès son arrivée.

Il mangeait un quartier d'orange lorsqu'il parvint enfin à avoir la ligne. Il y avait un écho très agaçant qui rendait la conversation pénible. Mais Ben dut vite admettre que, écho ou pas, la conversation ne pouvait en aucun cas être facile !

— Enceinte ? Tu en es sûre ?

Les interférences étaient pires qu'il ne l'avait cru. Maggie n'avait pas pu lui annoncer *ça* !

— Je suis allée chez le médecin aujourd'hui. J'en suis certaine..., cria-t-elle à l'autre bout de la ligne.

— Et cette gastro que tu traînes depuis des semaines ?

— Ce n'est pas une gastro.

— Enceinte ! répéta-t-il, éberlué. Que vas-tu faire ?

— Je ne sais pas. Je n'ai pas encore bien compris ce qui m'arrivait. Je pensais que nous trouverions une solution ensemble.

— Ensemble ?

Les oranges qui lui semblaient si sucrées un moment plus tôt lui faisaient désormais l'impression d'être gorgées de vitriol !

— Oui, je me disais que...

— Allô ? Maggie ? Maggie ?

Ben entendit sa propre voix, sans la moindre réponse. La communication avait été coupée. Il raccrocha brutalement en maudissant toutes les compagnies de téléphone du monde.

Enceinte ?

Quelle catastrophe !

Jamais il n'aurait imaginé un tel scénario ! Il rêvait de poursuivre sa liaison avec elle sans changement, en reprenant là où ils s'étaient arrêtés. Une aventure légère, voilà ce dont il avait envie. Jamais une grossesse n'avait fait partie de ses projets.

Il hésita à la rappeler et se ravisa. Il devait d'abord mettre de l'ordre dans ses pensées car la nouvelle l'avait laissé totalement déboussolé !

Ben donna l'adresse au chauffeur de taxi, avant de se caler contre la banquette et de fermer les yeux. Il était épuisé. Pourvu que le chauffeur ne se perde pas !

Il s'endormit sans s'en rendre compte et se réveilla lorsque la voiture s'arrêta brusquement devant chez Maggie. Après avoir payé la course, il retira son sac de voyage du coffre et marcha jusqu'à la porte d'entrée. C'était une soirée d'hiver assez douce, mais qui lui semblait bien froide comparée à la chaleur africaine à laquelle il s'était habitué depuis plusieurs semaines.

Était-ce une bonne idée d'arriver sans être annoncé ? se demanda-t-il devant la sonnette. Il aurait dû au moins téléphoner depuis l'aéroport... Et il aurait dû demander au taxi de l'attendre, au cas où Maggie ne serait pas là.

Avec la fatigue, il avait décidément du mal à se montrer

rationnel, songea-t-il en appuya sur le bouton. En réalité, son esprit était en roue libre depuis leur conversation téléphonique, cinq jours plus tôt. Il avait tenté de la rappeler depuis la nouvelle fracassante, sans jamais parvenir à la joindre...

La porte s'ouvrit.

Elle lui sembla plus mince que dans son souvenir.

— Ben ! s'écria-t-elle en tombant dans ses bras.

Il avait prévu de rester distant pendant sa visite, mais comment la repousser ? La sentir si fragile contre lui ne pouvait éveiller qu'un seul réflexe, celui de la serrer dans ses bras. Une chaleur rassérénante lui gonfla le cœur, chassant pour la première fois les soucis qui le tourmentaient depuis cinq jours.

Il ne fallait pas ! lui rappela sa conscience. Se reprenant, il la relâcha et recula d'un pas.

— Que fais-tu ici ? demanda-t-elle.

L'excitation que trahissait sa voix le mit terriblement mal à l'aise, et il se détesta pour ce qu'il s'apprêtait à faire.

— Nous devons parler, et ce n'est pas le genre de conversation qu'on peut avoir au téléphone.

— C'est pour cela que tu es rentré d'Ouganda ?

Elle lui prit le bras, comme pour s'assurer qu'il était bien là. Il leva une main et fit mine de se gratter la tête. En réalité, il voulait éviter tout contact. Il n'arrivait pas à penser clairement lorsqu'elle le touchait.

— Oui, je viens juste d'arriver.

— Tu es venu directement de l'aéroport ?

— Oui, je n'avais aucune raison d'aller ailleurs.

Elle lui adressa un sourire radieux, et il comprit que son arrivée lui semblait une merveilleuse surprise. Il n'eut pas le courage de la détromper sur-le-champ.

— Entre, déclara-t-elle en s'écartant. Je suis tellement étonnée que j'en oublie mes devoirs d'hôtesse.

Il la suivit jusqu'à une salle de séjour qui donnait sur l'arrière de la maison. Sans détailler la décoration de la pièce, il nota l'atmosphère chaleureuse et apaisante qui s'en dégageait.

— Installe-toi, reprit-elle. Je vais faire du thé.

— Tu n'as rien de plus fort ?

— J'ai du scotch, tu en veux ?

— Ce serait parfait, merci. Sans eau ni glace.

En fait, il ne se sentait pas le courage d'avoir la conversation qu'il avait prévue avec juste une tasse de thé pour se remonter le moral !

— Voilà ton whisky, dit-elle en revenant de la cuisine.

— Merci.

Il prit le verre puis, délibérément, s'installa dans un fauteuil, pour que Maggie ne puisse pas venir s'asseoir près de lui. Elle prit place sur le canapé et l'observa d'un air amusé en buvant un jus d'orange.

— J'imagine que tu dois avoir beaucoup de questions, déclara-t-elle.

— Il n'y a absolument aucun doute sur ta grossesse ?

Il comprit avant même de voir son expression que ce n'était pas la meilleure manière de commencer. Mais il avait vraiment besoin d'en avoir le cœur net. C'était la raison pour laquelle il venait de traverser la moitié du globe.

Elle fronça les sourcils, l'air étonné.

— C'est une question étrange. Tu n'aurais pas fait un si long voyage si tu ne m'avais pas crue... Ah, je comprends ! Tu veux des preuves !

— Je...

— Non ! l'interrompit-elle d'un geste.

Elle se leva et quitta le salon, le laissant un peu décontenancé. Devait-il la suivre ? Elle revint avant qu'il se soit décidé, tenant une enveloppe qu'elle lui tendit.

Il l'ouvrit et vit la lettre de recommandation à l'obstétricien.

Elle était vraiment enceinte. De son enfant. Il n'en avait jamais douté...

— Il est écrit que tu en es à la septième semaine...

— La huitième à présent.

— Ah ?

Il tenta de se rappeler comment on effectuait le calcul et elle devina où ses pensées le menaient.

— Les deux premières semaines ne comptent pas car les

médecins calculent les semaines d'aménorrhée. Il y a six semaines, nous étions au vernissage de la galerie de Gabby et de Finn...

Il se rappelait avec une grande précision ce week-end. Il revit l'exposition consacrée à ses photos, et Maggie si belle dans sa robe verte...

— Comment cela se passe-t-il en Ouganda ? Tu n'as pas eu trop de difficultés à rentrer plus tôt ?

Ben comprit que Maggie tentait de meubler un peu le silence qu'elle devait trouver embarrassant.

— Non, j'ai trouvé quelqu'un pour me remplacer jusqu'à mon retour.

— Ton retour ? Tu repars quand ?

— Dans deux jours. J'ai pensé que cela nous laisserait assez de temps pour décider de ce que nous devions faire. Tu sais que je n'ai aucune intention de devenir père, et je suppose que tu n'as pas envie d'avoir un nouvel enfant. Nous devons discuter des options qui nous restent.

La jeune femme se rassit sur le canapé et croisa les bras. Elle avait soudain l'air méfiant. Elle avait compris que cette visite imprévue n'était finalement pas une si bonne surprise. Il avala une gorgée de whisky.

— Je n'avais effectivement pas envie d'avoir un autre enfant, Ben, mais cela ne veut pas dire que je ne le ferai pas.

— Je croyais pourtant que tu partageais mon avis lorsque nous en avons discuté.

— Comme je n'avais pas prévu de tomber enceinte, tu as sans doute raison en théorie. Malheureusement, dans la vie, tout ne se passe pas toujours comme nous le voulons et il faut bien s'adapter.

La conversation n'allait pas du tout dans le sens qu'il avait imaginé. Il attrapa la bouteille que Maggie avait posée sur la table basse et se resservit un verre. Il en avait bien besoin !

— Dois-je comprendre que tu veux garder ce bébé ? demanda-t-il.

— Je crois que oui.

— Et qu'attends-tu de moi ?

— Je n'en ai pas la moindre idée, répliqua-t-elle en haussant les épaules. Je n'ai pas encore eu le temps de réfléchir à la logistique. Tu n'es pas le seul à être pris de court par la nouvelle. Mais ce que j'aimerais comprendre, c'est d'où vient ton refus catégorique d'avoir un enfant.

— C'est une longue histoire, marmonna-t-il en baissant la tête vers son verre.

— Je crois que j'ai le droit de la connaître...

— Cela date de l'époque où j'ai passé l'internat. J'avais l'intention d'aller travailler en Afrique pour acquérir une expérience de généraliste avant de commencer ma spécialisation. J'ai donc programmé trois semaines de vacances en Europe, puis un stage de six mois dans un hôpital en Ouganda.

Il faisait tourner son whisky dans son verre, perdu dans ses souvenirs.

— J'étais en Grèce quand j'ai reçu un message de ma petite amie m'annonçant qu'elle était enceinte de huit semaines.

— Mon appel téléphonique devait avoir un air de déjà-vu, dans ce cas, fit-elle remarquer. Qu'as-tu fais ?

— J'ai annulé mes projets en Afrique pour pouvoir rentrer. C'était la seule chose à faire.

— Et qu'est-il arrivé ? Où est ton enfant à présent ?

— Nous l'avons perdu à dix-neuf semaines. Notre relation n'y a pas survécu.

— Oh, je suis désolée.

Il se redressa. Il n'avait pas besoin de sa compassion ! Tout ce qu'il souhaitait, c'était qu'elle comprenne qu'il ne sacrifierait pas ses rêves une seconde fois. Il s'était juré de ne plus jamais se retrouver dans cette situation et il tiendrait parole.

— Tu m'as dit que tu étais allé en Afrique pour la première fois l'an passé, reprit Maggie. Comment cela se fait-il ?

— Quand Lucy a fait sa fausse couche, il était trop tard pour que je reparte car je m'étais déjà inscrit à la faculté. Décrocher mon diplôme et commencer ma carrière ne m'a plus laissé un moment de libre jusqu'à l'an dernier. Avant ça, il m'était impossible de tout laisser en plan pour partir plusieurs mois en Afrique. Je sais que cela peut paraître égoïste, mais après tous les sacrifices que j'ai faits, je ne veux pas renoncer à mener la carrière que j'ai choisie, et c'est impossible avec une famille à charge.

— Si je comprends bien, tu as sacrifié tes rêves il y a dix ans et tu as peur que je te demande d'y renoncer de nouveau aujourd'hui.

— Si j'étais un gentleman, c'est ce que je ferais, répondit-il. Tu vas sans doute me prendre pour un sale type, mais la vérité, c'est que je n'en ai pas la moindre envie. Je ne veux pas être père, et je suis fâché de me retrouver dans cette situation que je n'ai pas voulue.

— On a tous le choix, lui fit-elle remarquer calmement. Peux-tu me dire, maintenant que tu risques d'avoir un enfant, que tu ne veux vraiment pas en avoir ?

— Oui, je le peux. Je ne veux pas subir le poids d'une paternité. Tu as déjà des enfants, tu sais mieux que moi l'investissement que cela représente en temps et en énergie.

— Oui, je le sais très bien. Pourtant, tu m'as dit toi-même que tu aimais passer du temps avec Rory...

— Certes, mais c'est moi qui le décide ! Je n'ai aucune obligation.

— Tu ne penses pas que tu pourrais aimer consacrer du temps à ton propre enfant ?

— Là n'est pas le problème. Le problème, c'est que j'ai décidé il y a longtemps de faire passer ma carrière en premier. Il est impossible d'être un bon père dans ces conditions.

— Bien sûr que si, si on le veut vraiment ! rétorqua Maggie. Tu ne serais pas le premier à mener de front ton travail et ta vie de famille...

— Tu crois que je ne sais pas comment cela se passe ? Il y a toujours un moment où l'on doit choisir de faire passer l'un avant l'autre. J'ai vu trop de pères faire des promesses qu'ils ne pouvaient pas tenir, ou rater des opportunités professionnelles formidables à cause de leur famille. Je ne veux pas de ça. Je refuse de me retrouver dans cette situation.

— Il est malheureusement un peu tard, Ben. Nous y sommes, et tu n'y es pas pour rien.

— Certes, et j'assumerai mes responsabilités. Mais je te

ferais remarquer que c'est toi qui décides de garder cet enfant, alors que je refuse d'en avoir.

La jeune femme se leva, le visage tendu.

— Bien, il est clair que nous n'arriverons pas à nous entendre ce soir. Pourquoi ne pas attendre demain pour poursuivre cette conversation ?

Il voyait lui aussi que la conversation tournait en rond, et il savait que sa fatigue l'empêcherait de continuer. Il porta son verre à ses lèvres et fut surpris de constater qu'il était déjà vide. Pourtant, l'alcool ne l'avait pas aidé à se détendre. Au contraire, il se sentait encore plus désemparé qu'un instant plus tôt. Il reposa son verre et se redressa à son tour.

— Tu as raison. Retrouvons-nous demain pour reparler de tout ça.

— Où comptes-tu dormir ? demanda Maggie, étonnée.

— Je vais trouver un hôtel. Je n'ai pas dormi depuis vingt-quatre heures et j'ai besoin de me reposer. Je n'aurais sans doute pas dû venir ici directement...

— Tu es le bienvenu ici, si tu le souhaites...

Ben aurait dû se douter qu'elle l'inviterait, et prendre les devants en déposant d'abord ses bagages à l'hôtel avant de venir. Il n'aurait pas eu l'air de la fuir comme il était en train de le faire...

— Merci, mais je crois qu'un peu de solitude nous fera du bien à tous les deux.

En tout cas, il avait désespérément besoin de prendre une certaine distance afin de recouvrer son esprit d'analyse et le contrôle de la situation.

Comme Maggie l'avait dit, c'était un peu tard pour y songer. Il avait sa part de responsabilité dans cette situation. Il n'avait pas été assez prudent et, désormais, il resterait sur ses gardes !

Maggie se retournait dans son lit sans trouver le sommeil. Elle aurait tellement voulu que Ben reste avec elle ! Le savoir si proche sans pouvoir le voir était encore plus difficile à supporter que lorsqu'il était en Ouganda. Mais passer du temps avec elle ne faisait visiblement pas partie de ses projets, et cette constatation la démoralisait complètement.

En le découvrant sur le seuil, elle avait senti son cœur s'alléger d'un poids considérable. Ses inquiétudes, ses soucis avaient disparu comme par enchantement. Ben était venu la rejoindre !

Elle ne pouvait pas se tromper plus lourdement... Il ne s'était même pas enquis de sa santé !

Certes, il avait été choqué par cette nouvelle inattendue, et Maggie comprenait ce qu'il éprouvait. Elle avait espéré qu'il changerait d'avis à propos de ce bébé. Lourde erreur... Ben n'avait pas modifié sa position d'un iota, et il avait fait tout le chemin pour le lui signifier clairement. Il ne voulait pas être père, point final. Pour lui, rien n'avait changé.

Mais pas pour elle. Elle attendait un bébé de l'homme qu'elle aimait.

« Non, tu ne peux pas être amoureuse de lui ! protesta sa conscience. C'est absurde ! Comment pourrais-tu aimer un homme qui rejette son propre enfant ? »

Elle se tourna dans son lit et serra fort son oreiller. Ses hormones brouillaient son entendement. Elle n'était pas amoureuse. C'était impossible !

Elle ne s'endormit que lorsque les oiseaux se mirent à chanter pour célébrer l'aube naissante. Sa décision était prise.

Elle aurait cet enfant. Avec ou sans Ben.

À son réveil, il était 8 heures et elle se sentait complètement vaseuse. Ses premiers trimestres de grossesse avaient toujours été pénibles et elle savait à l'avance la mauvaise surprise qui l'attendait dans le miroir de la salle de bains. Mais, au moins, ce matin, elle pouvait se préparer.

Après sa douche, elle passa donc un moment devant sa coiffeuse pour se maquiller et tenter de cacher les stigmates d'une mauvaise nuit, d'hormones anarchiques et d'irrépressibles nausées matinales. Une heure plus tard, fin prête, elle attendait l'arrivée de Ben en se faisant le serment de rester aussi froide qu'un iceberg.

Son cœur commença à la trahir dès le premier coup de sonnette, et continua de plus belle lorsque son visiteur entra, plus séduisant que jamais. Le soleil d'Afrique avait bruni son teint et le rendait encore plus sexy en dépit de l'air grave qui ne le quittait pas.

Elle tenta donc de calmer son rythme cardiaque en regrettant le sourire qu'il affichait autrefois.

D'un autre côté, c'était sans doute mieux ainsi. Ils devaient discuter de choses sérieuses et elle ne souhaitait pas être distraite par son charme irrésistible. Aussi attaqua-t-elle dès qu'il fut assis à la table de la cuisine, une tasse de café devant lui.

— J'ai pris une décision, déclara-t-elle froidement. Je vais avoir cet enfant et je l'élèverai seule, comme j'ai élevé les deux précédents. Je n'attends rien de toi.

— Rien ? Pas même de l'argent ?

— Non. Si je choisis d'avoir ce bébé alors que tu n'en veux pas, c'est à moi d'en assumer les conséquences. Je ne veux pas de ton aide.

— Je ne veux pas être père, mais je peux quand même assumer mes erreurs, rétorqua-t-il. L'argent n'est pas un problème.

— Sans doute, mais je n'en veux pas quoi qu'il en soit. Avec l'assurance vie de Steven, sa pension et mon salaire, j'ai largement les moyens d'élever ce bébé.

— Je ne veux pas que tu utilises l'argent d'un autre homme pour subvenir aux besoins de mon enfant ! Pour qui me prends-tu ?

Désormais, je ne sais plus trop..., songea la jeune femme, le cœur lourd.

— Comment vas-tu te débrouiller ? reprit-il.

— Comme les fois précédentes. Je sais que je peux y arriver.

Elle avait beau garder un ton décidé et un visage de pierre, chacun de ces mots la déchirait. Oui, elle pouvait parfaitement y arriver seule, là n'était pas le problème. Ce qui la mettait à la torture, c'était de voir l'expression fermée et presque hostile de Ben. Comment pouvaient-ils être devenus deux étrangers, presque des ennemis, en si peu de temps ? Bien qu'elle lui ait offert d'être libre, il ne se déridait pas.

Contrairement à ce qu'elle espérait en secret, il ne protesta pas contre cet arrangement.

Si seulement elle avait été le genre de femmes à piquer des

crises de nerfs et à casser de la vaisselle ! Cela aurait sans doute été très gratifiant d'envoyer quelques piles d'assiettes contre les murs, et peut-être à travers les fenêtres… ou mieux encore, à la tête de Ben !

Mais elle ne perdit pas son sang-froid une seule seconde alors qu'il sortait de sa maison. Ce fut seulement une fois que sa voiture eut disparu au coin de la rue qu'elle laissa jaillir les larmes qui lui brûlaient la gorge comme de l'acide.

9

Maggie envoya un texto à ses enfants pour leur demander d'être présents le soir même au dîner car il fallait leur annoncer la nouvelle sans plus attendre. En dépit de son estomac capricieux, elle prépara un bon repas, soulagée d'avoir au moins cette occupation pour la distraire et empêcher son esprit de tourner en rond.

La décision de Ben ne la surprenait pas vraiment, même si elle était blessée et déçue qu'il agisse ainsi. Au moins, il n'avait pas émis de doute sur sa paternité ! Pourtant, le voir aussi indifférent à cet enfant et à elle-même était particulièrement dur à accepter. Surtout après les moments merveilleux qu'ils avaient partagés ! Il était si différent de la personne chaleureuse et tendre qu'elle avait connue quelques semaines plus tôt qu'elle avait presque du mal à établir un lien entre ces deux hommes.

Elle attendit que ses enfants aient avalé jusqu'à la dernière bouchée de son délicieux rôti aux herbes aromatiques et du gratin de céleris qui l'accompagnait.

— C'était super bon, maman ! s'exclama James en se levant pour débarrasser. Tu as préparé un dessert ?

Il s'était pourtant servi deux fois largement, et Maggie était toujours stupéfaite de voir la quantité de nourriture que son fils de dix-neuf ans était capable d'engloutir sans prendre un gramme !

— Tu as encore faim ? s'enquit-elle. Il y a une tarte aux pommes dans le four.

— J'en étais sûre, déclara Sophie.

— Pourquoi ça ? s'étonna Maggie.

— Sophie m'a dit que si tu insistais pour qu'on dîne tous les trois ensemble ce soir, cela signifiait que tu avais quelque chose à nous dire, répondit James. Surtout si tu préparais un dessert.

— Je n'ai pas raison ? reprit sa fille. Vas-tu nous annoncer quelque chose ?

Réprimant son trac, Maggie prit une profonde inspiration.

— Tu as raison, j'ai une nouvelle à vous apprendre.

— Oh, mon Dieu ! s'écria Sophie, soudain toute pâle. Tu as un cancer toi aussi, comme tante Juliet.

— Non, ce n'est pas aussi grave que ça, chérie. Ma santé est bonne. C'est juste que... Je suis enceinte.

— Enceinte ? s'écria Sophie d'une voix aiguë. C'est pire !

— Comment cela peut-il être pire ? protesta Maggie.

— Tu n'es pas trop vieille pour avoir un bébé ? demanda James.

Son manque de tact la fit grimacer. Qu'avaient-ils tous à la voir déjà ménopausée ? C'était agaçant, à la fin !

— Apparemment non, mais merci de t'en inquiéter avec autant de délicatesse, répliqua-t-elle.

— Mais comment cela est-il arrivé ? reprit Sophie.

Comme Maggie la fixait, elle rougit jusqu'aux oreilles.

— Je sais comment on fait les enfants..., corrigea-t-elle. Mais tu ne pratiques donc pas le sexe sans risque ? Tu nous en as pourtant souvent parlé !

Ce fut au tour de Maggie de rougir. La première fois que Ben lui avait fait l'amour, leur excitation leur avait fait oublier toute protection. Mais elle avait beau avoir les idées larges, elle ne se voyait pas raconter ça à ses enfants !

— Apparemment, ce n'est pas totalement sans risque, répondit-elle.

— Que comptes-tu faire ? insista Sophie. Et Ben, qu'en dit-il ? C'est lui le père, n'est-ce pas ?

— Bien sûr, c'est Ben ! Il ne veut pas d'enfant. Il me l'avait dit dès le début de notre relation : il refuse de s'investir dans l'éducation d'un enfant.

James, qui avait oublié son envie de dessert, reprit sa place à table.

— Que vas-tu faire ? répéta-t-il.

— J'ai réfléchi à la situation et j'ai décidé de garder ce bébé. Vous êtes tous les deux les personnes les plus importantes de ma vie, depuis le jour de votre naissance, et il en ira de même pour cet enfant. Je ne peux pas plus avorter maintenant que je n'aurais pu le faire lorsque je vous attendais.

Comme sa franchise les laissait silencieux, elle reprit la parole.

— Aussi, je crois qu'il faut d'ores et déjà considérer que notre famille va s'agrandir d'un nouveau membre. Je ne m'attends pas à ce que vous sautiez de joie, mais j'espère que lorsque vous aurez eu le temps de digérer cette information, vous m'apporterez le soutien dont j'ai besoin. Pas pour l'élever, bien sûr ! Je ne vous demande pas ça... Ce dont j'aurai besoin, c'est de votre soutien moral.

Sophie se leva de sa chaise pour la prendre dans ses bras et l'embrasser.

— Bien sûr que nous te soutiendrons ! s'écria-t-elle. Tu es une mère formidable et nous serons là quand tu auras besoin d'aide.

— Tu crois que Ben va changer d'avis ? s'enquit James.

— Je n'en sais rien, répondit Maggie, émue par le geste affectueux de sa fille. J'en serais évidemment très heureuse, mais il m'a exprimé sa position de manière très claire et je ne peux pas lui en vouloir, même si cela ne me fait pas sauter de joie.

— Quand est prévu l'accouchement ?

— En janvier.

— Alors il a le temps de revenir sur sa décision, conclut James.

Puis il se leva pour aller chercher la tarte. Maggie s'émerveilla de voir avec quelle facilité ses enfants avaient accepté la situation. Cela ne leur coupa même pas l'appétit car ils finirent la tarte aux pommes !

De son côté, elle eut plus de mal à surmonter sa déception. Décidée à tenir Ben informé des progrès de sa grossesse, elle attendit qu'il la rappelle. Au bout d'une semaine, comme il ne téléphonait pas, elle lui envoya son premier courriel.

De : Maggie
À : Ben
Objet : URGENT !

Excuse-moi de te poser la question, mais je me suis renseignée sur les examens recommandés aux mères de plus de trente-cinq ans, et le prélèvement des villosités choriales peut être effectué à peu près maintenant. Il permet de dépister certaines anomalies chromosomiques, comme la fibrose kystique et la trisomie. Je ne suis pas très emballée à l'idée de le pratiquer à cause des risques pour l'embryon, et j'aimerais bien savoir si ta famille a des antécédents médicaux dont je devrais parler avec mon gynécologue. Je ne sais pas ce que tu as retenu de tes cours d'obstétrique, sans doute pas grand-chose, aussi je joins un document attaché qui explique cet examen.

Merci d'avance,

Maggie.

Les doigts de Ben tapotèrent un instant le clavier de l'ordinateur pendant qu'il réfléchissait à sa réponse. Il aurait bien voulu être capable d'effacer le courriel de Maggie sans le lire. Il ne voulait pas être entraîné dans un échange quelconque, il ne voulait même plus penser à elle... mais il avait été incapable de le mettre dans la corbeille sans l'ouvrir. Surtout avec un objet !

De : Maggie
À : Ben
Objet : examen.

Merci pour ta réponse. J'ai été soulagée d'apprendre qu'il n'y avait aucun antécédent dans ta famille et j'ai donc décidé de ne pas faire ce test. Je vais attendre quelques semaines et faire une échographie pour une évaluation de la clarté nucale, ce qui ne présente aucun risque. Je te tiens au courant.

Maggie.

Une semaine de silence suivit le dernier courriel de Maggie et Ben se surprit à s'en inquiéter. Quelque chose pouvait-il avoir mal tourné ? Il envisageait d'écrire à sa sœur pour lui demander si elle avait des nouvelles par l'intermédiaire de Juliet, mais réussit à s'en abstenir. Ne voulait-il pas rester indifférent à tout cela ?

Le courriel suivant de Maggie arriva le soir même.

De : Maggie
À : Ben
Objet : Échographie.

J'ai fait une échographie aujourd'hui. L'obstétricien a vérifié la taille du fœtus, et tout semble normal. Je joins deux clichés au cas où tu voudrais le voir.

Maggie.

Ben jeta le courriel sans même ouvrir les documents joints, avant que la tentation de les regarder soit trop forte. Il vida le dossier « éléments supprimés » par la même occasion. Il ne voulait pas voir ce bébé !

Une demi-heure plus tard, il y pensait toujours et se demandait si, finalement, il n'avait pas été un peu trop impulsif. Il sortit pensivement son portefeuille et l'ouvrit. À l'intérieur, près de son permis de conduire, se trouvait une vieille photo. Un cliché d'échographie pris dix ans plus tôt. Celui de sa fille.

Si on lui avait demandé pourquoi il l'avait gardé si longtemps, il aurait été incapable de répondre. Il ne le regardait presque jamais, et pourtant, il n'avait jamais oublié qu'il était là. C'était le seul souvenir qu'il avait.

Il n'y avait aucune tombe, aucun certificat de naissance. Pas de cérémonie, rien... Rien que cette photo et le prénom qu'ils avaient choisi : Adeline.

Il lui avait tout sacrifié à l'époque, et l'avait fait sans hésiter. Ce n'était qu'après la fausse couche qu'il avait compris que ce sacrifice avait été vain, aussi s'était-il juré de ne plus jamais commettre la même erreur.

Pensivement, il passa un doigt sur le vieux cliché. La vie lui offrait une seconde chance ; devait-il la saisir ? Tenait-il vraiment à tenir la promesse qu'il s'était faite dix ans auparavant ? Ne risquait-il pas de le regretter encore plus amèrement à l'avenir ?

De : Maggie
À : Ben
Objet : douzième semaine.

J'ai entendu le cœur de mon bébé aujourd'hui : il est fort et puissant. Un peu rapide peut-être… On dit qu'il existe une corrélation entre le rythme cardiaque et le sexe de l'enfant, mais il est encore trop tôt pour pouvoir vérifier si c'est un garçon ou une fille. On pourra peut-être me le dire à l'échographie de la dix-huitième semaine. Veux-tu que je te le dise ? Je ne suis pas sûre de vouloir le savoir moi-même et, pourtant, j'ai déjà commencé à chercher des prénoms. Veux-tu que cet enfant porte ton nom de famille ? Nous n'en avons même pas discuté. Je pensais lui donner le mien, pour qu'il s'appelle comme mes autres enfants. Cela te dérangerait-il qu'il soit un Petersen ? Excuse-moi, cela fait beaucoup de questions aujourd'hui !

Maggie.

PS : L'examen de clarté nucale est prévu la semaine prochaine.

Si cela le dérangeait ? Évidemment que oui ! La première réaction de Ben fut l'indignation. Il n'était pas question que son enfant porte un autre nom que le sien : il serait un McMahon !

Il lui fallut quelques secondes avant de comprendre l'absurdité de sa position, et il fronça les sourcils. Depuis quand considérait-il ce bébé comme son enfant ?

C'était pourtant la réalité, argumenta sa raison. Il était bien le père, que cela lui plaise ou non.

Certes, mais pouvait-il vraiment se prétendre le père d'un enfant dont il ne s'occuperait pas et qu'il ne rencontrerait peut-être jamais ? objecta alors son bon sens.

« Tu ne peux pas tout avoir, se dit-il en soupirant. Tu ne peux pas refuser de t'occuper de lui et demander à Maggie de lui donner ton nom ! D'ailleurs, pourquoi cet enfant voudrait-il le nom d'un inconnu ? »

Son enfant méritait mieux que ça, songea-t-il brusquement. Ben savait qu'il pourrait être un père, et sans doute même un bon père. Cet innocent ne devait pas payer le prix de ses angoisses et de ses choix égoïstes. C'était trop injuste !

À peine avait-il exprimé cette pensée qu'il sentit un immense poids se soulever de sa poitrine. Comment avait-il pu s'aveugler au point de refuser de voir la réalité aussi longtemps ? Il voulait cet enfant ! En fait, il était même prêt à se battre pour assumer son rôle de père !

Était-il encore temps de faire amende honorable auprès de Maggie ?

Son avion atterrit à l'aéroport de Kingsford Smith par une belle soirée d'hiver. Son premier mouvement le poussait à se rendre directement chez Maggie, mais son précédent voyage lui avait servi de leçon : il ne voulait pas avoir une conversation aussi importante en plein décalage horaire.

Il réserva une chambre au Park Hyatt, pas très loin de chez Maggie, et se coucha tout de suite. Le lendemain matin, il se réveilla à 6 heures, et regarda le soleil se lever sur le port. La journée s'annonçait magnifique !

Il était encore trop tôt pour aller chez Maggie. La veille, il avait appelé un fleuriste pour lui faire livrer un bouquet dans la matinée. L'homme devait lui téléphoner sa livraison effectuée, et Ben attendait cet appel pour aller la voir.

Il ne cessa de répéter son discours tout en faisant les cent pas dans sa chambre. Pourtant, quand il se retrouva face à elle, il ne trouva plus rien à dire.

Maggie portait les cheveux tirés en arrière en queue-de-cheval, ce qui dégageait l'ovale parfait de son visage. Ses yeux bleus le dévisagèrent froidement, sans l'étincelle qui les animait d'un feu joyeux lors de sa dernière visite. Croisant les bras sur la poitrine dans un geste d'autodéfense, elle le contempla.

— Ben ? Que fais-tu ici ? demanda-t-elle.

— Je suis venu m'excuser.

— T'excuser pour quoi ?

— Pour ma réaction lorsque tu m'as annoncé que tu attendais notre enfant. Je sais maintenant que ce n'est pas ce que tu attendais de moi. Je suis venu pour essayer de me rattraper. Je peux entrer ?

Ben aurait voulu la prendre dans ses bras, mais son attitude lui fit comprendre que ce n'était pas le moment. Maggie l'observa avec défiance un instant avant de tourner les talons et de repartir dans le salon sans un mot. Ben la suivit en refermant derrière lui.

— James et Sophie sont-ils là ? s'enquit-il.

— Non, ce sont les vacances universitaires ; ils sont partis faire du ski.

Elle prit place sur le canapé et il s'installa dans le même fauteuil que la fois précédente. Cette position lui permit de voir son bouquet dans un vase sur la cheminée. Ce signe lui parut de bon augure. Au moins, elle ne l'avait pas jeté à la poubelle !

— Il y a tant de choses que je dois te dire que je ne sais pas par où commencer, déclara-t-il. Avant tout, je suis désolé... Désolé d'avoir mis si longtemps avant de comprendre que j'ai des devoirs à remplir. Je veux faire partie de la vie de mon enfant, si tu es toujours d'accord.

— Tu as finalement changé d'avis ?

— Oui. Je te demande pardon pour tout ce que je t'ai dit. Je n'ai aucune excuse, sinon que je n'avais pas les idées très claires et que j'avais passé de trop longues années à me répéter que je n'aurais jamais d'enfants. Je n'avais pas prévu ce qui est arrivé, et j'ai très mal réagi.

Très mal ? C'était un euphémisme, mais Maggie n'avait pas l'intention de se lancer dans un cours de sémantique.

— Qu'est-ce qui a pu te faire changer d'avis ? reprit-elle sans se départir de sa froideur.

— J'ai procédé à une longue introspection... Comme je te l'ai expliqué, j'ai abandonné tous mes projets il y a dix ans en apprenant que j'allais avoir un enfant. Et ensuite, je me suis totalement investi dans mon travail, en croyant ranimer mes vieux rêves. En réalité, j'ai fui tout investissement affectif en me réfugiant dans une carrière qui me semblait bien plus solide et plus sûre. J'ai fini par comprendre que notre enfant n'avait pas à payer pour mon aveuglement. Je sais que je peux être un bon père, et je suis décidé à essayer. Je ne veux pas que mes angoisses me fassent passer à côté de ma paternité.

Maggie l'observa un instant avant de reprendre la parole.

— Et l'Afrique ?

— L'Afrique sera toujours là. Je peux y retourner l'an prochain, ou dans dix ans, peu importe. Maintenant, ma priorité, c'est ce bébé.

— Tu ne comptes pas repartir dans quelques jours ?

— Non. J'ai pensé que tu aurais besoin de moi ici. J'aimerais t'accompagner au test de clarté nucale. C'est demain, n'est-ce pas ?

Maggie n'en croyait pas ses oreilles. Elle savait déjà quelle serait sa réponse, mais elle n'avait pas l'intention de lui faciliter la tâche. C'était son tour d'attendre !

— J'ai besoin d'y réfléchir, dit-elle d'un ton détaché.

Assise sur une chaise inconfortable, Maggie attendait avec impatience que le médecin l'appelle. La ceinture de son jean la serrait. Elle avait pourtant laissé le dernier bouton ouvert, car à treize semaines de grossesse, il ne lui était plus possible de fermer ses pantalons jusqu'en haut. Mais ce n'était pas cela qui la rendait si nerveuse.

Ben lui prit la main, et ce contact la calma et accentua sa nervosité en même temps. Il y avait vraiment quelque chose qui n'allait pas, se dit-elle.

— Tu as froid ?

— Non, j'ai envie d'aller au pipi room !

Le radiologue lui avait demandé de boire beaucoup d'eau avant l'échographie, mais ce n'était pas la vraie raison de sa fébrilité. Elle se contenta cependant de cette explication bien plus commode, à défaut d'être très romantique...

— Nous sommes les prochains, reprit Ben. Ce sera bientôt fini.

Il lui lâcha la main et reprit son journal. Maggie n'avait

ıcune envie de parler, mais qu'il ne fasse pas plus d'effort . vexait. C'était injuste, évidemment : comme elle l'envoyait resque sur les roses chaque fois qu'il lui adressait la parole, ourquoi aurait-il insisté ?

Était-ce l'échographie qui la rendait aussi agitée ? Ou Ben ? avait parlé de ses devoirs de père, et elle était sûre qu'il les emplirait à merveille, mais cela ne lui suffisait pas. Elle voulait : conte de fées, le prince charmant qu'elle avait connus à Melbourne, et non pas un homme qui se résignait froidement assumer ses responsabilités.

Devait-elle se contenter de ce qu'il lui offrait, ou continuer 'espérer qu'il finirait par aimer cet enfant ? Et elle ?

— Madame Petersen ? Vous pouvez venir.

La voix de l'infirmière la tira de ses pensées. Maggie la suivit et e retrouva un moment plus tard revêtue d'une blouse d'hôpital, llongée sur la table d'examen, le ventre exposé.

Ben se tenait juste à côté. Jade, la technicienne, prépara son natériel et il fut étonné de voir une femme aussi jeune à ce ooste. Il se retint de lui demander ses qualifications.

— Alors, Maggie, Ben, vous êtes infirmière et médecin, c'est oien ça ? demanda Jade.

— Oui.

— Je suppose que vous avez l'habitude des échographies ?

Il se doutait que Maggie en savait plus que lui sur le sujet et l était prêt à avouer son ignorance.

— Je suis chirurgien esthétique et je ne suis pas très fort en obstétrique. Faites donc comme si je ne savais rien.

— C'est votre premier enfant ?

— Oui, répondit-il après une seconde d'hésitation.

— Alors je vais vous expliquer ce que nous verrons. Cependant, si vous avez l'habitude de lire des radios, cela ne devrait pas être trop difficile. Regardons votre bébé.

Jade appliqua le gel sur le ventre de Maggie et lui posa la sonde sur l'estomac.

— Le bébé est dans une position correcte, reprit-elle en examinant l'écran. Vous voyez ? Voici son profil.

Elle toucha son clavier et une petite flèche apparut sur l'écra
Elle l'utilisa pour souligner la tête du fœtus.

— Le front, le nez... Regardez, il suce son pouce !

Ben était sidéré. Il voyait même le poing du bébé press devant sa bouche pendant qu'il suçait son pouce. L'image éta d'une clarté incroyable, et il constata que la technologie ava fait beaucoup de progrès en dix ans. Il en crut à peine ses yeu quand il vit le bébé bouger. Son bébé ! Un petit être vivant !

Il ne s'attendait pas à éprouver un tel choc. En voyant l'imag sur l'écran, il ressentit un lien indestructible se nouer entre lu et cet enfant. Son enfant !

Jade pressa un bouton et lui tendit une feuille de papier qu venait de sortir de l'imprimante. Une copie du profil du bébé Il se rappela immédiatement l'image similaire cachée dan son portefeuille.

Il avait saisi cette seconde chance. Et maintenant, il savai qu'il avait bien fait.

Jade déplaça la sonde et une image différente apparut. Ber vit quelque chose qui battait.

— Voici le cœur du bébé, leur expliqua-t-elle. Il a un trè bon rythme cardiaque.

C'était la seconde fois qu'elle parlait du bébé au masculin, et Ben fut incapable de retenir sa curiosité plus longtemps.

— C'est un garçon ?

— Non, c'est juste une manière de parler. Voulez-vous que je vérifie ?

Ben et Maggie échangèrent un regard. Ils n'en avaient pas discuté ensemble.

— Qu'en penses-tu ? lui demanda-t-il.

— Je préfère avoir la surprise, répondit-elle.

Il songea qu'il avait eu assez de surprises comme ça durant les derniers mois, mais jugea plus prudent de garder cette remarque pour lui.

— Comme tu veux. Laissons un peu de mystère à cet enfant.

— Maintenant, je vais faire quelques mesures pour vérifier la taille du bébé, reprit Jade. Je commence par le fémur.

Tout en parlant, elle manœuvrait la sonde et pressait un bouton.

— ... et maintenant le diamètre bipariétal. Vous êtes enceinte de combien de semaines ?

— Treize.

— D'accord. À présent, je vais mesurer la clarté nucale. Cela signifie mesurer la quantité de fluide sur la nuque du bébé... Il est dans une bonne position, aussi je devrais y arriver sans problème avec une simple échographie abdominale...

Ben la regarda positionner la flèche sur l'écran et presser le bouton pour enregistrer ses mesures.

— Vous en êtes exactement à la treizième semaine ? reprit-elle.

— Oui.

— Et vous avez quarante-deux ans ?

— Oui...

Ben la vit recommencer ses mesures sans savoir si elle effectuait une simple vérification ou si c'était un autre test. Jade retira finalement la sonde et essuya le gel sur l'abdomen de Maggie avant de la recouvrir de sa blouse.

— Je vais demander au radiologue de vérifier mes mesures. Ça ne durera pas longtemps, dit-elle en éteignant la machine.

Le cœur de Ben manqua un battement. Demander une seconde opinion n'était jamais bon signe en médecine...

— Quelque chose ne va pas, c'est ça ? murmura Maggie en s'asseyant. Tu as eu le temps de voir quelles mesures elle obtenait avant d'éteindre sa machine ?

Elle le contemplait d'un air suppliant et il éprouva le besoin impérieux de la rassurer.

— Non. Peut-être que le bébé n'est finalement pas dans une bonne position. Peut-être a-t-elle besoin de l'avis d'une personne plus expérimentée ? Moi, je lui donnerais quinze ans ! Elle ne peut pas faire ce métier depuis longtemps.

Il continua de la rassurer comme il le pouvait jusqu'à ce que Jade revienne, accompagnée du radiologue, un petit homme replet d'une cinquantaine d'années. Jade réinstalla Maggie sur la table d'examen et recommença l'échographie sous la surveillance du Dr Evans.

— Maggie, Ben, ce que nous vérifions, c'est l'épaisseur du liquide derrière le cou du bébé, déclara-t-il. Plus de trois millimètres de fluide est considéré comme un chiffre anormalement élevé et situe le bébé dans la catégorie à risque pour la trisomie 21. Les mesures que nous observons sur votre enfant sont de trois millimètres et demi.

Ben entendit Maggie reprendre brutalement sa respiration.

— Vous voulez dire que notre enfant ne va pas bien ? demanda-t-elle.

— Non. Le test suggère juste un risque plus élevé, mais il n'est pas conclusif. Nous devons considérer d'autres facteurs, comme l'âge de la mère et l'avancement exact de la grossesse. Ces trois facteurs combinés nous donnent un facteur de risque. Un examen sanguin pourra nous fournir un éclairage encore plus précis. Avez-vous fait une prise de sang avant de venir ?

Maggie acquiesça machinalement et Ben se demanda si elle était vraiment capable d'intégrer toutes ces informations. Elle avait l'air un peu groggy.

— Très bien, ces résultats mettront sans doute deux ou trois jours avant de parvenir à votre obstétricien, et quand il les aura, vous aurez des informations plus précises. En combinant la mesure de la clarté nucale avec le bilan sanguin, on obtient un pronostic avec une marge d'erreur de quinze pour cent. N'oubliez pas que ça signifie quinze pour cent de chance d'avoir un résultat faux positif ou faux négatif.

Maggie resta silencieuse et ce fut Ben qui se décida à poser la question qui les tourmentait tous deux.

— Que pouvons-nous faire pour avoir un pronostic plus sûr ?

— On peut pratiquer une amniocentèse, dont le résultat est totalement fiable, mais qui présente certains risques de fausse couche spontanée. Il faut que vous en parliez avec votre obstétricien qui vous expliquera tout ça mieux que moi. Sachez cependant qu'il faut trois à quatre semaines pour avoir le résultat.

Ben acquiesça et se demanda si Maggie avait bien compris

:e que le médecin venait de dire. Quand Jade et le Dr Evans les aissèrent seuls, elle se leva de la table d'examen sans un mot.

Quelque chose lui disait que ce silence ne signifiait rien de bon...

10

Maggie ne prononça pas une parole jusqu'à ce qu'ils remontent dans la voiture et que Ben prenne la direction du centre-ville.

— On pourrait rentrer directement chez moi, s'il te plaît ? demanda-t-elle. Je n'ai aucune envie d'aller déjeuner.

— Tu es sûre ? Ça te ferait du bien de t'occuper.

En réalité, il lui trouvait une expression sinistre ! Son appétit lui était revenu depuis qu'elle terminait son premier trimestre de grossesse et il aurait préféré qu'ils s'en tiennent à leur plan initial.

— Je n'ai envie de rien du tout, et je ne comprends pas que tu puisses penser à manger !

— Il ne s'agit que d'un test préliminaire. Tu t'inquiètes pour rien.

— Pour rien ? Notre bébé risque d'être trisomique ! C'est une éventualité à laquelle j'ai besoin de réfléchir. S'il te plaît, dépose-moi chez moi.

Elle semblait vraiment bouleversée et Ben s'inquiéta. À son avis, elle réagissait de manière excessive, mais il ne savait pas trop comment gérer la situation. Et il devinait instinctivement que quoi qu'il dise, cela ne ferait qu'aggraver les choses !

Ils firent donc le trajet jusqu'à sa maison en silence. Maggie monta directement dans sa chambre dès qu'ils arrivèrent. Ben la suivit et la trouva assise au bord du lit, l'air fragile et vulnérable. Que devait-il faire ? Il craignait qu'elle ne le repousse s'il tentait de la réconforter, mais il ne pouvait pas rester debout au milieu de la pièce sans rien faire, planter là comme un menhir !

Il s'assit donc à son tour sur le lit sans la toucher.

— Parle-moi, Maggie. Je crois que nous devons discuter nous les deux de ce qui vient d'arriver. J'ai l'impression de ne pas te comprendre...

— Tu étais là, Ben, tu as entendu le Dr Evans ! Notre bébé a une malformation génétique !

— Un risque de malformation génétique, la corrigea-t-il.

— Mais si ce risque est avéré, que ferons-nous ?

— Je ne veux pas y penser avant d'avoir des indications plus solides.

— Le résultat du bilan sanguin n'arrivera pas avant demain, peut-être après-demain. En aucun cas, je ne peux faire comme si de rien n'était en attendant. Je vais réfléchir à toutes les possibilités.

— Alors n'oublie pas celle que notre bébé soit parfaitement sain, qui est la plus probable, dit-il. À mon avis, ça ne sert à rien de t'inquiéter avant d'avoir des éléments plus fiables. Si notre bébé n'est pas en bonne santé, nous aviserons en temps utile. En attendant, nous ne pouvons rien faire de constructif.

— J'ai peur, Ben...

— Comme tous les couples qui attendent un bébé. Nous ne faisons pas exception à la règle. Mais s'il te plaît, n'accorde pas aux événements d'aujourd'hui plus d'importance qu'ils n'en ont. Je sais que tu es inquiète et c'est normal, mais n'oublie pas les autres probabilités. Pourquoi ne t'allonges-tu pas pendant que je vais te préparer une tasse de thé ?

— Je n'ai pas envie de thé, marmonna-t-elle.

Ben préféra ne pas répondre. Il savait que les femmes enceintes pouvaient être irritables et il ne voulait pas l'énerver davantage. Quand elle s'allongea sur le lit en lui tournant le dos, il attendit un instant pour voir si elle lui dirait autre chose, mais elle continua de l'ignorer. Finalement, sa respiration se fit plus régulière et il comprit qu'elle dormait.

Il lui ramena une couverture sur les épaules puis quitta la chambre sur la pointe des pieds.

Il n'était pas fatigué et ne pouvait rien faire avec ces millier de questions qui tournaient dans son esprit. Maggie n'allait pa bien et il voulait trouver un moyen de soulager ses angoisses Il n'avait aucun moyen d'influencer sur le résultat des tests mais il pouvait en revanche diminuer cette attente si pénibl pour eux deux.

Il appela donc le Dr Bakewell, l'obstétricien de Maggie, pou lui expliquer la situation et le prier d'obtenir les résultats d bilan sanguin au plus vite.

En raccrochant, il songea à cette échographie. En tant qu médecin, il savait exactement ce que signifiait un facteur d risque plus élevé. Il savait aussi que leur bébé avait davantag de chance d'être en bonne santé que malade, et il espérait d fond du cœur que les analyses sanguines le confirmeraient Voir son enfant sur cet écran l'avait profondément bouleversé Il comprenait maintenant qu'il n'avait aucun effort à faire pou accepter cette paternité et même, qu'il désirait ce bébé de toutes les fibres de son être ! Lui et Maggie étaient devenus les deux personnes les plus importantes de sa vie.

Il s'était promis de protéger cette dernière le jour où il avait décidé de quitter l'Ouganda pour regagner l'Australie. Pourtant, elle souffrait et il restait impuissant. Tout ce qu'il souhaitait, c'était pouvoir lui donner de bonnes nouvelles...

Le téléphone la réveilla. Son réveil annonçait 16 h 45. Elle avait dormi si longtemps ? Les siestes trop longues la laissaient toujours groggy et elle resta un instant à rassembler péniblement ses esprits.

Le souvenir de l'échographie lui revint, et son angoisse aussi. Elle avait si peur que Ben refuse un enfant handicapé ! Il avait fini par accepter le fait d'être père, mais comment réagirait-il si leur enfant avait une malformation ? Il risquait de la quitter pour de bon...

L'idée qu'il l'abandonne la terrifiait.

Où était-il, d'ailleurs ? La maison était silencieuse... Elle repoussait la couverture qui la recouvrait quand il entra, le téléphone à la main. Il avait l'air épuisé. La journée avait été dure pour lui aussi.

Il alluma la lampe de chevet et s'assit près d'elle.

— Qui a appelé ?

— Ta sœur, dit-il. Elle voulait savoir comment l'échographie s'était passée. Je lui ai tout raconté, et j'ai dit que nous attendions l'analyse sanguine. Je lui ai aussi dit que tu la rappellerais quand tu serais réveillée.

Maggie eut brusquement l'impression d'étouffer. Elle ne voulait plus penser à cette échographie, à ces analyses... Tout cela la rendait folle !

Elle se leva et ouvrit sa penderie pour prendre une veste.

— J'ai besoin de prendre l'air. Je vais sortir marcher un peu.

— Tu veux que je t'accompagne ?

— Je crois que je préfère rester seule, répondit-elle.

L'image de Ben tout penaud la suivit pendant sa promenade. Ben puni dans sa chambre... Cette chambre si féminine dans laquelle il paraissait si déplacé, où il ne semblait pas y avoir sa place. « Mais en a-t-il une dans ma vie ? », se demanda-t-elle. Les sacrifices qu'il s'apprêtait à faire étaient considérables ; arriverait-il à aller jusqu'au bout ? N'aurait-il aucun regret ?

Cette idée lui était insupportable. Que deviendrait leur relation s'il s'apercevait finalement qu'il n'avait pas fait le bon choix ? Si les regrets le rendaient amer ? Et s'il lui en faisait porter la responsabilité ?

« Mais que veux-tu à la fin ? », lui demanda son bon sens.

Alors qu'elle se posait la question depuis des jours, la réponse lui parut soudain évidente. Elle souhaitait que Ben l'aime et qu'il décide de bâtir son avenir avec elle par choix et non par obligation.

Mais pas une fois il ne lui avait dit qu'il l'aimait.

Et s'il ne l'aimait pas, elle ne voulait pas qu'il partage sa vie, en dépit de l'amour fou qu'il lui inspirait.

Il pourrait s'occuper de leur enfant, mais ils ne vivraient pas ensemble.

Il commençait à faire sombre dehors et Maggie était sortie depuis une heure. Ben devinait ce qui la préoccupait, ou, en tout cas, il le pensait. Ce test… C'était vraiment une perte d'énergie de s'inquiéter à ce sujet au point où ils en étaient. Mais puisqu'elle avait décidé d'envisager toutes les possibilités, et surtout les pires, il devait l'aider.

Cela faisait un bon moment qu'il trépignait d'impatience et il en eut soudain assez. Il allait la chercher !

Mais où ? Ne sachant par où commencer, il décida de prendre sa voiture et de rouler au hasard.

Il la trouva à un pâté de maisons, marchant tête baissée, et elle ne le vit pas approcher. Il ralentit et roula quelques mètres à son côté avant qu'elle ne le remarque.

— Maggie, monte, je t'en prie.

Elle prit place à côté de lui sans un mot, l'air morne.

— Tu veux rentrer à la maison ? reprit-il.

Elle secoua la tête. Cela lui convenait très bien : il savait exactement où il voulait l'emmener.

Il roula et ne s'arrêta qu'arrivé devant le Park Hyatt. Il sortit alors de la voiture et en tendit les clés au voiturier.

— Où allons-nous ? demanda Maggie en descendant.

— Tu vas voir.

Il lui prit le bras pour lui faire traverser le hall majestueux en direction des ascenseurs. Il avait toujours sa chambre dans l'hôtel et ce terrain neutre était parfait pour la conversation qu'il voulait avoir. Ils montèrent jusqu'au dernier étage et sortirent sur la terrasse.

Maggie laissa échapper une exclamation de surprise en découvrant le sublime panorama du port de Sydney, du Harbour Bridge et de l'opéra illuminé dans la nuit.

L'air était frais, et du haut de l'immeuble, le bruit de la circulation n'était plus qu'un vague bourdonnement. Ben entraîna Maggie jusqu'au parapet de la terrasse et l'enlaça. Il fut soulagé qu'elle ne le repousse pas, et il savoura ce moment de paix.

Elle faisait face à la mer, et il enfouit un instant le visage dans ses cheveux pour en respirer le parfum. Il avait choisi à dessein de l'emmener dans cet endroit, sachant que la vue splendide lui plairait, et espérant qu'il lui serait plus facile de lui dire ce qui la tourmentait en regardant le panorama plutôt qu'en se trouvant face à lui.

— Tu as peur d'avoir un enfant handicapé ? murmura-t-il.

— Non, j'ai peur d'avoir le résultat de ces examens, répondit-elle à voix basse.

— Comment ça ?

— J'ai peur de ce qui arrivera si ces bilans confirment qu'il y a un problème. Je sais que je pourrais y faire face, mais toi ? Te sens-tu capable d'élever un enfant anormal ?

— Bien sûr ! répondit-il. En doutes-tu ?

— Oui... Tu ne voulais pas d'enfant et tu as fini par changer d'avis par la force des choses. Mais si cet enfant est handicapé, j'ai peur que ce soit trop dur pour toi.

Persuadé que c'était le résultat des analyses qui l'inquiétait, Ben fut très surpris de comprendre qu'elle avait surtout peur de la réaction qu'il pourrait avoir. Le croyait-elle vraiment capable de rejeter leur bébé parce qu'il n'était pas parfait ?

— Je suis préparé à l'idée que la réalité puisse être différente de ce que nous espérons, Maggie, mais d'une manière générale, cela ne me ressemble pas de m'inquiéter pour un problème hypothétique. J'ai l'habitude d'affronter des faits. Quoi qu'il arrive, nous l'affronterons ensemble.

— Même si notre enfant est anormal ?

— Même si notre enfant est anormal, répéta-t-il d'une voix douce. C'est aussi mon bébé, Maggie. Tu ne peux pas savoir combien j'ai été ému de le voir aujourd'hui sur cet écran, d'entendre son cœur qui battait. C'était magique. C'est notre petit, Maggie, et nous serons toujours là pour lui, quoi qu'il arrive.

Il pencha la tête pour l'embrasser dans le cou et eut chaud au cœur en la sentant se serrer contre lui. Elle ne le repoussait pas ! Il prit une profonde inspiration.

— Je suis là pour rester, Maggie, et je veux faire les choses correctement.

S'agenouillant, il lui prit les mains.

— Non !

Il releva la tête et découvrit une expression horrifiée sur son visage pendant qu'elle le tirait pour l'obliger à se relever.

— Je t'en prie, Ben, ne fais pas ça !

— Pourquoi ?

— Je ne veux pas. Pas maintenant !

— Maggie, regarde-moi : je suis à genoux devant toi et je te supplie de m'accorder une seconde chance. Laisse-moi te montrer que je suis capable d'aller jusqu'au bout.

Les yeux pleins de larmes, elle semblait en proie à une détresse incompréhensible.

— Je ne peux pas, dit-elle d'une voix suppliante. Je t'en prie. Ne peut-on pas en reparler plus tard ?

— Maintenant ou plus tard, ça ne changera rien à la situation. Nous allons avoir cet enfant ensemble, et je n'ai pas l'intention de t'abandonner. Je suis prêt à discuter des détails plus tard si tu veux, tant que nous sommes d'accord sur ces deux points.

Il attendit qu'elle acquiesce pour se relever. Pourquoi avait-elle refusé de le laisser lui demander sa main ? Décidément, il ne comprenait rien aux femmes ! songea-t-il, perplexe.

— Je pars à Melbourne demain matin, reprit-il. Accepteras-tu que nous en parlions sérieusement à mon retour ? Ou préfères-tu m'accompagner ?

— Non, je veux rester à Sydney. Je tiens à voir le Dr Bakewell.

— Pourquoi si vite ? Ne serait-il pas préférable d'attendre les résultats ?

— Il y a des détails sur lesquels j'ai besoin d'avoir son avis.

— Entendu. Mais rappelle-toi que je resterai avec toi, quoi qu'il arrive, Maggie. Ce point n'est pas négociable.

L'aéroport était plein de monde et Maggie serrait la main de Ben fort dans la sienne alors qu'ils traversaient la foule. Depuis la veille, ils n'avaient pas parlé, de peur de rompre la trêve tacite qu'ils avaient conclue au Park Hyatt. Tous les mots qu'ils pensaient sans parvenir à les dire formaient un mur impénétrable entre eux, contre lequel elle se cognait et qui la meurtrissait.

Mais elle savait qu'il lui serait impossible de prendre la moindre décision avant d'avoir les résultats de ses analyses. Et après ? Elle ignorait s'ils trouveraient la force et le courage de briser ce silence de plomb qui les enveloppait.

Ben avait accepté de s'occuper du bébé, mais il n'excluait pas de retourner en Afrique. C'était sans doute possible avec un enfant normal, mais un enfant handicapé ? Et pourrait-elle lui demander d'abandonner définitivement ses rêves ? Le laisserait-elle rester, ou devait-elle lui rendre sa liberté ?

Elle avait besoin de temps pour y réfléchir. Et de solitude. Il lui était impossible d'avoir un raisonnement logique lorsqu'il était à proximité. Pourtant sa main pressait celle de Ben, son corps rêvait de se blottir dans ses bras musclés, son cœur la suppliait de profiter de ces moments qui seraient peut-être les derniers qu'ils passeraient ensemble.

— Tu seras là quand je reviendrai ? demanda-t-il.

— Bien sûr. Je ne vais nulle part, j'ai juste besoin de temps pour faire le point.

Ils étaient arrivés devant le guichet de l'embarquement, et elle se serra contre lui dans un grand élan de tendresse. Combien elle l'aimait ! C'est à cause de cet amour que la situation était si terrible. Si seulement il l'avait aimée lui aussi...

— Tu es sûre que tout ira bien ? reprit-il.

— Ne t'inquiète pas.

— À bientôt, alors.

Elle resta immobile jusqu'à ce qu'il disparaisse derrière le comptoir d'embarquement. Ce ne fut qu'une fois qu'il eut disparu qu'elle put bouger.

Elle se dirigeait vers le parking lorsque son téléphone sonna. Sa conversation fut très brève, et la nouvelle lui fit rebrousser chemin à toute allure jusqu'au contrôle.

— Pardon ! s'écria-t-elle. L'homme qui vient d'embarquer, le Dr McMahon, pouvez-vous lui demander de revenir, s'il vous plaît ?

— C'est une urgence ? demanda l'employée.

— J'ai absolument besoin de lui parler.

— Je suis désolée, ce n'est pas une urgence, rétorqua la femme.

Elle avait un air obtus qui donna à Maggie envie de la gifle

— Il faut absolument que je lui parle ! Il est au second ran au siège 2 A. Je n'en ai que pour une minute.

— Je ne peux pas le faire sortir de l'avion, madame. Il a pass la zone d'embarquement, c'est trop tard.

Réprimant son irritation, Maggie chercha une autre solutio

— Dans ce cas, est-ce que je peux monter ?

— Avez-vous un billet ?

— Vous savez bien que non !

— Alors excusez-moi, mais je ne peux rien faire.

L'employée n'avait pas l'air désolé pour un sou, songea Maggi en trépignant d'impatience.

— Reste-t-il de la place ? Je vais acheter un billet.

— Allez voir au guichet de la compagnie, il reste peut-êtr des sièges libres. Mais faites vite, l'embarquement est presqu terminé.

La jeune femme ne se le fit pas dire deux fois, et travers le hall en courant aussi vite que le lui permettait la foule de voyageurs. Heureusement, l'avion n'était pas plein, et le siège 2 était miraculeusement libre. Elle acheta donc un billet à u prix exorbitant, puis rebroussa chemin tout aussi vite ver le guichet d'embarquement. Après avoir pratiquement jeté sa carte au visage de l'employée rébarbative, elle arriva dan l'avion à bout de souffle.

Déjà installé, Ben lisait le journal pendant que les hôtesses de l'air commençaient à réciter les consignes de sécurité.

— Pardon, ce siège est-il libre ? demanda-t-elle.

— Maggie ! Que fais-tu ici ?

Son expression de surprise valait largement l'argent du billet, songea-t-elle en s'asseyant. Il la prit aussitôt dans ses bras pour la serrer contre lui, et ce geste d'affection spontané acheva de la réconforter. Après cet appel téléphonique, c'était la seule chose qui lui manquait pour lui rendre sa joie de vivre !

— Je viens avec toi ! dit-elle en souriant.

— À Melbourne ? Mais que se passe-t-il ?

— Je viens d'avoir un appel du Dr Bakewell. Il a reçu le résultat de mes analyses.

— Et... ?

— Tout est normal ! Le résultat de l'échographie était un faux positif !

— Comment ?

— Il pense que notre bébé est en parfaite santé. Il m'a dit que je pouvais faire une amniocentèse si nous le souhaitions, mais qu'il est très confiant.

— C'est merveilleux ! s'exclama Ben en la serrant de nouveau contre lui. Tu es montée dans l'avion juste pour me l'annoncer ?

Maggie acquiesça en riant.

— Tu sais que nous nous serions débrouillés même si notre bébé avait eu une malformation, reprit-il. Je l'aime déjà, et je t'aime. Ensemble, nous aurions surmonté cette épreuve.

La surprise la laissa sans voix une fraction de seconde. Avait-elle bien entendu ?

— Tu m'aimes ? s'écria-t-elle. Pourquoi ne me l'as-tu jamais dit ?

— Il m'a fallu du temps pour le comprendre, Maggie.

— C'est pour cette raison que tu es rentré en Australie ?

— Je suis rentré car cela me semblait la seule chose à faire. Et hier, quand j'ai vu notre enfant sur le moniteur pendant l'échographie, j'ai compris que j'avais envie d'être là. Avec notre bébé, et avec toi. Parce que je vous aime tous les deux. C'est ce que je voulais te dire hier soir, mais tu ne m'as pas laissé commencer...

— C'est la première fois que tu me dis que tu m'aimes. J'avais peur que tu ne me demandes ma main que par obligation. Je ne voulais pas que tu te sentes piégé.

Ben la fit taire en l'embrassant fougueusement. Ben l'aimait ! Il était revenu et il l'aimait ! Elle avait l'impression de vivre un rêve !

— Je suis fou de toi, mon amour, reprit-il. Je crois que j'ai eu le coup de foudre dès notre rencontre. J'avais juste trop peur pour l'accepter.

— Veux-tu me demander ma main de nouveau ? dit-elle en riant. Cette fois, je te promets de te laisser finir.

— Tu es sérieuse ?

— Oui, mon chéri ! Je t'aime à la folie, Ben ! Alors si tu veux me demander en mariage, je ne t'interromprai pas.

Il éclata de rire et reprit sa respiration, comme pour se concentrer avant de parler.

— Maggie, tu es la femme la plus merveilleuse que j'aie jamais rencontrée. Grâce à toi, j'ai compris ce que l'amour signifiait. Depuis que je te connais, j'ai admis que certaines choses échappaient à mon contrôle et que c'était très bien ainsi. Tu es une personne forte, courageuse et déterminée, et je t'aime pour toutes ces qualités. Je veux vivre avec toi jusqu'à mon dernier jour. Maggie Petersen, veux-tu m'épouser ?

— Tu en es bien sûr ? Et ton travail ? L'Afrique ?

— Ce sont mes rêves d'avant toi. Je m'y cramponnais sans comprendre que je pouvais en faire d'autres, avec toi. Je n'attends plus la même chose de la vie désormais. Maintenant, je veux épouser la femme que j'aime et vivre auprès d'elle, et m'efforcer d'être le meilleur père possible. Je vous emmènerai en Afrique et dans pleins d'autres endroits merveilleux pour vous faire découvrir le monde. Ou bien nous resterons toujours au même endroit, peu importe. Tout ce qui compte, c'est que tu sois avec moi. Maggie, veux-tu m'épouser ?

Tout en prononçant ces derniers mots, il sortit un écrin de sa poche et l'ouvrit. Sur un lit de satin étincelait un magnifique diamant monté sur platine.

— Tu m'as acheté une bague ? Et chez Tiffany ? Mais quand ?

— Hier, pendant que tu faisais la sieste.

— J'ai dormi si longtemps ?

— Oui ! Maggie, pour l'amour du ciel, réponds à ma question !

— Oui, mon amour, dit-elle en l'embrassant. Je veux être ta femme. Je veux être à toi jusqu'à mon dernier souffle...

Pendant qu'ils scellaient leur promesse d'un long baiser, l'avion prit son envol de toute la puissance de ses réacteurs et les arracha à la terre pour les propulser dans l'immensité azurée du ciel, au-dessus des nuages, vers un avenir radieux.